KB207284

바구니에 물을
담고 달려가누나

고승열전 15 한암큰스님

바구니에 물을 담고 달려가누나

윤청광 지음

우리출판사

윤 청 광

전남 영암 출생으로 동국대학교에서 영문학을 전공했고, MBC-TV 개국기념작품 공모에 소설 〈末島〉가 당선되었으며, MBC에서 〈오발탄〉 〈신문고〉 〈세계 속의 한국인〉 등을 집필했다. 그 동안 대한출판문화협회 상무이사 · 부회장 · 저작권대책위원장 · 한국방송작가협회 이사 · 감사 · 방송위원회 심의위원을 역임했고, 〈불교신문〉 논설위원을 거쳐 현재 〈법보신문〉 논설위원, 법정스님이 제창한 〈맑고 향기롭게 살아가기 운동〉 본부장, 출판연구소 이사장을 맡아 활동하고 있다. BBS 불교방송을 통해 〈고승열전〉을 장기간 집필했고, ≪불교를 알면 평생이 즐겁다≫ ≪불경과 성경 왜 이렇게 같을까≫ ≪회색 고무신≫ 등의 저서가 있으며, 기업체 · 단체 연수회에 초빙되어 특강을 통해 '더불어 사는 세상'을 가꾸고 있다.

BBS 인기방송프로
고승열전 15 한암큰스님
바구니에 물을 담고 달려가누나

2002년 10월 29일 개정판 1쇄 발행
2009년 4월 2일 개정판 2쇄 발행

지은이/윤청광
펴낸이/김동금
펴낸곳/우리출판사
등록/1988년 1월 21일 제9-139호
주소/120-013 서울특별시 서대문구 충정로 3가 1-38
전화/(02)313-5047, 5056
팩스/(02)393-9696
E-mail/woribook@chollian.net
www.wooribooks.co.kr

ISBN 89-7561-186-8 03810

책값은 뒷표지에 있습니다.

한암스님은 입김을 훅 불어 촛불을 끄고 나서 말했다.
"왜, 캄캄하신가?"
"예, 스님. 캄캄하옵니다."
"이럴 때 기만 무성한 사람은 캄캄하다, 어둡다, 답답하다,
몸부림을 치면서 조급한 마음 때문에 펄쩍펄쩍 뛰게 된다네.
허나 기를 다스린 사람은 조용히 두 눈을 감고 앉아
마음의 눈으로 그 어둠을 응시하지."
"예, 스님."
"그러면 지금 이 어둠을 당해서 어찌해야 하는고?"
"그, 글쎄요. 잘 모르겠사옵니다, 스님."
한암스님은 느닷없이 성냥불을 확 켜서는 촛불을 밝히며 말했다.
"하하하. 아 이렇게 성냥불을 밝히면 될 것 아닌가.
그렇듯 모든 일이 이와 같은 이치라네.
가난이 지겹거든 일을 하면 될 것이요,
공부가 모자라거든 공부를 하면 되는 법!
그렇지 아니 하신가."

차례

1
화엄사에서 올라온 수좌 / 15

2
소리를 듣되 소리없는 소리로 들어라 / 35

3
과부 혼자 사는 주막 / 55

4
적선지가에 필유경사 / 75

5
태어나기 전에는 어디에 있었는가 / 95

6
정성에도 무게가 있느니라 / 115

7
천고에 자취를 감춘 학이 될지언정 / 135

8
천년을 울려온 풍경소리 / 155

9
날개도 나기 전에 창공을 날아가려 하다니 / 177

10
하루에 한번씩 머리통을 만져보라 / 197

11
천황씨 이전에는 누가 있었나요? / 217

12
무릇 형상이 있는 것은 허망한 것이니 / 235

13
만고에 변치 않는 마음의 달 / 251

14
콧구멍 속에 들어있는 목숨 / 273

15
과연 어느 쪽이 이기겠습니까 / 291

16
법력으로 지켜낸 상원사 / 307

천고에 자취를 감춘 학이 될지언정……

우리나라 근대불교사에 경허(鏡虛)대선사가 없으셨다면 너무 쓸쓸하고 허전했을 것이다. 그리고 충남 예산 덕숭산에 월면 만공(月面 滿空)큰스님이 아니 계셨고, 강원도 오대산에 중원 한암(重遠 漢岩)대종사가 아니 계셨다면 오늘의 한국불교는 참으로 허전하고 황량했을 것이다.

스물두 살의 젊은 나이에 금강산 장안사에서 행름화상을 은사로 출가득도한 이후 한암대종사께서는 청암사 수도암에서 경허대선사를 만나 마음의 문이 열리셨으니, 이것은 참으로 한국불교의 화려한 중흥을 기약한 거룩한 계기가 되었다.

만공선사와 한암대종사, 한암대종사와 통도사의 경봉(鏡峰)선사, 이분들이 주고받은 도심(道心)의 교류는 스러져가던 이나라 선맥을 찬연히 다시 일으켜 세웠고, 두고두고 후학들의 귀감이 되고 있다.

"천고에 자취를 감춘 학(鶴)이 될지언정, 삼춘에 말 잘하는 앵무새의 재주는 배우지 않겠노라!"

홀연히 선언하시고 강원도 오대산 상원사에 들어가신 후 장장 27년 동안 산문을 나오지 아니 하셨으니, 스님의 문하에서 선지를 닦았던 눈푸른 납자들이 얼마였던가.

아무리 캄캄한 밤중이라도 등불을 밝히면 세상이 환히 밝아지거늘, 등불 밝힐 생각은 아니한 채 캄캄한 세상이라고 한탄하고 원망만 하면, 이는 어리석은 사람이라고 깨우치셨던 한암대종사.

6·25 전란 중 상원사 법당을 불태우러 온 군인에게 잠시 기다리라 하여 가사 장삼을 다 갖춰 입으신 후 법당 부처님 앞에 정좌하신 채 이르시기를,

"이제 준비가 되었으니 어서 불을 놓으시게. 군인은 상관의 명을 따르는 게 그 본분이요, 출가 승려는 법당을 지키는 게 그 본분이니, 두 사람 다 본분을 지키는 일, 자 어서 불을 지르시게."

이 결연한 스님의 법문 한말씀에 그 군인은 차마 법당에 불을 지르지 못하고 문짝만 뜯어다 태운 뒤 산을 내려갔으니, 오늘까지 상원사가 옛모습 그대로 서있는 것도 모두 우리 한암대종사의 은혜 덕분이다.

이제 우리 한안대종사님의 일발록(一鉢錄) 간행에 이어 큰스님의 일대기가 소설로 엮어져 나오게 되었음에 이 나라 모든 중생들이 우리 스님의 가르침의 바다에 들어 그 덕화를 골고루 입게 되기를 바랄 뿐이다.

불기 2539년 초여름

오대산 월정사 주지 然庵 玄海

1
화엄사에서 올라온 수좌

지금으로부터 칠십년 전인 1925년 을축년 9월의 어느 날이었다.

바랑을 짊어진 한 젊은 스님이 서울 뚝섬 나루터 쪽으로 천천히 다가오고 있었다. 얼마나 먼길을 걸어왔는지 퍽이나 지친 모습이었다. 낡고 해어진 옷은 온통 먼지투성이였고, 닳을 대로 닳은 검정 고무신의 앞축은 입을 쩌억 벌리고 있었다.

그러나 젊은 스님은 남루한 자신의 차림에는 아랑곳하지 않고 무언가를 찾는 듯 연신 두리번거리며 걸어오는 것이었다.

강가에 도착한 젊은 스님은 한 손을 이마에 얹고 강변을 한바퀴 휘이 둘러보았다. 물새들이 떼지어 한가로이 노닐고 있는 강변은 조용하기 그지없었다.

당시만 해도 청계천과 중랑천이 합류되기 전의 상류인 뚝섬의 한강물은 밑바닥이 훤히 드러나 보일 정도로 맑고 깨끗했다. 스님은 서늘하게 가슴을 적시며 흘러가는 강물소리에 잠시 귀를 기울이고 있었다.

이때 어디선가 경쾌한 망치소리가 들려왔다.

땅, 땅, 땅……

젊은 스님이 고개를 돌려보니 가까운 나루터에서 늙수그레한 뱃사공이 작은 배를 손보고 있는 중이었다. 주름이 깊게 패인 얼굴은 무표정하기 짝이 없었고, 온 신경이 오직 일에만 집중되어 있는 듯 누군가 다가오는 소리도 전혀 들리지 않는 모양이었다.

"저……."

스님의 조심스러운 기척에도 늙은 사공은 고개조차 돌리지 않았다. 젊은 스님은 공손한 태도로 다시 한번 입을 열었다.

"저…… 말씀 좀 여쭙겠습니다."

사공은 부지런히 놀리던 손을 멈추지도 않고 스님쪽을 흘낏 쳐다보더니 무뚝뚝하게 대답했다.

"예. 말씀허슈!"

"저…… 뚝섬 나루에서 배를 타려면 어디로 가야 하는지요?"

"으이?"

뱃사공은 흠칫하더니 망치를 내려놓고 젊은 스님에게 되물었다.

"뚝섬 나루요?"

"예."

스님이 다시 고개를 끄덕이자 뱃사공은 양어깨를 들썩이며 호탕

하게 웃기 시작했다.

"허허허허! 아 뱃사공 사십년에 뚝섬 나루에서 뚝섬 나루 묻는 손님은 처음 보겠네. 허허허."

가까스로 웃음을 멈춘 뱃사공은 어리둥절해 하는 젊은 스님을 향해 한마디 툭 던지는 것이었다.

"아, 여기가 바로 뚝섬 나루요!"

"아아, 예에."

뱃사공은 젊은 스님의 행색을 위아래로 훑어보더니 불쑥 입을 열어 이렇게 말했다.

"보아하니 타관에서 오신 스님 같으신데?"

"예? 아, 예."

"강 건너 봉은사에 가시겠다아 이런 말씀이시지?"

"예."

자신의 짐작이 속속 들어맞아 썩 기분이 좋은 듯 늙은 뱃사공은 온 얼굴에 주름을 지으며 호쾌하게 웃기 시작했다.

"허허허. 아 그럼 어서 배에 오르시우. 건네다 드릴테니."

"네에? 아니 그럼 이 작은 배로 저 강을 건넌단 말씀이십니까?"

"허허. 이 스님! 겁은 또 되게 많으시군, 그래! 이거나마 남아 있는 걸 다행으루 아시우."

"예에?"

"아, 지지난달 일어났던 홍수 소문에 대해 듣지도 못하셨수? 배고 집이고 사람이고 모조리 다 싸악 쓸어가 버렸어요! 물 위에 뜰 수 있는 건 이거 하나 겨우 남은 게요! 에헴!"

"예에."

얼마 전 서울에 큰비가 내렸다더니 그 말이 맞기는 맞는 모양이었다. 벌써 두달 전의 일인데도 홍수로 불어난 강물은 아직도 채 빠지지 않고 있었다. 이 뚝섬 근방은 워낙에 저지대라 매년 홍수가 날 때마다 침수되던 곳이었다.

그래서 이곳 주민들은 석축을 쌓고 흙을 메워 높은 곳을 만들었다. 이것을 돈대라 하는데 홍수가 나면 임시 대피소로 사용하곤 하였다. 돈대가 있는 곳에는 반드시 느티나무를 심고 고사를 지냈다.

이번 홍수로 불어난 강물은, 두어 달이 지난 지금도 돈대에 서있는 몇 그루의 느티나무 밑둥에까지 혀를 낼름거리고 있었다.

"아, 어여 타시래두!"

"아, 예에."

시퍼런 강물을 망연하게 바라보던 젊은 스님은 뱃사공의 재촉에 서둘러 배에 올랐다.

"자, 그럼! 거기 편안히 앉아 계시우. 으읏차!"

뱃사공은 기운찬 구령에 맞추어 익숙하게 노를 저어 갔다. 겉으로는 꽤나 무뚝뚝해 보이지만 아무렇게나 툭툭 던지는 그 걸걸하고 투박한 말씨에서는 푸근하고 넉넉한 인정이 배어 나오고 있었다.

배는 삐걱삐걱 소리를 내며 천천히 앞으로 나아갔다. 젊은 스님

은 옆에 사람이 있다는 것도 잊은 듯 열심히 노를 젓는 이 늙은 사공에게 웬지 모를 친밀감을 느끼며 다시 말을 건네었다.

"저 …… 지난번 홍수가 대단했던 모양이지요?"

"말씀두 마시우! 내 평생 그런 홍수는 처음이오. 아 그 뭐라드라? 관에서 써붙인 방에도 죽은 사람이 육백아흔일곱에 물에 잠긴 집이 일만여 호라고 합디다요!"

"아, 예에."

"아, 그러구 오죽했으면 경부선 철도가 열흘씩이나 불통됐겠습니까? 세상에, 세상에! 원 퍼부어도 퍼부어도 어지간히 퍼부었어야지!"

그때 일을 생각하기만 해도 끔찍한지 늙은 뱃사공은 미간에 주름을 모으며 체머리를 흔들었다. 젊은 스님은 고개를 끄덕이며 조용히 말했다.

"정말 대단했었던 모양이군요."

"말도 마시라니까요! 그래도 봉은사 스님들 덕을 많이 봤습죠!"

"봉은사 스님들 덕을 많이 보다니요?"

"어허, 이 스님! 소식이 정말 깜깜절벽이시군 그래! 아 지난번 홍수때 봉은사 스님들이 홍수에 떠내려가는 사람을 칠백여 명이나 구해냈어요!"

"아, 예에. 그랬었나요?"

"아 그래서 나라에서 상을 내린다, 부처님 은공을 입었다, 영험이 있는 절간이다, 봉은사에 도인스님이 계신다, 뭐 소문이 자자했었습죠!"

"예."

늙은 뱃사공은 강을 다 건널 때까지도 입에 침이 마르도록 봉은사 스님들을 칭찬하는 것이었다.

이 당시에 봉은사 주지는 나청호 스님이었고, 조실스님으로 계셨던 분이 바로 방한암 스님이었다. 늙은 사공의 배를 얻어타고 봉은사를 찾아가는 이 젊은 스님은 바로 이 방한암 스님을 만나러 가는 길이었다.

강을 건넌 젊은 스님은 뱃사공과 헤어져 봉은사 경내에 들어서게 되었다. 절 안은 고요하기 그지없었다. 절마당을 한바퀴 휘익 돌아보았으나 사람의 그림자라곤 통 보이지 않았다. 단풍나무 위에 앉아 있던 산새 몇 마리가 젊은 스님의 기척에 놀라 포르르 날아오를 뿐이었다.

젊은 스님은 헛기침을 하며 목을 고른 뒤에 큰소리로 안을 향해 외쳤다.

"객승, 문안드리옵니다!"

잠시 후 문여는 소리와 함께 웬 점잖은 여인이 나와 깍듯하게 목례를 올리며 말했다.

"아유! 스님들 계신 방은 바로 저쪽이온데 누굴 찾으시는지요?"

젊은 스님은 여인을 향해 합장을 하며 대답했다.

"아, 예. 저…… 조실스님을 좀 뵈러 왔사옵니다만."

"조실스님이요?"

"예."

"가만요! 그럼 제가 길잡이를 해드릴테니 따라오시지요."

"감사합니다."

여인은 봉은사 경내를 앞장서 걸어가기 시작했다. 봉은사 경내는 갖가지 나무가 울창하게 우거져 있어 군데군데 보기좋게 숲을 이루고 있었다. 이제 막 뜨거운 여름을 넘긴 나무숲에서는 풀벌레 소리가 아늑하게 들려왔다.

봉은사는 봉선사와 함께 교종과 선종의 수사찰(首寺刹)로, 서울 근교에서 가장 소문난 명찰이었다. 조선 태조는 한양을 도읍으로 정하면서 도성 내에 흥복사와 흥천사, 흥덕사를 건립하였지만, 극단적인 억불정책을 감행한 태종에 의해 이들은 모두 철거되었다. 그런 연유로 해서 그때까지만 해도 서울에는 유서 깊은 명찰이 없었다.

그러나 그 뒤 왕권 찬탈을 위해 어린 조카와 많은 신하들을 무참히 살해하고 왕위에 오른 세조는 자신의 반성리학적 패륜행위를 호도하기 위해 일시적으로 호불(好佛)정책을 펼쳤다. 그 결과 세조의 능침인 광릉 주변에 광릉의 원찰로 봉선사가 세워졌고, 연산군 4년에 성종 능침인 선릉의 원찰로 봉은사가 세워지게 되었다.

원래 이 봉은사의 전신은 견성사(見性寺)였다. 견성사는 성종릉인 선릉이 모셔지기 전부터 있던 고찰인데, 신라 원성왕 10년(794)에 연회(緣會)국사가 창건하였다고 전해져 온다. 이후 중종 25년 선릉이 들어서자 비로소 견성사는 봉은사라는 이름을 얻게 되었고, 그후 중창을 거듭하여 온 것이었다.

여인에 의해 젊은 스님이 안내된 곳은 판전선방이라고 하는 곳이었다. 선방 뒤편에는 대나무숲이 우거져 있고, 앞쪽 화단에는 꽃나무 몇그루가 얌전히 서 있을 뿐, 주위는 무거운 정적만이 감돌고 있었다. 선방 앞 댓돌 위에 깨끗이 닦아 놓은 고무신 한켤레마저 보이지 않았다면, 방 안에 사람이 있는지 없는지조차도 가늠하기 어려웠을 것이다.

여인은 젊은 스님에게 눈짓을 하여 걸음을 멈추게 한 뒤 선방을 향해 조심스럽게 기척을 내었다.

"조실스님께 김상궁 문안드립니다."

"누구시라고?"

깐깐하면서도 거침없는 목소리였다. 김상궁은 문조차 열어보지 않는 선방 안의 조실스님을 향해 고개를 숙이며 다시 공손히 대답했다.

"김상궁이옵니다, 조실스님."

"허허. 그럼 아직도 절에 계셨더란 말씀이신가?"

"아, 예에. 저…… 웬 젊은 스님께서 조실스님을 뵙겠다고 길을 묻기에 모셔왔습니다."

"누가 날 찾아왔다고 하셨는가?"

"예에."

조실스님은 누가 찾아왔다는 소리를 듣고서야 방문을 열고 밖을 내다보았다. 조실스님은 김상궁 옆에 서있는 한 해사한 젊은 스님을 일별하고는 미간을 찌푸리며 말했다.

"누구시든고?"

목소리 뿐만 아니라 상대를 응시하는 시선 역시 날카롭기 그지없었다. 당황한 젊은 스님은 말까지 더듬으며 황급히 고개를 숙였다.

"예? 예에. 저는 전라도 구례 화엄사에서 온……"

그러나 조실스님은 한 손을 들어 절을 올리려는 젊은 스님을 재빨리 제지하는 것이었다.

"아, 잠시만!"

"예, 예에?"

"나한테 절하기 전에 법당부터 다녀오시구 주지스님을 만나보신 연후에 다시 오시게."

"아, 예에."

머쓱해진 젊은 스님이 어정쩡한 표정으로 몸을 일으키자 조실스님은 다시 김상궁에게 시선을 돌렸다.

"그리구 김상궁께서는 나한테 따로 허실 말씀은 없으시겠지?"

"아 예, 조실스님. 따로 말씀드릴 일은 없사옵니다."

"음, 그럼 그만들 가보시게!"

김상궁은 절차를 제대로 밟고 난 연후에 자신에게 오라는 조실스님의 무언의 질책에 당황하여 어쩔 줄을 몰랐다.

"조실스님, 제가 그만 큰 실수를 범했나 봅니다. 스님, 용서하시옵소서."

조실스님은 잘못을 아뢰며 연신 머리를 조아리는 김상궁에게 이렇게 말했다.

"내 김상궁한테 드린 말씀이 아니니 너무 괘념치 마시오."

"용서하시옵소서, 조실스님."

젊은 스님은 자기 때문에 여인의 입장이 난처해졌음을 알고 앞으로 한걸음 나서며 조실스님께 말했다.

"잘못은 소승에게 있사옵니다. 조실스님, 부디 용서하여 주시옵소서."

그러나 조실스님은 번거롭다는 듯 양손을 내저으며 두 사람에게 퉁명스럽게 소리쳤다.

"고만 됐으니 물러들 가시게!"

조실스님은 더 이상 이야기하기도 싫다는 듯 그 한마디 말과 함께 방문을 덜컥 닫아버리고 말았다.

전라도 구례 화엄사에서 올라온 젊은 스님은 조실스님의 말씀에 따라 법당에 가서 참배를 드린 후, 김상궁의 안내를 받아 봉은사 주지 나청호 스님을 찾아뵈었다.

“객승, 주지스님께 문안드립니다.”

주지실에 홀로 앉아 책장을 넘기고 있던 주지스님은 엷게 미소 지으며 자신을 찾아온 젊은 객승을 맞이했다. 젊은 스님은 주지스님 앞에 넙죽 엎드려 큰절부터 올렸다.

“으흠, 그래. 그만하면 됐어, 됐어.”

절을 마친 젊은 스님이 자리에 앉자 주지스님은 조용히 입을 열었다.

“그래, 어디서 오신 객승이신가?”

“예. 구례 화엄사에서 왔사옵니다.”

“오! 구례 화엄사라. 아주 멀리서 오셨으니 무척 고단하시겠네. 그럼 객실에 가셔서 잘 쉬었다 가시게.”

아무래도 주지스님은 이 젊은 스님을 그저 지나가는 객승쯤으로 생각하는 모양이었다. 옆에서 이를 지켜보고 있던 김상궁은 아무래도 전후사정을 밝혀야겠다는 생각이 들었던지 넌지시 주지스님을 불렀다.

“저 …… 주지스님.”

“음. 왜 그러십니까, 상궁보살님?”

“아, 이 스님은 지나가는 객승이 아니오라 조실스님을 뵈려고 왔다 하옵니다.”

“호오, 조실스님을?”

“그렇사옵니다, 스님.”

봉은사 주지 나청호 스님은 다시 젊은 스님에게 고개를 돌렸다.

"무슨 일로 말씀이신가?"

"예. 저…… 조실스님을 모시고 한철 지낼까 해서요."

"그럼, 조실스님 밑에서 공부를 하고 싶으시다 그런 말씀이시로군요?"

"예, 그렇사옵니다."

"흐음."

그러나 조실스님 밑에서 공부를 하고 싶다는 젊은 스님의 대답에 주지스님은 난색을 표하며 고개를 흔들었다.

"뜻은 잘 알겠네마는 지금 이 봉은사 형편이 수좌의 방부를 받을 형편이 아닐세."

"네! 아니 그럼 주지스님."

"절은 비좁고, 대중은 많고, 더더구나 선방은 더 이상 비집고 들어앉을 자리도 없으니 내 아까 말한 대로 저기 저 객실에서 며칠 잘 쉬었다나 가시게."

봉은사 주지 나청호 스님의 대답을 듣고 보니 절형편을 무시한 채 일방적으로 고집을 피울 문제가 아니었다. 젊은 스님은 눈앞이 아득해졌다. 봉은사 조실스님을 만나뵙겠다는 일념 하나로 멀고 먼 구례 화엄사에서 이곳 서울까지 천릿길을 물어물어 찾아온 것이었으니 그 안타까움은 이루 말할 수가 없었다.

주지스님의 말에 난감해 하던 젊은 스님은 마지막으로 간청을

올리기 시작했다.

"저, 그럼 주지스님! 부디 조실스님께 문안이라도 드릴 수 있도록 허락해 주십시오."

그러나 주지스님은 단호히 고개를 흔들었다.

"그 문제로 조실스님께 말씀드려 봐야 소용없는 일! 방부를 받고 아니 받고는 이 절 주지인 내가 정하는 일일세."

"하오면 주지스님, 조실스님께 전해 올리라는 서찰이 있사오니 서찰만이라도 직접 전해 올리게 허락해 주십시오."

"그러시지요, 주지스님."

옆에서 지켜보고 있던 김상궁은 매번 거절을 당하기만 하는 이 젊은 스님의 처지가 딱하기 짝이 없어 한마디 거들었다. 절사정이야 그렇다 치더라도 조실스님께 전해 올리라는 서찰이야 올리게 해 줄 수 있지 않은가 하는 생각에서였다.

잠시 생각에 잠겨 있던 봉은사 주지 나청호 스님은 이윽고 젊은 스님에게 물었다.

"서찰이라면 누가 써보낸 서찰이란 말인가?"

"예, 소승이 모시고 있던 진진응 스님께서 방한암 조실스님께 전하라는 서찰이옵니다."

"진진응 스님?"

"그렇사옵니다."

"흐음."

진응 스님 이야기가 나오자 단호하던 주지스님의 얼굴이 차츰 부드러워지기 시작했다.

"진진응 스님을 모시고 있었다구?"

"예, 스님."

"그래, 그렇다면 가서 전해 드리게."

"아, 감사하옵니다! 주지스님!"

주지스님께 어렵사리 허락을 얻은 젊은 스님은 뛸 듯이 기뻐하며 거듭거듭 머리를 조아리는 것이었다. 김상궁 역시 자기일처럼 기뻐하며 함박웃음을 지었다.

이렇게 해서 가까스로 주지스님의 허락을 얻어 방한암 조실스님이 머물고 계시는 판전선방으로 가는 길에서였다. 이날 우연히 안내를 맡아 젊은 스님과 동행하게 된 김상궁은 무언가 골똘히 생각에 잠겨 있다가 조심스럽게 입을 열었다.

"저, 스님."

"예, 상궁보살님."

"주지스님이 방부를 못 받겠다 하시면 되돌아가라는 말이 아니겠습니까?"

"휴우."

안그래도 무거운 돌덩이 하나가 가슴을 내리누르는 듯 갑갑하기만 했던 젊은 스님은 김상궁의 말을 듣자 한숨부터 나왔다. 방한암 조실스님 밑에서 한철 공부하고자 하는 염원 하나로 천리나 되는

험한 길을 물어물어 찾아왔건만 봉은사 사정이 도무지 녹녹치를 않았던 것이다.

이대로 돌아간다면 무슨 낯으로 진응스님을 마주 뵐 수 있을 것인가.

젊은 스님은 풀죽은 얼굴로 힘없이 대답했다.

"그런 말씀인 셈이지요."

"그러면 저…… 이렇게 한번 해보면 어떨까요?"

"어떻게 말씀이십니까?"

물에 빠진 사람 지푸라기라도 잡는 심정으로 김상궁의 말을 기다리는 젊은 스님의 눈은 새로운 기대에 차올라 반짝 빛나고 있었다. 김상궁은 그런 스님의 눈빛을 놓치지 않았다. 순진무구하기 만한 젊은 스님의 눈빛에서는 기어이 방한암 스님 밑에서 공부를 해야겠다는 집념이 타오르고 있었다.

김상궁은 흡족한 미소를 지으며 말을 이어나갔다.

"조실스님께서는 시봉 들어주는 시봉스님이 없으시거든요."

"네에? 아니 조실스님 시봉이 없다니요?"

그건 정말 기이한 일이었다. 어느 절에서나 주지스님이나 조실스님쯤 되면 대개 다 시봉을 두고 있기 마련인데 하물며 방한암 스님 같은 큰스님이 시봉을 두지 않고 있다니 이건 또 무슨 소리인가. 아무리 별난 스님으로 유명하신 어른이지만 정말 이해할 수 없는 일이었다.

"웬일인지 글쎄 요즘은 시봉을 두지 않고 계십니다. 보기에 하도 딱해서 그러는데 스님이 직접 시봉이라도 맡겠다고 사정을 해보십시오."

"제가 시봉을 들겠다면 허락해 주실까요?"

"그야 방부를 받고 안 받고는 주지스님 마음이시지만, 조실스님이 시봉을 두시겠다는데야 주지스님이 거역을 못하실 게 아니겠습니까?"

"그, 그건 그렇습죠."

방한암 조실스님이 계시는 판전선방이 눈앞에 나타났을 때였다. 김상궁은 갑자기 걸음을 멈추고는 은밀한 어조로 젊은 스님에게 일렀다.

"그러니 스님께서 조실스님께 단단히 사정을 잘하셔야 합니다. 아, 이렇게 젊은 스님이 시봉을 척척 들어주시면 우리 조실스님도 얼마나 마음이 든든하고 편하시겠습니까요."

"예, 알겠습니다요! 상궁보살님!"

젊은 스님은 김상궁의 자상한 격려의 말을 듣고는 새로운 희망에 차서 자못 들뜬 목소리로 대답하였다.

잠시 후, 화엄사에서 올라온 젊은 스님이 조실방에 들어가서 큰절을 세번 올리는 동안 한암스님은 아무 말 없이 그저 한 손에 쥐고 있던 염주만 천천히 굴리고 있었다.

절을 마친 젊은 스님이 한암스님 앞에 정좌하였다. 한암스님은

염주를 굴리는 손을 멈추지 아니한 채 조용히 입을 열었다.

"그래, 주지스님께 인사는 여쭈셨는가?"

"예. 방금 인사올리고 오는 길이옵니다."

"그래. 그럼 이제 나한테 인사도 했으니 그만 나가보시게."

"……."

한암스님은 앞에 앉은 젊은 스님을 향해 냉담하게 한마디 던지더니 입을 다무는 것이었다. 그러나 젊은 스님은 이번에는 순순히 물러서지 않았다. 무거운 침묵이 이어졌다. 젊은 스님은 옴싹달싹도 않고 그 자리에 앉아 있다가 한참 만에 입을 열었다.

"저, 조실스님!"

"왜, 또?"

"사실은 소승, 조실스님을 모시고 한철 지내고자 해서 여기까지 왔사옵니다만."

"주지스님이 안된다고 허셨을 텐데."

"여, 여기 이렇게 진응스님께서 조실스님께 올리라고 서찰을 써 주셨습니다."

"으음?"

한암스님은 진응스님이라는 말에 젊은 스님의 얼굴을 뚫어지게 바라보다가 천천히 입을 열었다.

"진흥스님이시라면 진진응 스님께서?"

"예, 조실스님. 이 서찰이 바로 조실스님께 올리라는 서찰이옵니다."

젊은 스님은 품에 고이 간직해 두었던 진응스님의 서찰을 꺼내 공손히 한암스님 앞에 내놓았다.

"그래애?"

봉은사 조실 방한암 스님은 젊은 스님이 내놓은 편지를 받아들더니 조용히 읽기 시작했다. 편지를 읽는 한암스님의 눈자위에 실 같은 미소가 스쳐갔다. 시간이 얼마나 흘렀을까. 편지를 읽고 난 한암스님은 다소 부드러운 어조로 이렇게 물었다.

"음. 진응스님 건강은 여여하시든가?"

"예, 스님."

한암스님은 진응스님의 서찰을 본래대로 접어 놓은 뒤 지나가는 말처럼 젊은 스님에게 물었다.

"그래, 자네가 진응스님을 모시고 선방생활을 했었다구?"

"예."

"그럼 거기서 그 스님 모시고 공부를 계속할 것이지 무엇하러 이 먼길을 오셨는고?"

"진응스님께서 이르시기를 중다운 중노릇을 하려면 선지식을 제대로 만나야 하니 방한암 스님을 찾아뵈라 하시면서 그 서찰을 써 주셨습니다."

젊은 스님의 말이 끝나기도 전에 한암스님의 웃음소리가 고요한 방 안에 울려퍼졌다.

"허허허허. 지금 우리 조선 불교의 세 기둥이라면 진진응 스님이시요, 박한영 스님이시요, 김경허 스님이시거늘 어찌하여 자네는 눈앞에 계시는 스님은 제대로 보지 못하고 보잘것없는 이 멍청한 중을 찾아왔단 말이신가. 허허허."

"아, 아니옵니다, 조실스님! 바라옵건대 소승 조실스님 모시고 한철만 지내도록 허락하여 주시옵소서."

"음, 그것은 안될 말! 그만 나가보시게!"

"조실스님."

젊은 스님이 안타까운 표정으로 스님을 불러보았으나 한암스님은 한 손에 쥐고 있던 염주만 굴리실 뿐 더 이상 입을 열지 않았다. 화엄사에서 올라온 젊은 수좌는 별수없이 절을 올리고 나서 조실스님의 방을 물러나왔다.

2
소리를 듣되 소리없는 소리로 들어라

그날 저녁이었다. 붉은 노을빛에 감싸인 봉은사 경내에 저녁 예불 시간을 알리는 범종소리가 은은하게 울려퍼졌다. 하루종일 선방에 칩거해 계시던 한암스님은 가사 장삼을 단정히 갖춰 입고 밖으로 나왔다.

헌데 방문 앞 땅바닥에 웬 젊은 수좌가 무릎을 꿇고 앉아 있는 게 아닌가. 구례 화엄사에서 왔다는 바로 그 젊은 수좌였다. 조실스님이 다가오고 있는 것을 아는지 모르는지, 젊은 수좌는 그저 눈을 지그시 감고 냉기가 올라오는 차가운 바닥에 미동도 하지 않고 앉아 있었다.

한암스님은 어이가 없다는 듯 눈을 크게 뜨고 젊은 수좌가 하는 양을 바라보다가 이윽고 입을 열었다.

"아니! 자네는 화엄사에서 왔다는 그 수좌가 아니시던가?"

"그렇사옵니다, 조실스님."

"허허허. 이 사람! 대체 아직까지 돌아가지 않고 여기서 뭘 하고 있단 말이신가?"

"조실스님께서 소승을 물리치셨으되 그 가운데 담기신 조실스님의 가르침이 과연 무엇인지 그것을 참구하고 있는 중이옵니다."

"무엇이라고? 내가 자네를 물리쳤으니 그 가운데 가르침이라?"

젊은 수좌의 거침없는 답변에, 한암스님의 입가에는 한줄기 엷은 미소가 스쳐 지나갔다. 젊은 수좌는 낭랑한 목소리로 말을 이었다.

"부처님께서는 꽃 한송이 조용히 들어 보이심으로도 가르침을 전했으니 조실스님께서 소승을 물리치신데에도 반드시 그만한 가르침이 있으실 줄 아옵니다."

"허허허. 이 사람! 내 자네를 물리친 것은 화엄사로 돌아가라는 것일 뿐, 달리 생각할 것은 아무것도 없네."

"하오면 조실스님께 한 가지 여쭙도록 허락하여 주시옵소서."

"뭘 묻겠다는 겐가, 나한테?"

"소승이 모시고 있던 진응스님께서는 서찰까지 써주시면서 방한암 스님을 찾아 뵈라 하셨고, 조실스님께서는 소승더러 다시 화엄사 진응스님께 돌아가라 하시니 소승은 대체 어찌해야 두 스님의 분부에 다 따르는 것이 되겠사옵니까?"

진응스님은 한암스님을 찾아 뵈라 했고, 한암스님은 진응스님에

게 돌아가라 하니 어찌해야 두 스님의 분부에 다 따르는 것이 되느냐. 실로 맹랑한 질문이었다.

"으음."

한암스님은 입안으로 신음을 삼켰다. 대선지식 앞에서도 주눅들지 않고 제법 문제의식을 팽팽하게 조여오는 것이, 요즘 보기 드물게 총명한 수좌라는 생각이 들었다. 젊은 수좌는 한암스님의 마음이 자신에게로 조금씩 다가오기 시작하는 걸 확연히 느끼고 있었다.

'어차피 이번이 마지막 기회인 것이다!'

젊은 수좌는 대답을 재촉하기라도 하듯이 한암스님 앞으로 한 걸음 다가서며 말했다.

"하교하여 주시면 소승 그대로 따르겠습니다, 조실스님."

한동안 침묵을 지키고 있던 한암스님이 드디어 입을 열었다.

"여보게 자네."

"예, 조실스님."

"저녁예불 시간에는 어떻게 해야 하는가?"

"예에?"

순간, 한암스님의 대답을 기다리느라 초조하게 흔들리던 젊은 수좌의 눈이 번쩍 뜨였다. 조실스님의 승낙을 얻어낸 수좌의 눈은 주체하기 어려운 기쁨과 환희로 훨훨 타올랐다. 수좌는 자신도 모르게 커다랗게 소리쳤다.

"그야! 법당으로 가야 합니다, 조실스님!"

젊은 수좌는 이제 더 이상의 대답은 필요없다는 듯이 땅바닥에서 벌떡 일어나 법당으로 씩씩하게 걸어가기 시작했다.

한암스님은 앞장서서 걸어가는 젊은 수좌의 뒷모습을 바라보고 있었다. 스님의 입가에서는 보일 듯 말 듯 희미한 미소가 흐르기 시작했다.

그날 밤 저녁예불이 끝난 뒤였다.

한암스님은 봉은사 주지 나청호 스님의 거처를 찾아갔다. 한암스님이 이렇게 일부러 주지의 처소를 찾는 것은 아주 이례적인 일이었다. 평소 예불시간 외에는 바깥걸음을 거의 하지 않고 두문불출하는 분이기 때문이었다.

"여보시게, 주지스님. 날 좀 보시게."

"예, 조실스님! 어서 드시지요."

한암스님의 돌연한 거동에 깜짝 놀란 청호스님은 문밖까지 나와 스님을 맞이하는 것이었다. 청호스님이 시자를 시켜 차를 준비하는 동안 묵연히 앉아 있던 한암스님은 조용히 입을 열었다.

"내 그동안 내 밥값도 제대로 못하는 중이라."

"아유! 조실스님께서두. 아, 그 무슨 당치 않은 말씀이십니까?"

"여러 대중들이 시봉을 받으라 받으라 했지마는 번거롭기도 하려니와 염치도 없고 해서 시자를 두지 않아 왔었네."

"예, 조실스님."

"내 이제 시자를 한 사람 뒀으면 하는데 주지스님 생각은 어떠신가?"

"아유, 조실스님! 잘 생각하셨습니다요! 아, 진즉부터 두셨어야죠."

"흠. 주지스님 생각도 그러시고 허락을 하신다면."

청호스님은 황망히 손을 저으며 말했다.

"아유! 조실스님두! 아, 조실스님께서 정하시면 그만이지 제가 감히 조실스님 일을 허락하고 말고가 어디 있겠습니까. 제가 착실한 수좌 가운데서 한 사람을 천거해 올리겠습니다."

"아니 아니."

"예?"

봉은사 주지 나청호 스님으로서는 도무지 한암스님의 의중을 알 도리가 없었다.

"그러시면 무슨……?"

"으음. 주지스님이 허락만 하신다면, 내 시봉은 저기 저 화엄사에서 올라온 그 수좌에게 맡겼으면 하는데."

"화엄사에서 올라온 수좌라면?"

한암스님은 잘 생각이 나지 않는 듯 고개를 갸웃거리는 청호스님을 바라보며 계속 말을 이었다.

"진응스님 친필도 받은 터이고 눈빛을 보니 기가 살아 있어."

"진응스님의 서찰이요?"

진응스님 친필 이야기를 듣는 순간 청호스님의 머릿속에 화엄사에서 왔다는 한 젊은 객승의 얼굴이 떠올랐다. 청호스님은 그제서야 무릎을 치며 말했다.

"아하! 예에, 알겠습니다!"

한암스님은 고개를 끄덕이며 청호스님에게 말했다.

"잘만 다듬고 가꾸면 재목감이 될 것도 같으니 그리 알고 있으시게."

"아, 예. 알겠습니다, 조실스님."

하마터면 화엄사로 다시 쫓겨 내려갈 뻔했던 젊은 수좌는 이런 우여곡절 끝에 가까스로 한암스님의 시자가 되어 봉은사에 머물게 되었다. 이 이야기를 전해 들은 김상궁은 뛸 듯이 기뻐하며 한암스님 처소로 부랴부랴 달려왔다.

"조실스님! 시자를 두시게 됐으니 정말 잘하셨습니다요!"

"어허! 그 이상스런 일도 다 있으시네."

"이상스런 일이라니요, 조실스님?"

"아 내가 시봉 하나 두기로 했는데 어째서 상궁보살이 이렇게 좋아하시는지 말이야, 으응? 허허허!"

"아, 그야 그동안 조실스님 수발드는 시자스님이 없었으니 스님 뵙기가 여간 민망했었어야 말이죠."

"허허허."

김상궁은 한암스님의 농담에 샐쭉 토라지는 시늉을 하면서도,

모처럼 밝아 보이는 스님의 얼굴을 대하니 그렇게 반가울 수가 없었다.

"그런데 저, 조실스님."

"음, 왜 그러시는가?"

"이제 웬만한 일은 시자스님 시키시구요. 그리고 이젠 제발 좀 마음 편안하게 그렇게 지내십시오."

"원, 그 무슨 말씀! 아 내가 언제는 마음 불편하게 지낸 줄 아시는가. 거 이제는 내 걱정은 마시고 불공 끝났으면 어여 돌아들 가시게."

"아유, 참 조실스님두! 원 그렇게 저를 바득바득 쫓아내셔야만 직성이 풀리십니까요?"

"불공 드리러 온 보살이 불공 끝났으면 얼른 돌아들 가야지, 왜 절간에는 남아가지고 한들한들 왔다갔다 해? 어여들 데리고 돌아가셔야지!"

"염려 놓으십시오, 조실스님. 설마한들 우리 같은 아녀자들이 이 절간에 늘어붙어 살기야 하겠습니까요?"

김상궁은 섭섭한 얼굴로 자리에서 일어나 문고리를 잡더니 문득 무슨 생각이 들었던지 다시 돌아서며 말했다.

"참, 조실스님!"

한암스님은 또 뭔 얘기가 남았어? 하는 눈길로 김상궁을 올려다보며 통명스레 대답했다.

"왜?"

"아니, 스님께서는 이제 그만 물러가라고 하시면서 절도 안 받으시렵니까?"

"아니 절은 무슨 절! 아 어여 그만들 가시기나 해!"

그러나 김상궁은 고집을 피우며 굳이 절을 올리기 시작했다. 예를 다해 깍듯이 큰절을 올리는 상궁의 몸짓과 태도에는, 짧은 기간이지만 친부모보다도 더 가깝게 모셔온 스님과의 헤어짐을 아쉬워하는 마음이 넘쳐흐르고 있었다.

"어허, 그만 두시래두 그래."

어느덧 한암스님의 그 퉁명스럽기만 한 말투도 부드럽게 누어가고 있었다. 사실 한암스님은 김상궁의 깊은 속내를 누구보다도 잘 헤아리고 있었다.

절을 마친 김상궁은 조용히 입을 열었다.

"그럼 편안히 잘 계십시오, 스님. 그리고 스님! 얼마 안되는 돈이긴 하지만 저기 저 책갈피에 끼워놨으니 제 성의를 생각해서 약이라도 지어다 잡숫도록 하세요."

"약은 무슨 약! 돈 같은 거 가져오거든 종무소에나 줘! 종무소에!"

"아유! 알았습니다, 대쪽스님!"

김상궁이 입을 비죽이며 방을 나서는 모습을 뒤에서 지켜보는 한암스님의 입가에는 초생달 같은 미소가 화안하게 떠오르고 있었다.

한암스님은 평소에 별로 말씀이 없는 분이었다. 새벽 세시에 일어나 예불에 참석하고 아침에 죽을 드신 후에는, 늘 가부좌를 틀고 앉은 채 한 손으로 염주를 굴려가며 참선을 하였다.

우여곡절 끝에 스님의 시봉이 된 구례 화엄사에서 올라온 젊은 수좌는 매일 단조롭게 되풀이되는 스님의 무미건조한 일과가 의아하기만 했다. 게다가 스님은 한번 참선에 드시면 완전히 무아지경이라 곁에 사람이 있는 것도 의식하지 못하는 경지였으니 모르는 사람이 보면 그냥 주무시는 걸로 착각할 지경이었다.

이 젊은 시자는 좀체로 한번 일어난 호기심을 누르지 못하는 성미였다. 한 번은 참선삼매에 빠진 스님을 곁에서 두어 시간쯤 지켜본 적이 있었다.

그러나 젊은 시자가 아무리 눈이 빠져라 지켜보아도 한암스님은 그 긴 시간 동안 자세 한번 흐트러트리지 않고 그대로 꼿꼿이 앉아 참선을 하시는 것이었다. 보통 스님들 같으면 어림도 없는 일이었다. 처음에는 고명하신 선지식이라 그렇겠거니 생각하다가 나중에는 괜스레 의구심이 드는 것이었다.

'혹시 주무시고 계시는 것은 아닐까?'

젊은 수좌는 넌지시 스님을 불러보았다.

"저, 스님!"

"……."

"스님!"

그러나 몇 번을 불러보아도 참선에 든 한암스님은 아무 대답이 없었다. 시자는 잠시 고개를 갸웃거리다가 무릎걸음으로 스님 앞에 다가가 소리쳤다.

"아니, 스님! 이렇게 앉으셔서 주무십니까요?"

스님은 고요히 눈을 떴다. 마치 처음부터 시자의 말을 다 듣고 있었다는 듯 그 눈빛은 추호의 흔들림도 없이 맑고 그윽했다. 한암스님에게 있어 이미 삼매의 경지란 화두를 붙들고 있는 자신의 내부와 바깥을 차단하는 게 아니라, 안과 밖을 자유롭게 넘나드는 그 어떤 경계였다.

그 맑게 가라앉은 스님의 눈빛을 보는 순간, 젊은 시자는 자신의 경망한 행동이 부끄러워 고개를 떨구며 기어들어가는 목소리로 말했다.

"아이구, 스님! 주무신 게 아니었습니까요?"

"이 녀석아! 잠은 밤에나 자는 거지 아무 때나 잔다더냐?"

스님의 언성이 평상시와 다를 바 없고, 자신을 나무라는 기색이 없는 걸 확인한 시자는 조금 용기를 내서 이렇게 여쭈었다.

"그럼 스님! 화두를 들고 계십니까요?"

"……."

"화두를 들고 계시면 염주는 왜 또 굴리시는지요?"

"……."

시자의 계속되는 질문에도 한암스님은 아무 대답이 없었다. 그

러나 시자는 이왕 내친김이라 평소에 궁금해 하던 바를 모조리 다 여쭙기 시작했다.

"스님, 다른 수좌들이 이상하다고 수군거립니다요. 화두를 들고 참선에 드시면 그냥 참선에 드실 것이지 왜 염주를 굴리는지 그 까닭을 알 수가 없다고요!"

그러나 한암스님은 시자의 질문에 아무런 대답이 없었다. 그저 손에 쥔 염주를 번쩍 들어 시자의 눈앞에 한번 디밀 뿐이었다. 그리고는 또 여전히 염주를 굴리면서 다시 참선에 드는 것이었다.

한암스님은 점심 공양을 드시고 나면 오후에는 불식, 아무것도 잡숫지 아니한 채 저녁예불 시간까지 또 가부좌를 틀고 앉아 참선을 계속하는 분이었다. 또 스님은 참선 중에 다리를 길게 뻗으시거나 등을 벽에 기대는 일이 전혀 없었다.

그러다보니 수행하는 젊은 수좌들은 죽을 지경이었다. 한번은 한암스님 밑에서 수행하던 한 수좌가 견디다 못해 이렇게 여쭈었다.

"아. 스, 스님! 스님께서는 다리도 안 아프시고 허리도 아프지 아니하십니까요?"

"사람의 다리요, 사람의 허리거늘 어찌 아프지 아니하겠느냐?"

"그런데 어떻게 그렇게 오래오래 견디고 계십니까요?"

"버릇이 되면 견딜만 하느니라."

"그럼 버릇이 되기 전에는 어찌 견디셨습니까요?"

"다리가 아프고 허리가 아프면 가만히 나가서 천천히 뜰을 거닐면 되느니라."

"뜰에 나가서 천천히 걸으면 다리도 안 아프고 허리도 안 아프다구요?"

"편안한 마음으로 뜰을 거닐어 보아라. 다리도 편안해 지고 허리도 편안해 질 것이니라."

그 수좌는 알 듯 모를 듯한 스님의 대답에 연신 고개를 갸웃거리다가 다시 이렇게 여쭈었다.

"그러면 스님! 참선할 때 가장 경계해야 할 점은 과연 무엇이겠습니까?"

"으음. 참선할 때 가장 경계해야 할 병은 두 가지가 있으니."

"예, 스님. 그 두 가지 병은 과연 무엇무엇인지요?"

"첫째는 혼침이니."

"혼침이라면 졸음 말씀이시지요?"

"참선을 하면서 꾸벅꾸벅 졸고 있으면 십년 아니라 백년을 해도 아무 소용이 없는 법!"

"그리고 두번째는요?"

"두번째 병은 도거이니."

"도거라고 하시면……."

"망상을 이르는 말로 화두에 매달리지 아니하고 망상에 끄달리게 되면 참선을 십년 아니라 백년 해도 아무 소용 없느니라."

"혼침과 도거, 이 두 가지 병을 끊으란 말씀이시지요, 스님?"

"혼침과 도거, 졸음과 망상은 참선하는 사람에게 뿐만 아니라, 이 세상 모든 중생들이 끊어야 할 병이다."

"모든 중생들이 다 끊어야 한다구요, 스님?"

"농사를 짓는 사람이 농사일을 해야 할 시간에 꾸벅꾸벅 졸고 있으면 농사가 제대로 될 리가 없을 것이요, 농사짓는 사람이 농사짓는 일에 일념하지 아니하고 벼슬을 하는 게 좋을까, 장사를 하는 게 좋을까, 아니면 가서 술이나 마시고 놀까, 망상만 하고 있으면 그 농사가 제대로 될 수 있겠느냐?"

"그야 제대로 될 리가 없습니다, 스님."

"참선 뿐만 아니라 세상만사가 다 똑같은 이치이니 공부하는 사람은 공부 한 가지에 일심전력을 다해야 하고 물건을 만드는 사람은 물건 만드는 일에 일심전력을 다해야 하나니 그것이 모두 참선하는 법과 같다고 할 것이니라."

"예에. 명심하겠습니다, 스님."

그런데 그 순간, 고개를 조아리며 물러나려고 하는 수좌의 등 뒤로 한암스님의 매서운 일할이 꽂혔다.

"헌데 너는 벌써 두 눈빛에 졸음이 와 있으니 나가서 뜰을 한바퀴 돌고 와야 할 것이니라."

"예에? 예, 예 스님. 분부대로 하겠습니다요."

날카롭게 정곡을 찌르는 스님의 한마디에 당황한 수좌는 얼굴을 확 붉히며 꽁무니를 감추는 것이었다.

팔월 한가위 추석이 지나고 나자 봉은사를 찾아오는 손님이 부쩍 늘기 시작했다. 많고 많은 손님의 행렬 중에 김상궁이 빠질 리가 없었다.

김상궁은 봉은사에 도착하자마자 제일 먼저 한암스님의 거처를 찾았다.

"김상궁, 조실스님께 문안드리러 왔사옵니다."

"……."

"김상궁, 조실스님께 문안드리러 왔사옵니다."

참선에 드셨던 한암스님은 한참 만에야 바깥의 기척을 깨닫고 방문을 열었다.

"오! 어험! 오셨는가."

김상궁은 스님을 뵙자 나붓이 엎드려 절부터 올렸다.

"아, 그래 그래 되었으이."

"그동안 편안히 잘 지내셨습니까, 스님?"

"나야 늘 여여하게 잘 지내니 어서 가서 쉬도록 하시게."

속인으로 말하면 잔정이 없는 성격이랄까. 꼭 필요한 말이 아니면 일체 삼가하였고, 군더더기를 싫어하는 분이었다. 특히 조용히 앉아 참선하는 것을 가장 즐기셨던 한암스님으로서는 사람이 자꾸 찾아오는 것이 반가울 리가 없었다.

그러나 을축년 대홍수 때 봉은사 스님들이 위험을 무릅쓰고 칠

백여 명이라는 귀중한 인명을 구해낸 이후로 봉은사는 더더욱 유명해졌으니, 찾아오는 손님도 갈수록 많아지게 되었다.

어느 날 봉은사 주지 나청호 스님이 급히 한암스님의 처소를 찾아왔다.

"저…… 조실스님! 조실스님!"

"무슨 일이신가?"

"아, 예. 저 강 건너 한양에 있는 학교의 교장선생님이 들놀이를 나왔다가 조실스님을 친견하고 싶다고 하옵니다."

"아, 들놀이를 나오셨거든 들놀이나 실컷 하고 돌아가실 것이지 나는 또 왜 찾으시는가?"

"아니 그럼 그냥 돌아들 가시라고 그러란 말씀이시옵니까요?"

"난 아무도 만날 일 없으니 주지스님 알아서 하시게. 어험!"

한암스님은 그 한마디와 함께 문을 닫아버렸으니 주지스님도 이런 한암스님의 까다로운 성품에는 그만 어찌할 바를 모르는 것이었다. 다른 스님들 같으면 좀 번거롭더라도 시간을 내어 내왕한 손님을 맞이하겠지만 한암스님은 상대가 아무리 고관대작이라 할지라도 한번 싫으면 그만인 단호한 면이 있었다.

김상궁도 한암스님의 이런 꼬장꼬장한 성격을 한두 번 겪어온 게 아니었지만 때로는 몹시 서운하게 여겨질 적도 있었다. 일부러 시간을 내어 먼길을 찾아와도 살갑게 맞이해주는 자상한 성격이 아니라는 것은 잘 알고 있지만, 너무 무심하다 싶을 때가 한두 번이 아니었다.

이번 가을 봉은사에 왔다가 하직인사를 올리러 한암스님을 찾아 뵈었을 때가 바로 그랬다.

"저, 조실스님. 소녀 그만 돌아갈까 해서 하직인사 드리러 왔사옵니다."

"어 그래 그래."

한암스님은 김상궁의 절을 받고 나서 고개를 끄덕이며 말했다.

"잘들 가시게."

"아무쪼록 평안히 잘 계십시오, 조실스님."

"그래 그래. 내 염려는 마시게. 절에 오는 것은 부처님 뵙자고 오는 것이니 이 다음부터는 이렇게 왔다고 인사하고, 간다고 인사하는 번거로운 일일랑 하지 마시게."

"허지만 스님! 스님을 뵙지 못하면 허전한 걸 어쩌겠습니까요?"

"허허! 별 말씀을 다 들어보겠네."

진심을 다해 한 말인데도 한암스님이 가볍게 일축해 버리자 김상궁은 안타까운 심정으로 입을 열었다.

"정말입니다요, 조실스님! 조실스님이 안 계시면."

그러나 한암스님은 귀찮은 표정으로 손을 내저으며 김상궁의 말허리를 매몰차게 뚝 잘라버리는 것이었다.

"그래 그래 그래! 알았으니 어서들 가보시게!"

"……."

“나루를 제때 건너려면 어서어서 서둘러야 하실 게야. 자 그럼 잘들 가시게, 응? 어서들 가시게.”

한암스님은 김상궁을 억지로 내보낸 후 방문을 쾅 닫아버리고 말았다. 이것을 본 다른 보살들은 한결같이 투덜거렸다.

“아유, 참! 조실스님도! 누가 손목이라도 틀어잡는 듯이 야단이시네!”

그러던 어느 날 밤이었다. 특별한 일이 없는 한 시자를 부르는 일이 없는 한암스님이 늦은 시간에 시자를 불렀다.

“시자, 거기 있느냐?”

“예, 스님.”

“잠시 이리 들어오너라.”

“예, 스님.”

시자가 방으로 들어가 보니 한암스님은 흰 종이에다 붓으로 글씨를 쓰고 있었다.

“그래, 다 되었다. 거기 좀 앉거라.”

“예.”

한암스님은 자신이 쓴 글씨를 한참 들여다보다가 문득 시자에게 그 종이를 건네주며 말했다.

“이걸 한번 보아라.”

“예, 스님.”

“뭐라고 씌여 있는고?”

“예. 소리 성(聲) 자, 볼 관(觀) 자 성관(聲觀)이라 씌여 있습니다, 스님.”

시자의 대답을 들은 한암스님은 조용히 미소를 지으며 말했다.

“그래. 소리 성 자, 볼 관 자 성관이라. 내 자네에게 이 성 자, 관자를 법명으로 내려주는 게야.”

“예에? 아, 아니 그럼! 스님께서 저에게 이 법명을 주신단 말씀이시옵니까?”

시자의 목소리는 감격으로 사뭇 떨려나왔다. 조실스님의 시자가 된 지 몇달도 채 되지 않아 스님으로부터 법명을 받으니 정말 날아갈 듯 기쁘기 한량없었다.

더구나 평소에 지켜본 스님의 성격이 무뚝뚝하고 무심한 듯만 싶었는데 아직 한낱 시봉에 불과한 자신에게 이렇듯 속깊은 배려를 해주시니 그저 황송하기만 했다.

한암스님은 고개를 끄덕이시더니 대뜸 시자에게 물었다.

“으음. 소리 성 자 볼 관 자를 자넨 대체 어떻게 풀겠는고?”

“예. 소리를 보라 하시니 이는 필시 관세음보살님의 명호에 담겨 있는 깊은 뜻이라 여겨지옵니다, 스님.”

“그래. 관세음이란 명호는 세상의 소리를 관한다, 세간의 모든 소리를 다 들으신다, 그런 뜻이거늘 어찌해서 듣는다는 청(聽) 자를 쓰지 아니하고 볼 관(觀) 자를 써서 관세음이라 하였겠는고?”

“예. 관세음 대신에 들을 청 자를 써서 청세음이라 하셨다면 이

세상의 모든 소리를 다 듣지는 못하셨으리라 여겨지옵니다."

"그 까닭은 어디에 있는고?"

"예. 청이라 하면 귀로 듣는 것이니 세상의 멀고 가까운 소리를 귀가 다 들을 수 없음입니다, 스님."

"그러면. 관세음은?"

"예. 관세음은 세상의 소리를 마음의 귀로 듣는 것이니 세상의 멀고 가까운 소리, 크고 작은 소리를 마음은 다 들을 수 있음입니다, 스님."

"허허허."

한암스님의 웃음소리가 거침없이 방안에 울려퍼졌다.

"수좌 노릇을 몇년 했다더니 자네가 진응스님 밑에서 공밥을 먹은 것만은 아니로구먼, 그래! 허허허허."

"아, 아니옵니다, 스님. 과찬의 말씀이시옵니다."

"그래 그럼 내가 자네 법명을 소리 성 자, 볼 관 자 성관이라 지은 뜻도 알겠구먼, 그래?"

"소리를 듣되 마음의 귀로 듣고, 소리를 듣되 소리없는 소리로 들어라, 그런 분부이신가 합니다, 스님."

"허허허."

한암스님은 제자의 대답이 매우 흡족하기만 한 듯 고개를 끄덕이며 말했다.

"그래 그래. 소리 있는 소리는 귀로밖에 듣지 못하고 형체 있는 물건은 눈으로밖에 보지 못하는 법! 소리를 듣되 마음으로 듣고, 소리를 관하되 소리없는 소리를 관하고, 물건을 보되 형체없는 물건을 볼 줄 알아야 도가 열리느니라. 성관 수좌는 늘 이점을 명심해야 할 것이야."

"예, 스님. 명심하겠습니다."

시자는 자신이 존경해 마지 않던 한암스님으로부터 최초로 성관 수좌라는 말을 듣자 그만 눈물이 왈칵 쏟아질 것만 같았다.

구례 화엄사에서부터 걸어올라온 지난한 과정, 주지스님께 방부를 거절당한 일, 또 한암스님께 두 번이나 내침을 당했다가 결국 시자 노릇을 승낙받은 일 등 그동안 지낸 일들이 주마등처럼 시자의 눈앞을 빠르게 스쳐갔다.

3
과부 혼자 사는 주막

다음날 저녁 예불을 마치고 난 다음이었다. 한암스님이 봉은사 주지 나청호 스님의 처소를 찾았다.

"주지스님! 나 좀 보시게."

"예, 조실스님."

"단풍철이 지나려면 아직도 멀었겠지?"

"아, 예. 이제 막 단풍철이 시작되고 있습니다, 조실스님."

청호스님은 얼떨결에 대답을 하면서도 한암스님이 난데없는 단풍철 이야기를 꺼내자 몹시 의아한 표정이었다. 한암스님의 뜬구름 잡는 것 같은 질문이 계속 이어졌다.

"그래. 으음. 그리고 한강의 물결이 높아지려면 그것도 아직 멀었겠지?"

"아, 예. 요즘 같아서야 물결이 어찌나 잔잔하던지 강물 같지 않고 저수지 같습니다요."

"그래애."

한암스님은 궁금해 하는 주지스님의 눈초리를 외면한 채 무언가 혼자 골똘히 생각하다가 문득 고개를 끄덕이며 말했다.

"그래. 단풍철도 이제 시작이요, 한강물도 아직 잔잔하다면 앞으로도 한동안은 나룻배가 부지런히 오고가고 그러겠구먼. 그렇겠지?"

"예, 그렇겠습지요."

계속 이어지는 동문서답에 청호스님은 드디어 궁금증을 이기지 못하고 이렇게 물었다.

"아니 그런데 대체 왜 그러시는지요, 조실스님?"

한암스님은 빙긋이 웃으며 청호스님에게 일렀다.

"내일 아침 일찍 주먹밥 몇 개만 준비를 해주시게나."

"예? 주먹밥이요?"

"거 너무 많이 만들 거 없고 몇 개면 될 걸세."

"아니 조실스님? 어디 가시게요?"

"그래. 오랜만에 시자 데리고 한바퀴 휘이 돌아올까 해서 그러네."

"어……디를 말씀이십니까요, 조실스님?"

"어디긴 어디야! 바람부는 대로 물결치는 대로 발길 닿는 대로지. 아, 중 가는 길이 어디 따로 정해져 있다던가? 허허허허."

"아 예. 알겠습니다, 조실스님."

청호스님은 한암스님의 그 한마디에 모든 것을 확연히 깨닫고는 황급히 고개를 조아렸다.

중 가는 길이 어디이며 가고 오는 것은 또 무엇이던가.

번잡하고 덧없는 이 세상, 그 세속의 물결을 거스르지 않고 바람 부는 대로 발길 닿는 대로 초연히 왔다간 휘적휘적 사라지는 한암스님의 운수행에, 어찌 방향이 따로 있으며 머물 데가 따로 있겠는가.

청호스님은 선부르게 드러내버린 자신의 호기심이 못내 부끄러웠다. 그저 옷깃을 여미고 서서 한여름 저녁바람처럼 서늘한 한조각 웃음소리를 남기고 표연히 흘러가는 한암스님의 뒷모습을 묵연히 지켜볼 따름이었다.

다음날 새벽, 채 동이 터오르기도 전이었다.

일찌감치 새벽예불을 마친 한암스님은 아침죽을 잡수신 뒤 성관을 데리고 봉은사를 나서게 되었다. 봉은사 주지 나청호 스님은 한암스님을 수행할 성관시자의 바랑에 공양주를 시켜 미리 준비해놓은 주먹밥과 노잣돈을 챙겨넣었을 뿐 아무 말이 없었다.

그러나 배웅을 나온 다른 수좌들은 하나같이 어리둥절한 표정으로 한암스님께 여쭈었다.

"저 조실스님? 대체 어디로 가시는 길이십니까요?"

"글쎄. 그건 나서봐야 알겠네. 북쪽으로 가서 묘향산으로 갈까,

남쪽으로 가서 화엄사로 갈까, 동쪽으로 가서 설악산 금강산으로 갈까. 허허! 아직 어디 정한 데는 없으이."

수좌들은 어이 없다는 듯 웃으며 말했다.

"원 참 조실스님두! 아 아무리 그러신다고 어느 쪽으로 가실지 향방도 정하지 아니 하셨습니까?"

"향방을 정해 놓고 일정을 잡아 놓고 볼일까지 정해 놓으면 번거롭기만 하느니. 내 그럼 휘이 한바퀴 돌고 돌아옴세! 잘들 계시게!"

한암스님은, 봉은사 스님들에게 일일히 인사를 올리고 있던 시자 성관의 바랑을, 들고 있던 주장자로 툭툭 치며 말했다.

"자, 그럼 어서 앞장서거라."

"예, 스님."

성관은 마지막으로 주지스님께 인사를 올렸다.

"저 그럼 조실스님 모시고 잘 다녀오겠습니다, 주지스님."

"아 그래. 이 사람, 거 조실스님 잘 모셔야 하네. 험한 길은 피해서 가야 하고 깊은 개천은 돌아서 가고."

주지스님은 아무래도 걱정이 되는 듯 성관 수좌에게 이것저것 자상하게 이르고 나서 벌써 저만큼 앞서서 휘적휘적 걸어가고 있는 한암스님을 향해 소리쳤다.

"저 그럼 조실스님, 조심해서 잘 다녀오십시오!"

"그래 그래! 아 어여 그만들 들어가봐!"

한암스님은 들고 있던 주장자를 높이 쳐들어 인사를 대신하고는 다시 발걸음을 재촉했다. 묵직한 바랑은 시자가 짊어지고 가벼운 바랑은 한암스님이 짊어지고 두 스님은 부지런히 걸어 한강 둑에 올라섰다.

목덜미를 스치며 불어오는 이른 아침의 강바람은 제법 서늘했다. 강둑에 오른 한암스님은 잠시 발길을 멈추고 짙푸른 강물을 내려다 보았다. 아침놀이 강변을 붉게 물들이고 있었다.

"저, 스님!"

"왜?"

"나루를 건너서 북쪽으로 가실 건가요, 스님?"

"글쎄다. 나루를 건너면 묘향산으로 가든지, 아니면 설악산 거쳐서 금강산으로 가든지 해야 헐 게야."

"그럼, 스님! 기왕이면 다홍치마라고 금강산으로 가시지요! 네, 스님!"

"금강산?"

"예, 스님."

성관 수좌가 응석을 부리듯이 조르자 한암스님은 고개를 저으며 조용히 입을 열었다.

"금강산에는 함부로 가는 것이 아니니라."

"예? 예에? 아, 아니 왜요, 스님?"

"금강산 구경갔다가 그만 넋을 잃고 내가 머리를 깎았느니라."

"아니 그럼 스님? 금강산에서 출가하셨습니까요?"

"그래. 거기서 내가 머리를 깎았지. 장안사에서."

회상에 잠긴 한암스님의 목소리가 점점 잦아들기 시작했다. 강물 위로 둥실 붉은 몸체를 드러낸 태양이 환히 빛나고 있었다. 햇빛을 받은 물결은 노랗고 붉은 비늘을 반짝이며 천천히 몸을 뒤채었다.

"그게 몇 살 때셨는데요, 스님?"

시자 성관의 호기심 가득한 목소리에 상념에서 깨어난 한암스님은 메고 있던 바랑 끝을 바투 조이며 간단히 대답했다.

"스물두 살 때였느니라. 자 어서 가자."

"어, 어디루요, 스님?"

"둑길을 따라서 저기 저 서쪽으로 가보고 싶구나."

"서쪽으로 가면 금방 바다가 나올텐데 거기도 절이 있습니까, 스님?"

"아, 인석아! 조선 팔도 어디를 간들 절없는 곳이 어디 있어? 산마다 절이요, 골골마다 암자지. 자, 어서 앞장 서거라."

"예, 스님!"

한암스님은 시자 성관을 데리고 둑길을 따라 서쪽으로 서쪽으로 걸어갔다. 간간히 스쳐가는 작은 마을에서는 집집이 굴뚝마다 연기를 피워 올리고 있었다. 처음에는 씩씩하게 잘만 걸어가던 성관 수좌의 걸음이 갈수록 축축 쳐지기 시작했다.

한암스님은 뒤쳐져 오는 성관 수좌를 돌아보더니 슬며시 웃으며 입을 열었다.

"벌써 힘이 드느냐?"

"어유."

"으흠. 아니 그런데 웬 바랑이 그렇게 무거워 보이는고?"

"예에. 주지스님께서 떡을 싸서 넣어주셨구요, 조실스님 밤에 추우시면 안된다고 옷도 여벌을 넣어주셨구요, 그리고……."

바랑 속에 있는 물건들을 생각하니 절로 신이 나는지 성관 수좌는 연방 벌쭉벌쭉 웃으며 말을 이었다.

"그리고 노잣돈도 넉넉히 넣어주셨습니다요."

"그래애? 허허허. 그 주지가 그래도 통이 좀 크니라. 아 인석아, 어서어서 바삐 좀 걸어!"

"아유 참 조실스님도! 아 언제는 넉넉한 마음으로 유유히 가자고 하시더니."

"인석아! 저 하늘을 봐라! 아무래도 한줄기 쏟아질 모양이다."

한암스님은 걱정스런 얼굴로 하늘을 올려다보고 있었다. 그러나 성관 수좌의 눈에는 하늘빛이 아무리 봐도 예사롭기만 했다.

"예에? 제 눈엔 괜찮은 것 같은데. 아니 그럼 스님은 천기까지 보실 줄 아십니까요?"

"예에끼! 중이 그런 것을 보면 방정맞아서 못쓰는 법이야."

"방금 비가 쏟아질 것 같다고 그러시지 않으셨습니까요?"

"아 그거야 어부들도 알고 농부들도 아는 법. 좌우지간 오늘 해지기 전에 김포 나루는 건너야 할 것이니 부지런히 걸어라."

그러나 한암스님의 말이 채 끝나기도 전에 성관 수좌는 휘청 하더니 그만 돌부리에 발이 걸려 그자리에서 나동그라졌다. 수좌는 채인 발을 두 손으로 움켜잡고는 비명을 질러댔다.

"아, 아이쿠! 아유!"

"왜 그러느냐?"

"아, 그만 발가락을 돌부리에 채었습니다요!"

"쯧쯧쯧! 한눈을 팔면 그러는 법이야. 어서 일어나거라! 비 쏟아지기 전에!"

한암스님은 성관 수좌와 함께 하루종일 걷고 또 걸어서 해질녁에야 겨우 김포 나루에 당도하였다. 가까스로 나룻배를 타고 바다를 건너 강화도에 이르고 보니 날은 어두워지기 시작하는데 그만 장대같은 소나기가 퍼붓기 시작하는 것이었다.

"아유 스님! 이거 큰일났습니다!"

성관은 그만 겁이 덜컥 나서 안절부절을 못하는데 정작 바다를 건너기 전부터 소나기를 예견해 왔던 한암스님은 태연하기 그지없었다.

"인석아! 큰일나기는 무엇이 큰일나! 저 주막으로 우선 들어가면 될 것 아니냐?"

"주막으로요?"

성관은 얼굴을 타고 흘러내리는 빗물을 손바닥으로 쓸어내리고 스님이 가리키는 곳을 바라보았다. 과연 두 스님이 있는 데서 그리 멀지 않은 곳에 주막집 한 채가 오도카니 서 있었다. 다 쓰러져가는 주막집 창문에서는 흐린 불빛이 새어나오고 있었다.

"아, 정말이네요! 스님!"

성관은 주막집 불빛을 본 것만으로도 마음이 따스해져 오는 모양이었다. 한암스님은 빙긋이 미소를 지으며 서둘러 걷기 시작했다.

"자, 어서 따라오너라."

두 스님이 주막에 당도해 보니 손님은 한 사람도 없고 주인조차 보이지 않았다. 주막집 안으로 성큼 들어선 한암스님은 큰소리로 소리쳤다.

"그 비 한번 시원하게 쏟아지는구나!"

"아유, 어서들 오세요!"

일찌감치 방에 들어가 앉아 있던 주모는 바깥에 인기척이 들리자 반색을 하며 쫓아나왔다. 그러나 툇마루에 걸터앉은 손님들의 행색을 살피더니 이내 실망스러운 표정으로 소리쳤다.

"아이구머니나! 이거 스님들 아니십니까?"

한암스님은 껄껄 웃으며 주모에게 말했다.

"아니 왜 스님들은 들어오지 말라고 금줄이라도 쳐놓으셨습니까?"

"아니 저기 그런 것은 아니지만서두. 설마한들 스님들이 막걸리를 자실 리는 없으실 테구."

성관이 주모에게 다가가 말했다.

"비가 하두 쏟아져서요. 이 근방에 어디 하룻밤 묵고 갈 만한 데 없겠습니까요?"

"아니 어디까지 가시는데 그러십니까?"

주모가 두 스님을 번갈아 쳐다보며 이렇게 묻자 한암스님이 입을 열었다.

"아, 예. 강화도에 왔으니 일단 전등사부터 가야 할 터인데."

"예에? 전등사요?"

전등사에 가야 한다는 스님의 대답에 주모는 눈을 화등잔만하게 뜨고는 말했다.

"아유, 큰일나셨습니다! 아 여기서 전등사까지는 삼십리길이요, 이 근방엔 여관도 없고 아무것도 없습니다요!"

"아 그래요? 아 그럼 이 주막에서 하룻밤 신세를 지는 수밖에 별 도리가 없습니다그려."

한암스님은 별일 아니라는 듯 태연한 얼굴로 주모의 말을 받았다. 그러나 주모는 발끈 소리쳤다.

"아이고, 아니 스님께서 큰일날 소리를 하시네요?"

곁에서 두 사람의 대화를 듣고 있던 성관 수좌가 의아한 표정으로 주모에게 물었다.

"큰일날 소리라뇨?"

"아니! 과부 혼자 사는 주막에서 스님들이 어떻게 주무신단 말이시껴?"

과부 혼자 사는 주막.

그도 그럴 것이었다. 아무리 세속에 초연한 스님들이라 해도 여자 혼자 사는 집에서 신세를 질 수는 없는 노릇이었다.

비는 억수로 쏟아지고, 어느덧 날은 저물어 사위는 지척도 분간할 수 없을 지경으로 캄캄해졌다. 주막에서는 도무지 자고 갈 수 없는 형편이라 한암스님을 모시고 온 성관 수좌는 난감하기 그지없었다.

물에 빠진 사람 지푸라기라도 잡는 격으로 마지막으로 주모에게 사정을 해보는 수밖에 별 도리가 없었다.

"저 그러지 마시구요, 보살님!"

"그러지 말라니! 무슨 말씀이시껴?"

"예. 이렇게 하시면 안되겠습니까요?"

"어떻게 말씀이시껴?"

"예. 제가 우리 스님 모시고 여기서 하룻밤 지낼 수 있도록 해주시고, 그 대신 보살님께서 이웃집에 가셔서 주무시면 안되겠습니까요?"

"그러니까 시님들을 여기에서 주무시게 하고, 그 대신 쇤네더러 마실잠을 자라구요?"

"예에. 그렇게만 해주시면 방값은 물론 드리겠습니다요."

성관이 주모를 붙들고 통사정을 하는데 한암스님도 한마디 거들었다.

"어 이거 원! 염치없는 부탁이오만 그렇게 좀 해주시겠소?"

주모는 딱하다는 듯 고개를 설레설레 흔들며 입을 열었다.

"시니임!"

"예, 보살님."

"아니 쇤네는 지금 이쪽에 계신 노시님께 말씀드리는 겁니다요!"

"아, 아 예에."

한암스님은 머쓱해하는 시자 성관의 앞으로 쓱 나서며 주모에게 대답했다.

"예, 말씀하시지요, 보살님!"

"으흠! 쇤네, 비록 이런 섬구석에서 이렇게 막걸리나 팔아먹고 있사옵니다마는, 들은 풍월은 많십니다요!"

"아, 그야 그러시겠지요."

"시님께서도 잘 알고 계시겠습니다만 옛부터 여자란, 밥은 여기 저기서 먹더라도 잠만은 한 곳에서 자야 하는 법이라고 했습니다."

"하하하하. 그거야 아주 지당하신 말씀입니다."

한암스님은 껄껄 웃으며 주모의 말에 맞장구를 쳤다. 그러나 성관 수좌는 슬그머니 밸이 꼴리기 시작했다. 아무래도 이 주모가 해

도 너무 한다 싶은 생각이 들었던 것이었다.

"허지만 보살님!"

"이것보세요, 젊은 시님! 시님은 아직 젊어서 잘 모르시겠지만 쇤네가 이집 저집 마실잠이나 자고 다니면 세상소문이 망칙하게 퍼져서 이 막걸리 장사도 못 해먹게 됩니다요!"

"원, 참 보살님도! 아 지나가는 객승들에게 방 한번 빌려주는 게 뭐가 그렇게 큰 흉이 된다고 그러십니까요?"

"허어! 이 시님 좀 보시게."

주모가 성관 수좌를 붙들고 한바탕 긴 사설을 늘어놓을 태세였다. 한암스님은 자리를 털고 일어나며 말했다.

"그래요 그래! 보살님 말씀이 백번 천번 지당한 말씀! 자, 우린 그만 나가봐야 할 것이니라. 자자, 그만 일어서거라!"

"아, 아니 스님! 이 밤중에 비를 맞아가며 어디로 가자는 말씀이십니까요?"

"비맞고 죽은 사람은 없었느니라!"

"아유! 참, 스님도!"

그런데 막상 한암스님이 주막집 문을 나서려 하자 주모는 외마디 소리를 지르며 스님 앞을 막아서는 것이었다.

"아이고, 시님!"

한암스님을 돌려세운 주모는 문을 닫아걸며 소리쳤다.

"아이고, 시님! 아유, 안되십니다요!"

"어허! 아니 왜 또 문은 닫아걸고 이러십니까, 보살님?"

"아이고! 저 그래도 그렇습죠! 아, 이 쇤네 아무리 못 배운 여자 기로서니 이 빗속에 시님을 어떻게 나가시라고 하겠십니꺄?"

어정쩡하니 서서 두 사람의 대화를 듣고 있던 성관 수좌는 주모의 말에 기뻐하며 탄성을 질렀다.

"아, 그러믄요, 보살님! 지당하신 말씀입니다요!"

한암스님·역시 환하게 미소지으며 말했다.

"허허! 허면 이 일을 어쩐다? 재워줄 수도 없고, 내보낼 수도 없고. 으음? 허허허허."

"염려마십시요. 아 가을 소나기는 영감님 턱수염 밑에서도 피한다고 했는데, 설마한들 밤새도록 퍼붓겠십니꺄?"

"허허허. 그러고 보니 이 보살님, 천기까지 다 보시는 모양인데! 그러니까 내쫓드래두 비나 개이면 내쫓겠다 그런 말씀이시네그려, 으음?"

"아 저기요, 시님. 비가 개이면 이 근처에서 딱 한집 주무시고 갈 만한 집을 알려 드릴테니 거길 한번 가보세요."

묵어 갈 집이 있다는 말에 귀가 쫑긋한 성관이 얼른 주모에게 물었다.

"어떤 집인데요, 보살님?"

"이진사님 댁이라구. 사랑채 있는 집은 그 집뿐입니다요!"

"이진사 댁이라."

“네에. 그대신 청이 한 가지 있십니다요, 시님!”

“아니 청이라니요!”

“아, 이 쇤네 덕에 이진사님 댁에서 하룻밤 편히 지내시게 되면 내일 아침 떠나시는 길에 쇤네 관상을 좀 봐주셔야 합니다요!”

“어허허허.”

“관상을 봐달라구요?”

성관 수좌는 관상을 봐달라는 주모의 말에 어처구니가 없었다.

‘쳇! 우리 스님을 뭘로 보고 그까짓 관상이나 봐달라고 한단 말이야!’

성관 수좌는 저 밑바닥에서부터 치밀어오르는 말을 꿀꺽 삼키고 있었다. 헌데 한암스님은 그다지 불쾌한 기색없이 고개를 끄덕거리는 것이 아닌가.

“오호! 관상이라.”

“네. 예사 시님이 아니신 것 같은데 그것 하나 안 봐주시고 그냥 가시면 되겠십니까?”

“으음. 그건 별로 어려운 일이 아니니 그렇게 헙시다! 하하하!”

참으로 알 수 없는 일이었다. 언제는 중이 그런 것을 보면 못쓴다고 야단을 치시더니 이제는 주막집 주모의 관상을 봐주겠다고 순순히 응낙하시는 게 아닌가. 성관은 한암스님의 얼굴을 멀거니 쳐다보다가 그만 고개를 설레설레 젓고 말았다.

어쨌든 한암스님과 성관 수좌는 주막집 마루에 앉아 비가 그치

기를 기다렸다가 비가 개인 후 이진사 댁을 찾아 나섰다. 무거운 바랑을 짊어지고 온종일 걸은 탓에 성관 수좌는 힘들어서 죽을 지경이었다.

"아유."

얼마 후 두 스님은 마침내 주모가 일러준 동네에 당도했다. 그러나 막상 이진사 댁을 찾으려고 보니 사방이 칠흑같이 어두워 집들은 커녕 원근조차 제대로 분간이 가지 않았다.

동네 어귀에 멈춰선 한암스님이 성관 수좌에게 물었다.

"으음. 이 근방 어디라고 했느냐?"

"그런 것 같습니다요, 스님."

"잘 살펴봐라."

"어유, 이거 원! 하두 캄캄해서."

성관 수좌는 어림짐작으로 발을 내딛으며 집들을 살펴보다가 소리쳤다.

"아! 아, 스님! 바로 이 집인 것 같습니다!"

"이 집이라니?"

"이쪽 말씀입니다요, 스님! 솟을대문 있는 집은 이 집 하나뿐이라고 했습니다."

과연 성관이 가리킨 곳에 솟을대문이 있는 웅장한 기와집 한 채가 서 있었다. 하늘을 찌를 듯한 솟을대문의 기세나 위용만으로도 이 집의 풍족한 가세를 충분히 짐작할 수 있을 듯했다.

"그렇구나."

"와아. 이진사라는 사람, 대단한 부자인 것 같네요, 스님!"

성관 수좌는 주인을 부를 생각도 안하고 연신 감탄을 하고 있었다. 한암스님은 성큼성큼 대문 앞으로 걸어가 문을 두드렸다.

"어험! 주인장 계시옵니까?"

한밤중 문두드리는 소리에 동네 개들이 시끄럽게 짖어대는데 정작 이진사 댁에서는 아무 기척도 들리지 않는 것이었다.

"계시옵니까?"

"……."

"제가 불러볼까요, 스님?"

그러나 한암스님은 고개를 흔들며 말했다.

"아니다. 인기척이 있었느니라."

아니나 다를까. 잠시 후 삐그덕 하고 문여는 소리와 함께 하인이 고개를 내밀었다.

"누구십니까요?"

"아, 이거 야심한데 미안허네마는 지나가는 객승, 이진사 어른 좀 뵙겠다고 전해주시게나."

"지나가던 객승이라구요?"

"그러허이."

"허이구 참! 밤중에 탁발나온 스님은 처음 보겠네!"

이진사 댁 하인은 말투부터가 짜증이 배어 있는데다가 한암스님을 위아래로 훑어보는 눈초리가 어찌나 불경스럽던지 성관 수좌는 발끈 화가 나고 말았다.

"아니 이것 보십쇼! 우리는 탁발을 나온 게 아니고 이진사 어른을 만나 뵈러 왔습니다!"

"그럼 여기서 기다려보슈! 안에 가서 한번 여쭤보겠시다!"

하인은 제 할말만 마치고 나서 두 스님의 코앞에서 문을 다시 걸어 잠그는 것이었다.

"아니! 저런 저."

성관 수좌는 화가 나서 씨근거렸으나 기다리라고 말하는 데야 어쩔 도리가 없는 노릇이었다. 그러나 두 스님이 대문 밖에서 한참을 기다려도 안에서는 영 소식이 없었다. 엎친 데 덮친 격으로 잠시 멎었던 비마저 다시 세차게 쏟아지기 시작하는 것이었다.

"아유! 아유 스님! 이걸 어떡합니까요! 모르긴 몰라도 밤새도록 쏟아질 모양인데 정말 걱정입니다요!"

"중노릇을 허자면 비를 맞고 밤새도록 걷기도 해야 하느니라."

"아니 그럼, 스님은 이 집에서 재워주지 않으면 밤새 비맞고 걸어가잔 말씀입니까요?"

"재워주지 않으면 그럼 이 문간에 쪼그리고 앉아 밤을 새우잔 말이냐?"

"어유, 참 스님두!"

그때였다. 신발소리를 내며 누군가가 안에서 나오는 소리가 들

려왔다.

"어유, 스님! 나오는 것 같습니다요!"

대문이 열리며 그 하인이 다시 고개를 내밀었다.

"저 어디 있는 어느 절에서 온 어떤 스님들인지 여쭤오라고 그러는뎁쇼!"

성관 수좌가 얼른 나서며 대답했다.

"예. 경기도 광주에 있는 봉은사에서 왔다고 전해주십시요."

"경기도 광주 봉은사요?"

"예에."

"그럼 기다려보슈! 다시 한번 여쭤볼 테니까!"

이진사 댁 하인은 다시 안으로 들어갔다."

"아니! 사람을 무시해도 유분수지 그 말 한마디 물어보려고 이 빗속에 사람을 세워두고 또 들어가?"

한암스님을 모시고 온 성관 수좌는 그만 아니꼬운 생각에 속이 뒤집힐 것만 같았다. 성관은 볼멘소리로 한암스님께 말했다.

"스님!"

"왜?"

"우리가 공연히 이런 집에 찾아왔나 봅니다."

"왜 벌써 속이 상했느냐?"

"차라리 비를 맞고 밤새도록 걸어가는 게 나을 것 같습니다."

"허허허."

"아니 스님! 왜 웃으십니까요?"

"이런 일 저런 일 겪고 당하는 것, 이게 다 수행인 게야. 중이 저절로 되는 것인 줄 알았느냐?"

"그런 것은 아니옵니다마는."

"그래서 인욕바라밀이라고 그러셨지. 슬픈 것도 참고, 기쁜 것도 참고, 아니꼬운 것도 참고, 억울한 것도 참고, 화나는 일도 참고, 배고픈 것도 참고, 뭐든 참는 것이 몸에 배어야 하느니라."

"예, 스님. 명심하겠습니다."

성관 수좌는 아랫입술을 지그시 깨물며 조용히 대답했다.

4
적선지가에 필유경사

대문을 사이에 두고 이진사 댁 하인과 묻고 대답하기 세 번을 하고서야 마침내 두 스님은 집 안으로 들어갈 수가 있었다. 안으로 모시라는 집주인 이진사의 명이 떨어지자 스님들을 대하는 하인의 태도는 완전히 달라졌다.

하인은 대문을 활짝 열고는 굽실거리며 말했다.

"저 안으로 듭시라는뎁쇼!"

한암스님과 성관 수좌는 하인의 안내를 받으며 사랑채로 들어갔다. 이진사는 두 스님을 한참이나 기다리게 하고서야 큰기침 소리와 함께 거만한 태도로 방문을 열고 안으로 들어왔다.

"어험! 음!"

이진사는 팔자 수염을 매만지며 시큰둥한 태도로 자리에 앉았다.

"야심헌데 소란스럽게 해서 죄송합니다."

"으음, 아니올시다. 헌데 어떤 연유로 우리집을 찾아오시게 됐는지요?"

"사실은 전등사로 가는 길이온데 그만 도중에 비를 만나 날이 저물었으니 어디 하룻밤 신세질 곳을 찾던 중 진사어른 댁에 사랑채가 있다 허기루 이렇게 실례를 허게 되었습니다."

"허허허. 그럼 이 근처에서 사랑채 있다는 소리를 들었다는 말씀이신가요?"

성관 수좌가 얼른 대답을 했다.

"그렇사옵니다, 진사어른."

"그렇다면 바로 이 이진사가 인색하기 짝이 없는 자린고비라는 소문도 들으셨겠소이다그려?"

"아, 아니옵니다, 진사어른. 그런 소문은 못 들었습니다요."

성관이 대답을 하자 이진사는 의미심장한 미소를 지으며 이번에는 한암스님을 향해 다시 물었다.

"정말로 그런 소문은 듣지 못하셨습니까, 스님?"

"그런 소문을 듣진 못했소이다만, 이진사께서 정말로 그렇게 소문난 자린고비라면 이 중이 여기 오기를 정말 잘 했소이다."

한암스님의 뜻밖의 대답에 이진사는 흠칫 하며 의아한 표정으로 물었다.

"아니! 그건 또 어째서요?"

"뵙고 보니 이진사께서는 학문도 깊으신 것 같은데 적선지가에

필유경사라 했으니 이 중이 이진사 댁에 좋은 일 생기라고 온 것이 아니겠습니까?"

"어허. 듣자 하니 스님께서는 서너 수 내다보시면서 바둑알을 놓소이다그려."

"수행하는 중이 감히 어떻게 그런 신선놀음을 할 수 있겠소이까."

"그럼 내 한 가지 여쭤보겠소."

"말씀하시지요."

"내 그동안 탁발 나온 스님을 수십 명 겪었소이다."

"아, 그야 그러셨겠지요."

"스님들은 그저 개구일성 보시하라 나누어주라 약조라도 한 듯이 그렇게 말씀들을 하시던데 자기 재산이 좀 있다고 해서 허평허평 남에게 퍼주기만 하는 게 옳겠습니까, 아니면 안 쓰고 절약해서 자기 재산을 일구는 게 옳겠습니까?"

이진사의 물음에 한암스님은 너털웃음을 터트리며 이렇게 말했다.

"허허허허! 그럼 이번에는 소승이 이진사께 감히 여쭙겠습니다."

"예, 무슨 말씀이신지?"

"이진사께선 오른손을 한번 펴 보시지요."

"예? 소, 손을 펴보라니 이렇게 말씀입니까?"

이진사는 영문을 모르고 한암스님이 하라는 대로 오른손을 쫘악 펴 보였다.

"그렇습니다. 그렇게 손가락을 활짝 다 폈는데 그 손가락을 오므리지 못하면 그것은 불구이겠습니까, 아니겠습니까?"

"아, 손가락을 오므리지 못하면 그거야 불구지요."

"그럼 이번에는 주먹을 한번 쥐어 보시지요."

"이렇게 말씀입니까?"

"예. 쥔 주먹을 펴지 못하면 그것 역시 불구가 아니겠습니까?"

"한번 쥔 주먹을 펴지 못하면 그것도 불구지요."

한암스님은 싱긋이 미소지으며 말했다.

"바로 그렇습니다."

"예에? 아니 바로 그렇다니요?"

"재물을 허평허평 허비하는 것도 옳은 일이 아니요, 재물을 덮어 놓고 움켜쥐기만 하는 것도 옳은 일이 아니니, 나눠줄 줄도 알고 절약할 줄도 알아야 옳은 일이라 할 것입니다."

"예에?"

이진사는 된주먹으로 한방 맞은 사람처럼 멍한 표정으로 되묻다가 차차 얼굴이 환해지며 호탕하게 웃기 시작했다.

"허허허허! 이제야 무슨 말씀인지 알 것 같소이다. 허허허."

사랑채가 흔들흔들해질 지경으로 웃어제끼던 이진사는 불현듯 웃음을 멈추고 정색을 하며 벌떡 일어나 한암스님에게 큰절을 올렸

다.

"존사님을 뵙게 되어 광영이옵니다."

한암스님의 법문에 감복한 이진사는 하인을 불러 따뜻한 밥을 새로 지어 올리게 하고 차를 끓여 올리게 하는 등 두 스님을 극진하게 대접하는 것이었다. 세 사람은 밤이 깊어가는 것도 잊은 채 이야기를 나누었다.

"자, 차 한잔 더 드시지요."

"예. 그러지요."

"그런데 말씀입니다, 존사님."

"예, 말씀하시지요."

"요 근래 우리 강화도에도 서학을 믿는 집이 몇 집 생겼습니다."

"으음. 그렇겠지요."

"그런데 그 사람들은 심심하면 자꾸 저를 찾아와서 한다는 소리가, 두드려라 그러면 열릴 것이요, 구하라 그러면 얻게 될 것이니라, 그런단 말씀입니다."

"예에. 그렇다고 들었소이다."

"그런데 스님들께서도 신도들에게 그렇게 가르치고 계십니까요?"

"불가에서는 그렇게 가르치지 아니합니다."

"아니 그럼 어떻게 가르치고 계시온지요?"

"부처님께서는 일찍이 이렇게 말씀을 하셨지요. 사람의 욕심은 끝이 없으니 밑빠진 항아리와 같다."

"밑빠진 항아리와 같다?"

"그렇소이다. 하나를 갖고 나면 둘을 갖고 싶고, 둘을 갖고 나면 셋을 갖고 싶고, 셋을 갖고 나면 넷을 갖고 싶듯이 가져도 가져도 더 가지고 싶어지는 게 바로 사람의 욕심. 설령 수미산 같은 큰 산을 금덩이로 만들어준다고 해도 만족하지 못하니 욕심이 끌고 가는 대로 자꾸 따라가면 마음만 괴롭고 몸만 고달프고 결국에는 그 욕심 때문에 거짓말을 하고 남을 속이고 남의 것을 빼앗고 훔치고 죽이게 되나니, 영영 불행의 구렁텅이에서 헤어나지 못하게 됩니다."

"그러면 욕심을 내지 말라는 말씀이신가요?"

"부처님께서는 사람을 불행하게 만드는 세 가지 독을 욕심, 성냄, 어리석음이라 하셨습니다. 욕심을 내어 구하려고 하면 할수록 그만큼 괴롭고 고통이 따르는 법. 그러니 구하려고 하지 말고 만족할 줄 알아야 한다고 이르셨지요."

"그럼 그 다음 독은 성냄이라고 하셨던가요?"

"화내고 성질내고 그것이 지나치면 싸움이 되고 불을 지르고 심지어는 목숨을 죽이기까지 하게 되니 이것이 큰 독이니라 하셨지요."

"그리고 그 다음 독은 어리석음이라?"

"그렇소이다. 알고 보면 내 것은 아무것도 없는데 중생들은 어리

석게도 나의 집, 나의 아내, 나의 재산, 나의 감투 그것들을 움켜쥐려고 아귀다툼을 하고 있으니 이것이 고통의 근원이라 이르신 게지요."

"그렇다면 존사님! 나의 집, 나의 논밭 그런 것도 안된다는 그런 말씀이시옵니까요?"

"중생들은 흔히 나의 몸, 나의 집, 나의 재산이라고 말들을 합니다만, 그럼 이진사의 어르신께서는 이 세상 떠나실 적에 집, 논밭, 임야, 벼슬 그런 것 다 손에 쥐고 가셨소이까?"

"아유, 그야 고스란히 그대로 놓고 가셨습지요!"

"내 손, 내 발, 내 얼굴, 가장 소중한 자기 몸뚱어리마저 나의 것이 아니니 그대로 놓고 가는 것! 자기 몸도 결국은 자기것이 아니거늘 하물며 집이며 논밭이며 벼슬이 어찌 나의 것이 될 수가 있겠습니까?"

"그러하오시면……."

"이 세상 눈에 보이는 것, 만져지는 것, 느껴지는 것, 이 모든 것은 생겼다가 부서지고 무너지고 없어지는 것! 그러니 그것들 때문에 욕심내고 성내고 어리석은 짓을 하지 말라 이르신 게지요."

"욕심도 없고 성냄도 없고 어리석음도 없는 세상이라면 바로 그곳이 극락이 아니겠소이까, 존사님?"

"바로 그렇소이다. 탐진치를 끊으면 바로 그 사람이 부처님이요, 그런 세상이 극락인 게지요."

“존사님의 법문, 깊이깊이 가슴에 새겨 간직하겠습니다.”

다음날 아침 두 스님이 집을 나서려 할 때였다. 이진사는 성관 수좌를 따로 부르더니 바랑 안에다 노잣돈을 기어이 챙겨주는 것이었다.

그런데 전등사에 가신다던 한암스님은 자꾸 어제 왔던 길만 되짚어 가고 있는 게 아닌가. 성관 수좌는 한암스님을 외쳐 불렀다.

“스님! 이 윗길로 가면 전등사 가는 지름길이라 하옵니다!”

“그 전에 주막에 잠시 들렀다가 가야 할 것이니라.”

“주막에는 왜요, 스님?”

“아 그 주모야 농담이었겠지만, 관상을 봐주기로 약조를 했었느니라.”

“아유 참 스님도!”

그러나 한암스님은 시자의 말은 들은 척도 하지 않고 앞장서서 주막으로 향했다. 주막에 당도한 한암스님은 지체없이 문을 두드리며 소리쳤다.

“보살님! 안에 계십니까?”

“아이구머니나! 아이구, 시님 아니십니까?”

주모는 한암스님을 보고는 반색을 하며 달려나왔다.

“아 그래, 그 이진사 댁에서 편히 주무셨십니까?”

성관 수좌는 빙긋 웃으며 고개를 끄덕였다.

“보살님 덕택에 아주 잘먹고 잘잤습니다요.”

한암스님도 껄껄 웃으며 말했다.

"내 그래서 이렇게 보살님과 약조한 대로 다시 들렀습니다."

"아이구머니나! 아니 그럼 정말로 이 쇤네 관상을 봐주시렵니까?"

"암! 봐드리고 말구요! 톡톡히 신세를 졌으니 갚아드리고 가야 합지요!"

"아이고, 그럼 시님! 잠깐만 기다려주세요."

"왜요?"

"쇤네, 얼른 얼굴 씻고 빗질 좀 하고 나올게요."

"어허! 안될 소리!"

한암스님은 안으로 들어가려는 주모를 불러 엄한 목소리로 말했다.

"이 중이 보는 관상은 좀 유별난 데가 있으니 얼굴 씻고 빗질하고 분 바르면 삼만팔천 리나 어긋나는 법! 그 얼굴 그대로 여기 앉으시오!"

"예에?"

한암스님은 본래 절안에 계실 적에는 별로 말이 없는 분이었다. 그런데 밖에 나오시면 뱃사공과도 곧잘 이야기를 나누었고, 장터에서 만나는 아낙네들에게도 자상하게 이런저런 이야기를 건네었다.

그리고 이번에는 또 주막집 주모의 농담 섞인 부탁을 받아들여 엉뚱하게도 관상까지 보아주겠다는 것이었으니 한암스님을 모시고 온 성관 수좌는 이상한 생각이 들었다.

"아니 그럼 시님, 정말로 쉰네 관상을 봐주시겠십니꺄?"

성관 수좌가 손을 흔들며 끼어들었다.

"아, 아닙니다, 보살님! 우리 조실스님은 관상이니 사주니 그런 것이나 봐주는 그런 스님이 아니십니다요!"

"어허! 성관 수좌는 가만히 있거라. 내 기왕에 부탁을 받았으니 보아주기는 보아줄 것이로되 이거 어디 맨입으로야 되겠습니까, 보살님?"

"아이구, 예, 시님! 복채를 내놓겠습니다, 예!"

"어허! 누가 복채를 달라고 했나요? 냉수라도 한사발 내놓으시라는 이야기지."

"아이구, 예 시님! 금방 떠다 올리겠습니다요, 예에!"

"아니 스님! 정말로 그런 걸 봐주실 작정이십니까요, 예에?"

주모가 물을 뜨러 간 사이에 성관 수좌는 말도 안된다는 듯한 얼굴로 한암스님에게 살짝 여쭈었다. 한암스님은 담담한 어조로 한마디 대꾸할 뿐이었다.

"너두 잘 들어두면 귀가 밝아질 것이니라."

주모는 커다란 바가지에 찰찰 넘치도록 샘물을 떠왔다.

"아이구 시님! 여기 냉수 떠왔십니다요, 예!"

"고맙습니다."

한암스님은 주모가 떠온 물을 벌컥벌컥 시원하게 들이켜고 나서

말했다.

"자 그럼 보살님."

"예, 시님."

"내가 묻는 말에 대답을 하셔야 합니다."

"예, 시님."

"보살님은 발이 잘생긴 게 좋겠소이까, 손이 잘생긴 게 좋겠소이까?"

"무, 무신 말씀이신지요, 시님?"

"발 잘생긴 편이 좋겠느냐, 아니면 손이 잘생긴 편이 좋겠느냐 그걸 묻고 있는 겝니다."

"아, 예에. 아 그거야 발 잘생겨서 뭣합니까요? 발보다는 손이 더 잘생긴 게 좋습지요, 네."

"그러면 손 잘생긴 게 좋겠소이까, 아니면 얼굴 잘생긴 게 좋겠소이까?"

"아유, 그야 얼굴 잘생긴 게 더 좋십니다, 시님."

"바로 말씀하셨소이다. 발 잘생긴 것보다는 손 잘생긴 게 좋고, 손 잘생긴 것보다는 얼굴 잘생긴 게 좋지요."

"아유! 그러문요, 시님!"

"그러면 얼굴만 반반하게 잘생겨 가지고 거짓말 잘하고 욕심많고 이간질 잘 시키고 걸핏하면 성질 잘내는 사람, 이런 사람이 더 좋겠소이까, 아니면 얼굴은 좀 못생겼더라도 정직하고 온순하고 화내지 아니하고 인정 많고 착한 사람이 더 좋겠소이까?"

"아유, 저 그야 시님! 얼굴은 좀 못생겼더라도 정직하고 성질 안 내고 인정많은 사람이 더 좋습지요, 녜."

"바로 그렇소이다. 그래서 옛말씀에 이르시기를 족상불여 수상이요 수상불여 관상이요 관상불여 심상이라 했습니다."

"족상. 수상. 관상. 아유, 그게 다 무신 말씸이신지요, 스님? 쇤네는 통 뭔 말씸이신지 모르겠습니다."

"발바닥이 제 아무리 잘생겼어도 손 잘생긴 것만 못하며, 손이 제아무리 잘생겼어도 얼굴 잘생긴 것만 못하며, 얼굴이 제아무리 잘생겼어도 마음씨 잘생긴 것만은 못하다는 그런 말씀이지요."

"아, 예."

"그러니 보살님."

"예, 시님."

"보살님은 수상입네 관상입네 그런 거 볼 생각 마시고 아무쪼록 그 고운 마음씨 더욱 더 곱고 착하게 쓰시면 앞으로 큰 복을 받게 될 것이오."

주모는 앞뒤를 따져보지도 않고 단순히 큰 복을 받을 수 있다는 말에 어린아이처럼 마냥 즐거워했다.

"아이구 저 그럼 시님, 이 쇤네 복을 받기는 받겠십니까요?"

"수상이니 관상이니 보다 심상을 곱고 착하게 가꾸면 반드시 복을 받으시게 될 게요. 아시겠소이까?"

"아이구 이거 감사합니다요, 시님!"

한암스님은 연신 합장을 하며 감사를 올리는 주모를 등뒤로 하고 성관 수좌와 함께 전등사로 향했다.

전등사에 당도하여 하룻밤을 보낸 한암스님이 그 이튿날로 정수암에 들러 함허스님 부도에 인사드리고 비구니 사찰인 백련사를 거쳐 적석사로 찾아든 것은 밤이 깊어서였다.

적석사 주지스님은 한암스님과 성관 수좌를 방으로 안내한 후 인사를 올리며 말했다.

"이 원로에 험한 길 오시느라고 고생이 많으셨겠습니다, 스님."

"고생은 무슨 고생, 쉬엄쉬엄 왔느니."

"소승 그럼 그만 물러가겠습니다. 편히 쉬십시오, 스님."

"그래 그래. 그만 가서 쉬도록 하시게."

주지스님이 그대로 문을 닫고 나가자 성관 수좌는 어이가 없었다. 전등사를 떠나 정수암, 백련사를 거쳐온 강행군이었으므로 심신은 극도로 지쳐 있었고, 몹시 배도 고프던 차였기 때문이었다.

게다가 자기 혼자 몸이라면 모르되 대선지식 한암스님을 모시고 온 터이니 빈말로라도 저녁공양을 드셨는지 여쭈어라도 볼 수 있는 일이 아니던가.

"아, 아니 스님!"

"왜 그러느냐?"

"아니 세상에! 이럴 수가 있습니까요, 스님?"

"이럴 수가 있느냐니! 그건 또 무슨 소린고?"

"아니 그래 다른 스님도 아니고 조실스님을 모시고 왔는데 저녁 공양을 드셨는지 안 드셨는지 여쭤보지도 않으니……."

"인석아, 때가 너무 늦었느니라."

"아무리 그래도 그렇지요, 스님! 아 이 캄캄한 산길을 헤매고 와서 뱃가죽이 등짝에 찰싹 달라붙었는데 정말 이건 너무하지 않습니까요, 스님?"

"때가 아니면 음식은 주지도 말고 먹지도 말라고 일렀느니라."

"아유, 참! 조실스님두! 아무리 사찰 청규가 그렇다고는 해도 인사는 인사고, 예의는 예의지, 아 우리가 이웃절간에서 놀러 왔습니까요? 아무래도 안되겠습니다요! 제가 얼른 가서 공양상 좀 봐 달라고 그러겠습니다요, 스님!"

성관 수좌가 당장이라도 달려갈 듯이 엉덩이를 들썩이는데 한암스님의 벼락 같은 호통소리가 방안에 울려퍼졌다.

"너 인석! 너 아무래도 안되겠구나!"

"아니 왜요, 스님?"

"너 당장 거기 있는 그 바랑 짊어지고 화엄사로 내려가거라!"

"예에?"

바랑 짊어지고 당장 떠나라는 한암스님의 호통소리에 기가 질린 성관 수좌는 그만 사색이 되어버렸다. 그냥 꾸중도 아니고 아예 화엄사로 내려가라니 앞이 캄캄해져 버린 성관은 다 죽어가는 목소리

로 스님께 매달렸다.

"아니! 조, 조실스님! 소승이 뭘 크게 잘못했다고 이리 역정을 내십니까요?"

"듣기 싫으니 썩 나가거라!"

"조실스님!"

"듣기 싫대두 그래!"

"허면 소승더러 이 밤중에 이 절을 떠나란 말씀이십니까요, 스님?"

"중노릇 제대로 못할 바에야 하루 빨리 속퇴하는 것이 나을 것이니라."

"아니옵니다요, 조실스님! 소승 무슨 일이 있더라도 기어이 중노릇을 하겠사옵니다."

"무슨 일이 있더라도 중노릇을 하겠다?"

"예, 스님."

"밥 한끼 걸렀다고 안달복달하는 녀석이 중노릇을 어떻게 헌다는 말인고?"

"그, 그건 소승이 잘못했사옵니다, 스님. 한번만 용서하시옵소서."

"진심으로 하는 소리렷다?"

"예, 스님. 정말로 잘못했사옵니다."

"으음. 내 엊그제도 너에게 일렀느니라. 중노릇 제대로 허자면 참아내는 것부터 배워야 한다고!"

"예, 스님."

"먹고 싶은 것 다 먹고, 자고 싶은 잠 다 자고, 입고 싶은 것 다 입고, 갖고 싶은 것 다 가지려 들면, 그건 이미 중이 아니라 무위도식하는 시정잡배에 불과한 것!"

"예, 스님."

"삭발출가하고 먹물옷만 입었다고 해서 중이 아니니 청정계율을 엄히 지키고 다섯 가지 욕락에서 벗어나야 중이라고 할 수 있는 법!"

"예, 스님. 명심해서 받들어 지키겠습니다."

"세속사람들은 배불리 맛있게 먹고, 비싸고 좋은 옷을 잘 차려입고, 많은 재산에 높은 벼슬에 으시대고 떵떵거리는 것을 자랑으로 여기지만은 모름지기 출가수도자는 아무것도 가지지 않는 것을 그 본분으로 삼아야 할 것이니, 그대는 대체 무엇이 되기 위해서 머리를 깎았는고?"

"예. 저 그것은 출가수도자가 되기 위해서이옵니다."

"그러면 무엇을 하기 위해서 수도자가 되었는고?"

"예. 저 그것은."

"많은 재산을 벌기 위해서 수도자가 되었는가?"

"아, 아니옵니다, 스님."

"그럼, 높은 벼슬을 하기 위해서 수도자가 되었는가?"

"아니옵니다, 스님!"

"그럼! 일하지 아니하고 편히 먹고 살기 위해서 수도자가 되었는가?"

날카로운 채찍과도 같은 매서운 질문이 빈틈없이 이어지자 성관 수좌는 눈물을 뚝뚝 떨어뜨리며 흐느끼기 시작했다.

"아, 아니옵니다, 스님!"

"그럼, 잘먹고 잘입고 호사를 누리자고 삭발출가를 했는가?"

"아, 아니옵니다, 스님!"

눈물범벅이 된 얼굴을 조아리던 성관 수좌는 마침내 한암스님의 발치에 고꾸라지듯 쓰러져 목놓아 우는 것이었다. 한암스님은 어깨를 들먹이며 하염없이 흐느껴우는 성관을 말없이 내려다보고 있었다.

다음날 한암스님은 새벽예불을 마치자마자 성관 수좌에게 서둘러 행장을 꾸리게 했다. 성관이 차비를 마치자 한암스님은 산을 내려가기에 앞서 주지실로 향했다.

"으흠! 주지스님 안에 계시는가?"

"……."

산위에서 불어오는 바람결에 처마밑 풍경만이 앙징맞은 몸체를 흔들며 화답을 해왔다. 한암스님은 간들간들 흔들리며 맑고 투명하게 공중에 부서지는 풍경소리를 묵연히 바라보다가 다시 주지실을 향해 입을 열었다.

"여보시게, 주지스님!"

그제서야 삐걱하고 문이 열리며 적석사 주지스님이 고개를 내밀었다. 주지스님은 밖에 서있는 한암스님을 보더니 눈이 휘둥그래졌다. 주지스님은 깜짝 놀라 신발을 끌고 댓돌 밑에 내려서며 말했다.

"아, 아이고 스님! 아니 행장은 왜 꾸리셨습니까요?"

"지나가던 객승 잘 쉬었다 가네."

"아이고 스님! 아 며칠 더 쉬시면서 법문도 좀 들려주시고 그러실 일이지, 아 왜 이리 일찍 떠나려 하십니까요?"

"법문은 무슨 법문! 이 좋은 산천경계에 풍경소리가 저절로 울리거늘 달리 또 무슨 법문이 필요하겠는가."

"아유, 스님! 그래도 그렇지요."

그러나 한암스님은 주지스님의 만류를 귓전으로 흘리며 다시 처마밑에 매달린 풍경에 눈길을 주었다.

"으음. 저 풍경소리 듣고 계시는가?"

"아 예, 스님."

"저 소리는 있다고 할 것인가, 없다고 할 것인가?"

"예, 방금 울렸으니 있다고 하겠습니다."

"음, 지금은 울리지 않지 않는가."

한암스님의 칼날 같은 물음에 정곡을 찔린 적석사 주지는 당황하여 온 얼굴이 시뻘겋게 달아올랐다.

"아, 예에. 저 지금은 울리지 않으니 없다고 하겠습니다."

"어허, 이 사람! 다시 또 풍경이 울리지 않았는가!"

한암스님의 목소리에는 얼음을 쪼개는 듯한 냉정함이 어려 있었다. 적석사 주지는 당혹스러움을 숨기지 못하고 쩔쩔매기만 할 뿐이었다. 사실 한암스님과도 같은 대선지식의 깊고도 높은 선지를 꿰뚫기에는 주지의 그릇이 너무 작았다. 파랗게 질린 적석사 주지는 간신히 입을 열어 말했다.

"하, 하오면 스님!"

"허허허. 풍경소리는 있는 것도 아니요, 없는 것도 아니니 사람이나 짐승이나 나무나 꽃이나 이 세상 모든 만물이 다 그와 같으이."

적석사 주지는 한암스님의 거리낌없는 웃음 앞에서 말없이 고개를 조아릴 뿐이었다.

곁에서 두 스님의 대화를 지켜보던 성관 수좌도 어리둥절한 눈길로 스님께 여쭈었다.

"무슨 말씀이시온지 저 역시 못 알아 듣겠사옵니다, 스님."

"저 쇠붙이가 풍경으로 만들어진 인연, 처마끝에 대롱대롱 매달린 인연, 거기에 살랑살랑 바람을 만난 인연, 그 밑에서 우리가 들어준 인연, 인연들이 모이면 소리가 있으되 인연이 흩어지면 소리가 없으니, 세상 모든 이치가 다 이와 같다 할 것이야. 자, 이제 그만 우리는 내려가 보자꾸나."

"예, 스님."

한암스님과 성관 수좌는 적석사 주지스님을 절마당에 남겨놓고 유유히 산을 내려가기 시작했다.

5
태어나기 전에는 어디에 있었는가

적석사에서 내려온 한암스님은 강화도에서 다시 배를 타고 바다를 건너 강화도 서쪽에 자리하고 있는 섬 석모도에 도착했다. 망망한 바다 한가운데 자리잡은 석모도는 자그마하지만 주변 경관이 빼어나게 아름다운 섬으로 신라때 세워진 보문사라는 고찰이 있었다.

한암스님은 성관 수좌를 데리고 신라 고찰 보문사에 들러 나한전을 참배했다. 그런데 두 스님이 나한전 참배를 마치고 나오려는데 그때껏 나한전 안에서 열심히 절을 올리고 있던 백발 할머니 한 분이 다급하게 쫓아나오며 스님을 부르는 게 아닌가.

"여, 여, 여보시오! 스님네들!"

성관 수좌가 돌아보니 백발 할머니는 제대로 쫓아오지도 못하고 급한 김에 양손만 마구 흔들고 있었다. 성관 수좌는 안쓰러운 생각이 들어 할머니 앞으로 되돌아가 물었다.

"예? 왜 그러시옵니까, 노보살님?"

"아이고, 글쎄 이 일을 어찌하면 좋겠습니까요?"

무슨 딱한 사정이 있는 것인지 백발 할머니의 눈에는 물기마저 어려 있었다. 성관의 뒤에 서있던 한암스님은 할머니 앞으로 다가가 인자한 미소를 지으며 물었다.

"무슨 일이시온데 그러시는지요?"

"예. 아 글쎄 이 주책없는 늙은것이 불공드릴 욕심으로 올라오기는 왔는데 하루종일 절을 하고 났더니만 이젠 다리가 풀려서 오도 가도 못하게 됐으니 이를 대체 어찌하면 좋겠수, 그래?"

"아, 예에."

강화도 서쪽 섬 석모도 낙가산에 자리잡고 있는 보문사는 바닷가에서 가파른 언덕배기를 올라와야 하니 호호백발 할머니가 다리에 힘이 풀려 오도 가도 못 하겠다고 하소연을 하는 것도 무리가 아니었다.

"어허! 이거 정말 야단났소이다그려! 그래. 노보살님 댁은 어디신데 예까지 이렇게 혼자 오셨습니까?"

"우리집? 우리집은 배타고 건너가면 바로 그 동네요."

성관 수좌는 배를 타고 건너왔다는 할머니의 말에 깜짝 놀라 눈을 커다랗게 뜨고 소리쳤다.

"아유 참! 아니 그럼 할머니 혼자 배까지 타고 건너오셨단 말씀이세요?"

"아이그! 젊었을 때부터 하도 자주 다닌 절이라 선걸음에 얼른 댕겨갈려고 그랬는데 이놈의 다리가 인제 어디 말을 들어줘야 말이지요……"

"그러시기에 절에 오실 땐 며느님이나 따님하고 함께 오셔야지 어쩌자고 혼자 오셨습니까요?"

"그러게 늙으면 주책 아니우? 절에 간다고 하면 못가게 할까봐 며느리한테도 말을 않구 왔는데 이 일을 대체 어짜믄 좋겠수 그래?"

오죽 답답하면 참배하고 나가려던 두 스님을 불렀을까. 잠시 생각을 하던 성관 수좌는 마침내 결심을 했는지 등에 지고 있던 바랑을 끌러 한암스님께 내밀며 말했다.

"스님!"

"왜?"

"이 바랑을 좀 맡아주시지요."

"바랑은 왜?"

"제가 업어서 모셔다 드리고 오겠습니다요."

"그래? 으음, 그거 괜찮은 생각이구나!"

한암스님은 백발 할머니를 업어서라도 모셔다 드리고 오겠다는 제자의 생각이 기특한지 흡족한 미소를 지으며 성관이 내미는 바랑을 받아 들었다.

가끔 욱하는 감정에 경솔하게 행동할 때가 없지는 않았지만, 노인의 딱한 처지를 외면하지 않고 저렇듯 갸륵한 생각을 하다니 제자의 마음씀씀이가 생각할수록 가상하기만 했다.

"자! 그럼 어서 다녀오너라."

"예, 스님."

성관은 선뜻 할머니 앞에 등을 내밀며 말했다.

"자, 어서 업히세요, 할머니!"

"아유! 아, 이거 죄송스러워서 어쩐다죠, 스님?"

백발 할머니는 마치 젊은 처녀처럼 부끄러워하며 한암스님에게 말했다. 참으로 아름다운 광경이었다. 한암스님은 껄껄 웃으며 말했다.

"하하하. 아무 염려 마시고 자자, 어서 업히세요. 노보살님은 나한전에 기도를 드려가지고 효험을 빨리도 보십니다요. 허허허."

"네에, 그러게 말씀입니다요!"

한암스님의 호쾌한 웃음에 백발 할머니도 호물호물 따라 웃으며 성관의 등에 업혔다.

"아유 미안해서……."

"괜찮습니다요. 아무 염려 마시라니까요, 노보살님!"

가뿐하게 할머니를 업은 성관은 한암스님께 말했다.

"저, 스님! 그럼 다녀오겠습니다요!"

"그래그래. 조심해서 다녀와야 할 것이니라. 허허허."

보문사에서 석모도 나루터까지는 이십리가 넘는 길. 백발 할머

니를 업고 나루터를 향해 떠났던 성관 수좌는 그날밤 한밤중이 되어서야 보문사로 되돌아 왔다.

왕복 오십리길. 혼자 몸으로 다녀와도 힘들었을 터인데 하물며 사람을 업고 갔다 왔으니 성관 수좌는 완전히 기진맥진했다.

한암스님은 방에 불을 밝혀놓고 수좌가 돌아오기를 기다리고 있었다. 불빛이 아른거리는 방에는 스님의 큰 그림자가 거인처럼 성관을 맞이하고 있었다. 성관은 발소리를 죽이고 절마당에 서서 늦도록 자신을 기다리는 한암스님의 그림자를 오래도록 바라보았다.

때로 그 엄하기가 한겨울 얼음장 같은 분이었으나, 희미한 촛불에 의지해 책장을 넘기면서 밤이 이슥해지도록 잠들지 않고 자신을 기다리는 스님의 모습은 제자를 아끼는 살뜰한 정으로 충만해 보였다.

성관은 감동에 젖은 떨리는 목소리로 스님을 불렀다.

"저 조실스님! 이 방에 계시옵니까요?"

"어, 그래. 이제 돌아왔느냐? 어서 들어오너라."

성관은 조심스럽게 문을 열고 들어가 스님 앞에 앉았다.

"다녀왔습니다, 스님!"

"그래, 보살님은 잘 모셔다 드렸느냐?"

한암스님은 읽고 있던 책장을 덮고 부드러운 눈길로 성관을 바라보았다. 그 눈길은 마치 성관 수좌의 곤한 몸을 어루만지는 듯이 느껴졌다. 성관은 당장에라도 방바닥에 고꾸라질 것만 같이 지쳐있던 자신의 몸에 새로운 원기가 넘쳐흐르는 것을 느꼈다.

그러나 그것은 느낌과 느낌이었을 뿐, 두 스님의 대화는 간명하고 담담하기 그지없었다.

"예. 나룻배에 태워드리고 왔습니다."

"수고가 많았느니라."

"아니옵니다, 스님."

"그래 이왕에 나루터에 갔던 김에 객주집에라도 들러서 뭘 좀 요길 했드냐?"

"아, 아니옵니다. 선걸음에 바로 되돌아왔습니다."

"아니 여태 아무것도 먹질 않았으면 배가 고파서 어떻게 견뎠단 말이냐?"

"괜찮습니다, 스님."

"괜찮기는 인석아! 하루 웬종일 왔다갔다 많이 걸었거늘 뭐가 괜찮다고 그러느냐?"

"아, 아닙니다, 스님. 그냥 자겠습니다."

한암스님은 그냥 자겠노라는 제자의 담담한 대답에 잠시 침묵을 지키고 있다가 손가락으로 방 한구석을 가리키며 말했다.

"저기 저 윗목에 덮어논 공양상 이리 가지고 오너라."

"아니 스님? 공양상이라뇨?"

"내 이 절 주지스님에게 사정을 말씀드리고 공양상을 차려다 두었느니라."

성관 수좌는 스님의 따사로운 마음에 감격하여 어쩔 줄을 몰랐다.

"원, 참 조실스님두."

"아 인석아! 어서 이리 가져와! 나도 아직 들지 않았으니 같이 들자꾸나. 아, 어서!"

"예에, 스님."

그날밤 늦게 공양상을 물린 뒤였다. 한암스님은 그윽한 눈빛으로 성관 수좌를 바라보다가 정이 담뿍 실린 목소리로 말했다.

"관수좌. 이리 좀 가까이 오너라."

한암스님이 소리 성 자, 볼 관 자, 성관이라는 법명을 내려주시기는 했으되 관수좌라 불리워지기는 이날밤이 처음이라 성관은 얼떨떨해졌다. 실제로 법명에서 앞글자를 떼어버리고 관수좌라 불린다는 것은 대단한 친근감과 믿음이 없이는 불가능한 일이었다.

난데없는 호칭에 성관은 새삼스럽게 두 사람뿐인 방안을 두리번거리며 말했다.

"저 말씀이십니까요, 스님?"

"어허! 이 방안에 너 말고 또 누가 있느냐?"

"예에."

"아 좀더 가까이 와."

"아 예, 스님."

그러나 성관은 묘한 기분이 드는 것이었다. 한편으로는 한암스님의 살뜰한 정이 배어나는 것 같아 매우 기쁘면서도 또 다른 한편으로는 스님의 이런 모습은 난생 처음이라 어쩐지 자꾸 쑥스러워지기만 했다.

그러나 한암스님은 어색해 하는 성관의 태도를 개의치 않고 계속해서 말했다.

"발을 좀 내밀어 보아라."

"바, 발을요?"

"그래. 손 말고 발 말이다."

"발은 왜요, 스님?"

"그만큼 걸었으면 발바닥이 부르트고 뒤꿈치에 물집이 생겼을 것이니라."

"아, 예에. 에이, 그래두 견딜만 합니다요, 스님."

"어허! 어서 이리 내놓지 못하겠느냐?"

"어휴 스님! 아, 이거."

한암스님은 부끄러워 자꾸 뒤로 물러나기만 하는 성관 수좌의 발을 억지로 잡아당겼다.

스님의 짐작대로 성관 수좌의 발은 보기가 흉칙할 정도로 부르트고 어디 한군데 멀쩡한 곳이 없이 물집과 상채기 투성이었다.

"으음. 쯧쯧! 이것 봐라! 이거 이렇게 부르트고 물집이 생긴 발로는 더 이상 못 걸어. 이럴 땐 약을 발라야지."

"으."

성관수좌는 고통을 참으려고 이를 악물고 있었다. 스님의 손이 닿는 곳마다 쓰라렸고 찌를 듯한 통증이 왔다.

그런데 한암스님은 아까 밥을 먹다가 남겨둔 찬밥 덩어리를 헝겊 위에 놓고 조금씩 짓이겨 바르기 시작했다. 성관은 이상한 생각에 아픔도 잊고 한암스님이 하는 양을 지켜보고 있었다.

스님은 밥을 이겨 바른 헝겊을 양쪽 발바닥에 단단히 붙여두고 있었다. 성관은 궁금증을 참지 못하고 스님께 여쭈었다.

"아니 스님, 밥풀을 짓이긴 게 약이 됩니까요?"

"으흠. 나도 처음엔 너처럼 믿질 못했느니라. 금강산에서 해인사까지 걸어가는 길이었는데 이틀을 걷고 나니 발바닥이 온통 부르트고 물집이 생겨서 도무지 걸을 수가 없었지. 그랬더니 스님께서 이렇게 밥풀을 짓이겨서 발라주셨다. 아 그래 내가 이깐 밥풀이 무슨 약이 되느냐고 그랬더니 스님께서는 웃으시면서 그러시더구나. 하하하하. 이까짓 밥풀 짓이긴 게 약은 무슨 약이냐구? 하룻밤 자고 나면 신통할 것이니라, 이렇게 말이니라, 허허허."

"아니? 그럼 스님? 정말로 이게 약이 된단 말씀이십니까요?"

성관은 도무지 믿기 어렵다는 듯이 두 눈을 깜빡거리며 자꾸만 되물었다.

"자, 이제 잘 배워두었으니 너도 하룻밤 자고 나면 자연히 알게 될 게 아니겠느냐, 으응? 허허허."

다음날 새벽이었다. 성관 수좌는 눈을 뜨자마자 간밤에 한암스님이 밥풀을 짓이겨 발라준 발바닥을 먼저 만져보았다. 그런데 정말 신통한 일이었다. 부르트고 물집이 잡혀서 그토록 쓰리고 아프던 발바닥이 거짓말처럼 고실고실해진 게 아니겠는가.

"아이고! 아이고! 정말 신기한 일이네! 정말로 많이 나아졌으니."

성관은 아무리 생각해도 신통방통한지 스님이 누워 계시던 쪽으로 몸을 돌리며 소리쳤다.

"스님, 스님! 나았습니다요! 다 나았습니다요! 어?"

어둑한 방안에서 스님의 이부자리를 더듬던 성관의 눈이 동그래졌다. 한암스님이 누워 계시던 곳에는 단정히 개켜진 이불만이 덩그라니 놓여 있을 뿐이었다.

"어? 어디 가셨나?"

그때 이미 한암스님은 법당에 올라가서 일찌감치 새벽예불을 드리고 계셨다. 성관 수좌는 서둘러 얼굴을 씻고 독경소리가 울려퍼지는 법당으로 올라갔다. 예불을 마친 성관 수좌가 법당 밖으로 나오니 한암스님은 절마당에 서서 뒷짐을 진 채 저 멀리 아득히 넘실거리는 서쪽 바다를 내려다보고 계셨다.

성관은 한암스님 곁으로 다가갔다.

"스님!"

"왜?"

한암스님은 검푸른 파도가 넘실거리는 바다에서 시선을 떼지 않

고 나지막히 대답했다.

"신통하게도 정말로 나았습니다요, 스님!"

"흐음. 그래애? 걷기가 한결 수월해졌느냐?"

"예. 수월해진 정도가 아니라 아주 다 나은 것 같습니다요!"

"오늘 또 길을 걷고 나면 오늘밤에도 또 그렇게 붙여야 할 것이야."

"아니 스님? 그럼 오늘 또 길을 떠나시게요?"

"머물려고 온 절이 아니니 참배를 마쳤으면 떠나야 할 것이니라."

"그럼 이제 봉은사로 돌아가는 거지요, 스님?"

한암스님은 어린아이처럼 들뜬 목소리로 소리치는 성관 수좌를 묵묵히 바라보다가 정색을 하고는 말했다.

"왜! 벌써 걸어다니기 진력이라도 났단 말이냐?"

"아, 아니 그런 건 아니옵니다만."

"선방에서 참선만 하고 있을 적에는 다리도 아프고 허리도 아프고 마음은 답답해서 좀이 쑤셔 견디지 못하고, 또 이렇게 밖에 나오면 한없이 길을 걷느라고 다리도 아프고 몸도 고단하고. 이래도 고생이요 저래도 고생이렷다?"

"……."

"왜 대답이 없는고?"

"사, 사실은 그렇사옵니다요, 스님."

성관 수좌가 얼굴을 붉히며 솔직히 고백하자 한암스님의 입가에는 보일 듯 말 듯 희미한 미소가 스쳐 지나갔다. 스님은 서서히 밝아지기 시작하는 하늘을 올려다보며 착 가라앉은 목소리로 말했다.

"중노릇하는 데 쉬운 길은 없느니라. 이것이 어려우면 저것도 어렵고 이것을 못 견디면 저것도 못 견뎌. 은산 철벽처럼 꼼짝않고 앉아서 참선을 하는 것도 모진 고통이요, 구름처럼 물처럼 떠돌아다니는 것도 보기처럼 그렇게 쉬운 일이 아니니라."

"……."

고개를 숙인 채로 묵묵히 스님의 말씀을 듣고 있던 성관이 이윽고 고개를 들었다.

"하오면 스님!"

"그래. 무엇을 더 묻고 싶은고?"

"어떻게 하면 이 모든 고통과 괴로움에서 벗어날 수 있게 되옵니까, 스님?"

"어떻게 하면 이 세상 모든 근심걱정에서 벗어나느냐?"

"예, 스님."

"자기가 온 곳을 제대로 알고 자기가 갈 곳을 제대로 알게 되면 세상의 근심걱정은 사라지느니라."

"자기가 온 곳을 제대로 알고 자기가 갈 곳을 제대로 알게 되면 세상의 근심걱정이 사라진다구요, 스님?"

"그러하느니라."

"하오면 그 말씀의 뜻은 과연 무엇이옵니까, 스님?"

성관 수좌의 말이 채 끝나기도 전에 한암스님의 질문이 되돌아 왔다.

"그럼 너는 대체 어디서 왔는고?"

"예. 저는 전라도 화엄사에서 왔습니다."

"화엄사 이전에는 어디서 왔던고?"

"화엄사에 있기 전에는 송광사에 있었습니다."

"송광사에 있기 전에는 어디에서 왔던고?"

"송광사에 있기 전에는 보성군 문덕면 저희 집에 있었습니다."

"그 집에 있기 전에는 어디서 왔는고?"

"아, 아닙니다요, 스님! 저는 그 집에서 태어나서 그 집에서 자랐습니다."

"그럼 태어나기 전에는 어디에 있었느냐?"

"예에?"

태어나기 전에는 어디에 있었는가.

성관 수좌는 할말을 잃고 멍하니 한암스님을 올려다보았다. 그윽한 눈빛으로 붉게 물들어가는 하늘을 바라보던 한암스님은 문득 몸을 홱 돌려 객실 쪽으로 걸어가기 시작했다.

"……."

태어나기 전에는 어디에 있었는가. 그 말에 대답할 수 있는 사람이 이 세상에 과연 얼마나 있겠는가. 대답할 바를 잃고 얼어붙은 것처럼 그 자리에 서있는 성관에게 다시 한암스님의 날카로운 한마디가 날아왔다.

"그것을 알아야 온 곳을 안다고 할 수 있을 것이니라."

자기가 온 곳을 제대로 알면 이 세상 모든 근심걱정에서 벗어날 수 있다는 한암스님의 한마디 말씀은 성관 수좌의 머릿속을 온통 뒤죽박죽으로 만들어놓고 말았다.

석모도에서 강화도로 나오는 나룻배 위에서도 성관 수좌의 머릿속은 온통 그 생각으로만 꽉 차 있었다. 성관의 눈은 아침햇살을 받아 은빛으로 출렁이는 물결을 뚫어지게 응시하면서도, 생각은 아까 한암스님과 나누었던 대화로 달려갔다.

"나는 대체 어디서 왔단 말인가? 태어나기 전에는 어디에 있었는가. 아, 도무지 알 수가 없어."

삐걱삐걱 천천히 노를 저어가던 뱃사공은 골똘히 생각이 잠겨 있는 젊은 스님 쪽을 아까부터 힐끔힐끔 바라보다가 마침내 말을 걸었다.

"스님은 대체 어디서 오신 스님들이십니까요?"

"예에? 뭐라고 하셨습니까요?"

대체 어디서 왔냐는 뱃사공의 질문에 성관 수좌는 소스라치게 놀라 눈을 크게 뜨고 되물었다.

"어디서 오신 스님들이냐굽쇼!"

"아, 예. 저 지금은 보문사에서 오는 길이구요, 그전에는 봉은사에서 왔구요, 그전에는 송광사에서 왔구요."

"하하하. 아 그 스님 참! 아 오신 곳이 뭐 그리 많고도 많습니까요? 허허허."

성관 수좌의 고민을 알 리 없는 뱃사공은 그 기이한 대답에 그만 실소를 터뜨리고 말았다. 뱃사공은 바닷바람에 거무튀튀하게 그을린 얼굴을 마음껏 찡그리며 상반신을 뒤로 젖히고 큰소리로 웃어댔다.

그 바람에 안그래도 작은 배가 흔들거릴 지경이었다. 고요히 명상에 잠겨 있던 한암스님은 의아한 눈길로 뱃사공과 성관 수좌를 번갈아 바라보았다. 한참 만에야 겨우 웃음을 진정한 뱃사공이 다시 입을 열었다.

"헌데 보문사에서 나오시는 길이 틀림없으십니까요?"

"예."

"그럼 이 스님들이시구만 그래요!"

뱃사공은 자기 짐작이 맞았다는 듯이 고개를 끄덕이며 중얼거렸다. 호기심이 인 성관 수좌는 눈을 빛내며 뱃사공에게 물었다.

"뭐가 말씀입니까요?"

"아 아침부터 보문사에서 나오시는 스님 두 분을 기다리는 할머니가 계십니다요. 저기 저 나루터에서요!"

"할머니가 우리를 기다린다구요?"

뱃사공이 손가락으로 가리키는 곳을 바라보니 과연 건너편 나루터에 할머니 한 분이 쪼그리고 앉아 있는 게 보였다. 자세히 보니 어젯밤 성관 수좌가 피곤을 무릅쓰고 업어다 드렸던 바로 그 백발 할머니였다.

잠시 후 두 스님을 태운 배는 미끄러지듯 나루터에 가 닿았다. 아침부터 조바심을 치며 스님들을 기다리던 백발 할머니는 반색을 하며 배에서 내리는 두 스님에게로 달려왔다.

"아유 스님! 이제야들 나오시는구랴!"

"아이고! 어쩐 일이십니까요, 할머니?"

"아 세상에 스님 신세를 지고 마음이 편해야지요. 그래서 이렇게 햇곡식 추수한 것이니 쌀되박이라도 시주를 하려고 이렇게 기다리고 있었다우. 자, 어서 받으시우!"

백발 할머니는 성관 수좌에게 쌀이 가득 담긴 바가지를 내미는 것이었다. 가난한 농가에서 갓 거둬들인 햇곡식을 시주한다는 것은 보통 정성으로는 어림도 없는 일이었다.

성관은 시주 바가지를 들고 나루터에 앉아서 스님들을 기다렸을 할머니의 모습이 떠올라 콧등이 시큰해졌다. 그러나 어찌 이 귀한 알곡을 받을 수 있단 말인가.

"아이고 스님! 어서 바랑 벌리시우!"

"아유! 아닙니다, 할머니! 우린 지금 탁발 나온 길이 아니니 시주는 안하셔도 됩니다요!"

성관 수좌가 고개를 저으며 쌀을 받지 않으려 하는데도 백발 할머니는 막무가내였다.

"아유 그래도 그렇지! 아 세상에 스님 신세를 지고 시주조차 안 한대서야 말이나 되는가요?"

"아이 참 할머니! 이러시면 안됩니다요! 우린 지금 탁발 나온 게 아니라니까요!"

백발 할머니는 극구 거절하는 성관 수좌를 눈을 가늘게 뜨고 바라보다가 섭섭한 표정을 지으며 말했다.

"오오라! 이 늙은것이 며느리 모르게 퍼온 쌀인 줄 알고 그래서 그러시는구만!"

"아유! 그런 게 아닙니다요, 할머니!"

"글쎄 그런 걱정은 허지도 마세요. 이 시주쌀은 우리 며느리가 제 손으로 퍼담아 준 거유. 너무너무 감사하다구요!"

"아유 참!"

성관 수좌는 난처한 얼굴로 한암스님을 돌아보며 나지막히 속삭였다.

"스, 스님! 어쩝니까요, 예?"

그런데 백발 할머니는 어떻게 그 말까지 들었는지 성관 수좌가 짊어진 바랑을 잡아당기며 소리쳤다.

"아, 어쩌기는요! 어서 받으셔야지요!"

두 사람의 실랑이를 말없이 지켜보고 계시던 한암스님은 미소를 지으며 고개를 끄덕였다.

"그래, 노보살님께서 그렇게 정성으로 주시는 것이니 감사히 받아야 할 것이야."

한암스님의 말이 떨어지기가 무섭게 백발 할머니는 흡족한 표정으로 고개를 끄덕이며 말했다.

"그러믄요, 그러믄요! 아 이 쌀 시주를 안 받고 그냥 가시면 이 늙은것이 얼마나 얼마나 섭섭하겠습니까요! 자 어서 이 바랑 벌리세요!"

"아유! 이거 참."

성관 수좌는 하는 수 없이 등에 멘 바랑을 할머니 앞으로 내밀었다.

"자자! 붓습니다요. 예에."

할머니는 노래를 부르듯 흥얼흥얼거리며 바가지에 담긴 쌀을 좌르륵 바랑 속에 부어 넣었다.

"아유! 이제 됐습니다요!"

한암스님은 빈 바가지를 들고 선 백발 할머니 앞으로 다가가 정중히 합장하며 말했다.

"정말 감사합니다, 보살님."

"아유! 이제 가슴속이 다 후련하네요."

"그럼 할머니 오래오래 건강하게 사십시오."

"잘 계십시오, 노보살님!"

백발 할머니는 두 스님의 인사를 받으며 호물호물 사람좋게 웃고 있었다. 성관 수좌는 인정 많은 이 할머니의 모습을 가슴 깊숙

이 새겨넣었다. 출가해서 절밥을 먹고 산 지 어언 몇년이 흘렀지만, 이렇게 감동적인 시주를 받기는 난생 처음이었던 것이다.

"아유! 그럼 살펴들 가세요!"

성관 수좌는 한참을 걸어가다 문득 나루터 쪽을 돌아보았다. 백발 할머니는 그 자리에 꼼짝도 않고 서서 앙상한 손을 나뭇잎처럼 흔들고 있었다.

6
정성에도 무게가 있느니라

백발 할머니와 헤어진 한암스님과 성관 수좌는 강화도를 떠나 행주 나루에 당도하게 되었다. 안그래도 무거운 바랑에 할머니가 시주한 쌀까지 한 바가지 들어갔으니 성관 수좌는 힘이 들어 죽을 지경이었다.

성관 수좌는 나루터가 저만큼 보이자 긴장이 풀리는지 숨을 크게 한번 몰아쉬고는 그대로 바닥에 주저앉아버렸다.

"아유, 스님! 잠시만 좀 쉬었다 갔으면 합니다!"

"그래. 좀 쉬었다 가도록 하자."

"아유! 그 할머니가 시주한 쌀, 꽤나 무거운데요?"

"허허. 그 노보살님의 정성이 지극하셨으니 더욱 무거울 것이니라."

"원 참 조실스님두! 정성에두 다 무게가 있단 말씀입니까요?"

한암스님은 고개를 끄덕이며 나직이 대답했다.

"암! 무게가 있구 말구! 그냥 체면치레로 주는 시주하고 지극정성으로 내는 시주하고는 무게가 다르니라."

"하긴 그건 그렇습니다요, 스님."

성관 수좌는 바랑을 한 옆에 내려놓고 잡초들이 우거진 강둑에 길게 드러누웠다. 한암스님은 제자의 흐트러진 모습에도 이번만은 아무 말도 하시지 않았다. 시리도록 푸른 하늘 저 끝에서 솜털 같은 흰구름이 두둥실 떠다니고 있었다. 시원한 강바람이 불어와 땀으로 흥건한 이마를 서늘하게 씻어주었다.

강물은 발밑에서 투명하게 부서지며 먼데를 향해 흘러갔다. 햇빛에 반짝이는 물결은 언뜻 수백, 수천 마리의 은뱀이 한꺼번에 몸을 뒤채는 것처럼 보였다. 어디선가 풀벌레 소리가 들려왔다.

"자, 그만큼 쉬었으면 이제 일어나야지."

"아아. 예, 스님."

성관 수좌는 자리에서 일어나 바랑을 짊어지다 말고 문득 한암스님께 여쭈었다.

"하온데 스님!"

"왜?"

"여기서 이제 어느 쪽으로 가실 작정이십니까요?"

"글쎄다. 저기 저 행주 나루에서 배를 타고 북쪽으로 건너가 볼까?"

북쪽이란 말에 성관 수좌는 깜짝 놀라며 외쳤다.

"아니 그럼 스님! 묘향산으로 가시게요?"

"글쎄다. 묘향산은 너무 멀고 경기도 장단에 가면 유서깊은 사찰 화장사가 있느니라."

"화장사요?"

"고려 공민왕 때 세운 절인데 지공화상, 나옹화상, 무학대사께서도 머무시던 곳이다."

"아, 예."

"그래. 관수좌는 어쩔 셈이든고?"

"엣! 예에?"

당연히 한암스님을 따라 가리라 생각했던 성관 수좌는 이 의외의 질문에 당혹감을 감추지 못했다. 그러나 한암스님은 태연히 말을 이었다.

"여기서 한강을 따라 올라가면 곧장 봉은사가 나올 것이니 봉은사로 돌아가 있겠느냐, 아니면 나를 따라서 한바퀴 더 돌겠느냐?"

"스님을 따라 모시겠습니다, 스님!"

성관 수좌의 결연한 표정에도 한암스님은 제자의 눈을 똑바로 쳐다보며 다시 한번 못을 박았다.

"강화도보다도 더 멀고 험한 길이니라."

"괜찮습니다, 스님!"

"으음. 운수행각은 이번 길이 처음이렷다?"

"예, 스님."

"나하고 행보를 맞추어 가자면 각오를 단단히 해야 할 것이니라."

"예, 스님. 명심하겠습니다."

한암스님은 성관 수좌를 데리고 경기도 장단의 화장사, 황해도 금천의 원통사를 거쳐 박연폭포로 유명한 개성 천마산의 관음사에 들렀다.

그뒤 칠성암에 머물면서 선죽교를 돌아보고 다시 발길을 남쪽으로 돌린 한암스님은 극락산의 성전암, 양주 보광사와 봉선사를 거쳐 마지막으로 경기도 수원 용주사에 도착했다.

용주사는 사도세자 현륭원(顯隆園, 지금의 융릉)의 조포사(造泡寺)로 건립된 사찰인데 억울하게 죽음을 당한 부친을 그리워하는 정조의 애틋한 마음이 절 곳곳에 스며 있다.

이 절의 이름이 용주사가 된 것도 불과 28세의 젊은 나이로 뒤주속에 갇혀 생목숨을 끊어야 했던 부친 사도세자의 비통한 최후를 목도하고 자라나 왕위에 오른 정조가 부친의 원혼을 달래기 위해 최상의 길지를 찾으려 애쓴 덕분이다.

이 용주사 터는 속리산으로부터 북쪽으로 뻗어 올라가 한남정맥이 죽산 칠현산, 장항령을 거쳐 안성 성륜산과 수원 광교산을 지나 관악산으로 올라가다가 광교산에서 지맥이 서쪽으로 갈리어 가면서 다시 남쪽 가지를 쳐내어 이루어 놓은 곳으로, 소위 서린

용이 여의주를 희롱하는 형국(盤龍弄珠之刑)의 복룡 대지라는 것이다.

한암스님은 이 용주사에 머물면서 시간날 때마다 성관 수좌와 더불어 현륭원을 곧잘 거닐며 생각에 잠기곤 했다.

"스님! 이 능상에 올라 아래를 내려다보니 과연 명당은 명당이로구나 하는 생각이 듭니다요!"

성관 수좌는 눈 아래 펼쳐진 잔잔한 야산 봉우리들을 내려다보며 말했다. 과연 크고 작은 봉우리들이 꽃잎처럼 둥글게 능상을 둘러싸고 있는 모습이 보는 사람으로 하여금 감탄을 자아내게 만들었다.

한암스님은 능소를 내려와 홍살문을 벗어날 때까지도 아무 말씀이 없으시더니 숲길을 걸으며 문득 혼잣말처럼 말했다.

"허지만 이 천하 제일의 명당터라는 이곳이 어찌 그 혈손을 삼대밖에 더 이어가지 못하게 하였는고."

"……."

한암스님의 말씀은 세자의 나이 겨우 열한 살 되던 해에 귀밑머리 근처에 난 부스럼으로 통한의 일생을 마쳐야 했던 정조의 가슴 아픈 죽음을 가리키는 것 같기도 했고, 천하를 호령하는 임금이라 할지라도 죽으면 결국 흙으로 돌아갈 수밖에 없는 인생의 무상함을 지적하는 것 같기도 했다.

용주사를 끝으로 긴 여정을 마친 한암스님이 드디어 봉은사로 돌아왔다.

봉은사 주지 청호 스님은 몹시 반가워하며 말했다.

"이제 조실스님이 돌아오시니 이 봉은사에 훈기가 다시 감도는 것 같습니다, 스님."

"허허. 거 원 별말씀을 다하시네그려. 늙은중 절에 없으면 대중들 편하고 좋지 뭐."

"허허. 아니옵니다요, 조실스님. 그렇지 않아도."

한암스님은 청호스님의 얼굴에 언뜻 그늘이 지는 것을 놓치지 않았다.

"왜? 그동안 무슨 일이 있었는가?"

"세상은 뒤숭숭해지고 조선 불교계도 총독부파다 반대파다 하여 양쪽으로 갈라져서 그동안 저희들이 이만저만 시달린 게 아니옵니다요."

"시달리다니! 그건 또 무슨 소리던고?"

"예. 저 총독부 쪽에서는 총독부 쪽대로 봉은사 승려들더러 자기네 쪽으로 들어오라고 그러구요."

"흐음. 그러구 또?"

"조선불교와 일본불교는 결코 야합할 수 없다는 입장에 선 스님들은 또 그쪽대로 저희더러 가세하라 그러구요."

"어허! 그러면 조선불교가 바야흐로 두 쪽으로 갈라져서 서로 세력다툼을 하게 되었다 그런 말씀이시던가?"

"그렇사옵니다, 조실스님."

봉은사 주지 나청호 스님이 힘없이 고개를 떨구자 한암스님은 크게 탄식하며 말했다.

"어허! 이거 큰일날 일이로구만. 그렇지 아니해도 조선왕조 오백년 동안 피폐할 대로 피폐한 조선불교거늘 이제 또 왜인들 밑에서 이쪽이다 저쪽이다 패를 갈라 싸움질을 하게 되면 장차 이 나라 불교는 어찌 된단 말이던고?"

"그러게 말씀입니다요, 조실스님. 그래서 말씀이옵니다만, 조실스님께서 불원간 단안을 내려주셔야 할 것 같사옵니다요."

"무엇이라구! 단안을 내려야 하다니 그건 또 무슨 소린고?"

"이쪽이든 저쪽이든 양단간에 결단을 내려주셔야 할 것 같사옵니다요."

"쓸데없는 소리 마시게! 조선중은 조선중다웁게 수행하면 되는 것! 왜 싸움질에 뛰어든단 말인가!"

한암스님이 불쾌한 낯빛으로 호통을 치자 청호스님은 아무 말도 못하고 입을 다물고 말았다.

한암스님이 다시 봉은사로 돌아와 판전선방에 계신다는 소식은 눈 깜짝할 사이에 퍼져나갔다. 한동안 조용하던 봉은사에는 다시 손님들이 밀려들기 시작했다.

오는 손님들마다 조실스님을 뵙겠다고 아우성이었으나 번거로운 것을 싫어하시는 한암스님은 선방에만 틀어박혀 일체 밖으로 나가지 않았다.

다만 자신의 시봉을 드는 성관 수좌만이 한암스님의 거처를 오갈 수 있는 유일한 사람이었다.

"관수좌는 거기서 무얼 하고 있는고?"

"예, 조실스님. 찻물이 끓었사오니 곧 들어가겠습니다."

"으음. 거 찻물을 너무 오래 끓이면 물의 제맛이 달아나느니라."

"예, 스님. 명심하고 있사옵니다."

잠시 후 성관 수좌가 조심스럽게 방문을 열고 들어왔다.

"문은 내가 닫을테니 관수좌는 차 준비나 하거라."

"예."

손수 문을 닫고 자리에 앉은 한암스님은 윗목에 앉아 차를 준비하고 있는 성관 수좌를 지그시 바라보았다. 아직 혈기방장한 나이라 경솔한 성격이 채 가시지는 않았지만 그래도 처음 봉은사에 오던 때의 모습에 비한다면 몰라보게 침착해진 성관이었다.

게다가 지난번 운수행에서도 성관 수좌는 생각보다 훨씬 의연하게 버텨내었을 뿐만 아니라 날이 갈수록 의젓해졌다. 자신이 가르친 제자가 조금씩 조금씩 보이지 않게 변화해가는 모습을 지켜보는 일만큼 즐거운 일이 어디 또 있을 것인가.

한암스님은 제자를 가르침에 있어 잘한 일을 칭찬하기보다 잘못한 일을 질책하는 성격이었다. 그러나 여러 제자를 가르치다 보면 때로 옹졸한 마음을 가진 이들은 스승의 깊은 뜻을 헤아리지 않고

앙심을 품거나 급기야 속퇴하는 경우도 있었다.

그러나 이 성관 수좌는 아무리 크게 나무라도 스승의 본마음을 제대로 헤아릴 줄을 알았으니 성관에 대한 한암스님의 기대는 무척 컸다. 다만 아직 다듬어지지 않은 경솔하고 급한 성격을 차분히 가라앉히는 게 앞으로의 과제일 뿐이었다.

한암스님은 성관 수좌를 앞에 앉힌 채 차를 한모금 마시고는 문득 싱긋이 웃으며 물었다.

"그래 나를 따라서 한바퀴 돌고 온 소감이 어떠허던고?"

"보고 듣고 겪으면서 배운 바가 정말 많았습니다, 스님."

"발바닥에 굳은 살도 박혔을 테고?"

성관 수좌는 겸연쩍게 웃으며 대답했다.

"발바닥 뿐만 아니라 뒷꿈치에도 굳은 살이 붙었습니다, 스님."

"허허허. 그렇다면 요다음에는 금강산까지 걸어가도 끄떡없겠구나, 으응? 허허허."

스승을 따라 소리내어 웃던 성관 수좌는 문득 웃음을 멈추고 한암스님을 불렀다.

"하온데 스님?"

"으음. 무슨 말이던고?"

"한가지 의문이 풀리질 않사옵니다."

"한가지 의문이라니?"

"조실스님께서 이르시기를 자기가 온 곳을 알게 되면 이 세상 모든 근심 걱정에서 벗어난다 하셨습니다."

"음, 그야 그랬었지. 그런데?"

"소승이 이 세상에 태어나기 전에 어머니 뱃속에 있었던 건 알겠사오나 그 이전은 도무지 짐작도 못하겠사옵니다."

"허허허."

한암스님은 큰소리로 웃기 시작했다. 그러고 보면 성관 수좌는 지난번 운수행각 중 무심코 던졌던 화두를 아직도 끌어안고 고민하는 모양이었다.

'시봉 노릇 하는 것만 해도 하루가 빠듯하고 정신없이 지나갈 터인데.'

한암스님은 기특한 생각이 들어 빙그레 웃음을 머금고 말했다.

"문자를 통해서는 금방 알 수 있느니라."

"문자를 통해서요?"

"그래. 옛 조사님들이 이르시기를 무릇 이 세상 생명 있는 중생들은 지수화풍(地水火風) 네 가지가 인연따라 모여 생겨난다 하셨으니 어머니 탯속에 들어가기 전에는 모든 생명은 흙이었고, 물이었고, 불이었고 또 바람이었느니라."

"흙이었고 물이었고 불이었고 바람이었고."

성관 수좌는 무의식 중에 한암스님의 말투를 흉내내고 있었다.

"또 어떤 조사님은 이렇게 물으셨느니라. 본래 무일물 귀일하처거, 본래 없던 한 물건이거늘 대체 어디로 돌아갈 것인고?"

"본래 없던 한 물건이거늘 대체 어디로 돌아갈 것인고."

자기도 모르는 사이에 스승의 말을 더듬어가던 성관 수좌는 생각에 잠긴 얼굴로 이렇게 여쭈었다.

"하오면 스님! 나라는 이 생명은 본래 없던 물건, 결국 죽으면 없던 그 상태로 되돌아 간다는 말씀이십니까?"

"허허허. 너무 그렇게 문자에 매달려 속단하지 말 것이니. 스스로 깨달음을 얻을 때까지 열심히 참구하면 온 곳도 간 곳도 훤히 알게 될 것이요, 그렇게 되면 온갖 근심걱정은 사라지게 될 것이요, 생사의 경계도 없어지게 될 것이니라."

한암스님이 성관 수좌와 더불어 시간가는 줄도 모르고 법담을 나누고 있을 때였다. 문밖에서 김상궁의 목소리가 들려왔다.

"조실스님께 김상궁 문안드리옵니다."

한암스님은 문득 말을 멈추고 성관에게 물었다.

"으음? 밖에 누가 온 것 아니냐?"

"예, 스님. 김상궁님 목소리 같사옵니다."

"오, 그래?"

한암스님은 밖을 향해 큰소리로 되물었다.

"밖에 김상궁이신가?"

"예, 조실스님. 김상궁이옵니다. 돌아와 계신다는 말씀 듣자옵고 문안 올리러 왔사옵니다."

"으음."

성관 수좌는 얼른 일어나 방문을 열었다. 바깥에는 매서운 바람이 몰아치고 있었다. 한암스님은 밖에 서있는 김상궁에게 말했다.

"음. 날씨가 차니 어여 들어오시게."

"예, 스님."

한암스님께 큰절을 올린 김상궁은 자리에 앉으며 말했다.

"정정하신 스님 모습 뵈오니 기쁘기 한량없사옵니다."

"허허허. 내가 언제는 정정하지 못했더란 말씀이신가?"

"그동안 어디 계신지 알 수가 없다기에 걱정이 많았사옵니다."

"떠돌기로 작정하고 나간 중, 어디 한군데 머물러 있었어야 말이지. 그래. 대비마마께서도 강령하옵신가?"

"예. 덕분에 평안하옵십니다."

"음."

"그렇지 않아도 마마께서 조실스님께 전하라고 이것들을 내리셨습니다."

김상궁은 가지고 온 보퉁이를 끌러 한암스님 앞에 공손히 내밀었다. 모두가 처음 보는 것들이라 한암스님은 눈을 휘둥그렇게 뜨고 물건들을 바라보았다.

"음, 아니 이것들이 다 무엇인고?"

김상궁은 길다란 주머니처럼 생긴 것을 들어 보이며 설명했다.

"이것은 서양사람들이 발에 끼는 서양버선 격인데 양말이라 부른다 하옵니다."

"양말이라."

"예. 저 그리고 이것은 안에 껴입는 내복이라 하온데 서양기계로 짠 것이라 하옵니다."

"오호라! 아니 그런데 이 신기한 것들을 어쩌자고 나한테 내리셨단 말씀이신가?"

김상궁이 무어라 말하려는데 마침 밖에서 인기척이 들려왔다. 봉은사 주지 나청호 스님이었다.

"조실스님! 소승이옵니다."

"아, 아니! 밖에 또 누가 왔느냐?"

"예, 스님. 주지스님 같사옵니다."

성관 수좌가 얼른 대답하고 방문을 열었다. 방안으로 들어오는 청호스님을 바라보며 한암스님이 말했다.

"아니 주지스님이 어쩐 일이신가?"

"일전에 말씀드린 바와 같이 양단간에 결단을 내려주셔야 할 것 같습니다, 조실스님."

"그것은 또 무슨 말씀이신가?"

"예. 저 조선총독부 쪽 스님이 지금 조실스님을 뵙겠다고 여기와 있사옵니다."

"조선총독부 쪽 스님이라면 대체 누구란 말인가?"

청호스님은 옆에 앉은 김상궁과 성관 수좌를 돌아보며 속삭이듯 한암스님에게 말했다.

"만나보시면 아실 것입니다요, 조실스님."

그러나 한암스님은 냉담한 얼굴로 손을 내저으며 대뜸 말했다.

"난 그런 스님 만날 일 없으니 그렇게 아시게!"

한암스님의 얼굴에는 불쾌한 기색이 완연했다. 그도 그럴 것이, 조선불교를 일본불교에 병탐시키려는 조선총독부의 식민지 종교정책에 앞장서는 친일파 승려가 봉은사에 와 있다는 그 자체부터가 한암스님으로서는 영 기분이 나빴던 것이다.

"스님."

물론 주지자리에 있는 사람으로서 청호스님의 곤란한 처지는 십분 이해가 갔다. 어려운 시기에 주지를 맡아 온갖 비열하기 짝이 없는 절 밖의 압력에 시달릴 수밖에 없을 터이기 때문이다.

그러나 이런 중대사가 걸린 문제에 있어서는 한치의 타협도 있을 수가 없었다.

한암스님은 난처한 표정으로 조용히 앉아 있는 청호스님에게 다시 한번 쐐기를 박듯이 말했다.

"다시 한번 말씀을 드리겠네만 난 조선불교의 조선중일 뿐, 이쪽저쪽 파당을 지어서 싸우는 일에는 관심이 없으이!"

한암스님의 말을 못 알아 들을 주지스님은 아니었다. 그러나 이번 문제는 그렇게 녹녹한 사안이 아니었다. 청호스님이 방패막이가 될 수 있는 시기는 이미 지났던 것이다. 직접 와서 죽치고 있는 데에야 주지로서도 당해낼 재간이 없었던 것이다.

청호스님은 절박한 표정으로 한암스님께 다시 한번 부탁했다.

"하오나 조실스님! 지금은 사태가 그렇지 않사오니 직접 만나보시고 그렇게 말씀을 하시는 게 좋을 듯하옵니다요."

"으음."

주지스님의 태도로 봐서 아무래도 직접 부딪쳐야 할 때가 오기는 온 모양이었다. 모처럼 한가롭게 담소를 나누고 있던 한암스님은 불쾌하기 그지없었으나, 무작정 화를 낼 수는 없는 일이었다.

한동안 생각에 잠겨 있던 한암스님은 이윽고 고개를 들어 청호스님에게 말했다.

"그렇다면 어디 한번 무슨 소린지 들어나 보세."

"예, 조실스님. 그럼 곧 이리로 오시도록 하겠습니다요."

주지스님이 나가자 옆에 다소곳이 앉아 있던 김상궁이 몸을 일으켰다.

"조실스님, 손님이 오신다 하니 전 그럼 물러나 있겠습니다."

"그렇게 하시게."

"그럼 편히 쉬시옵소서, 스님."

"그래 그래. 어서 가보시게."

김상궁이 나가자 성관 수좌는 한동안 스님의 눈치를 살피다가 조심스럽게 한암스님을 불렀다.

"저 조실스님."

"왜?"

"손님이 오신다 하니 찻물을 준비할까요?"

"그럴 것 없느니라!"

난데없는 고함소리가 방안을 울렸다. 찔끔한 성관 수좌는 아무 말도 못하고 가만히 앉아 있었다.

"중들이 수행은 하지 아니하고 작당들이나 해가지고 권력이나 틀어쥘 생각들을 하고 있으니. 쯧쯧!"

"무, 무슨 말씀이신지요, 스님?"

"어? 너, 넌 아직 알 것 없느니라! 어험!"

한암스님은 자신이 아무것도 모르는 어린 제자 앞에서 흥분을 감추지 못한 것을 깨닫고 겸연쩍게 말했다.

이윽고 주지의 안내를 받아 친일파 승려가 한암스님과 마주 앉게 되었다. 직접 만나고 보니 과연 주지의 말처럼 기왕에 알고 있던 인물이었다. 한암스님이 계속해서 침묵을 지키고 있음에도 그는 유창한 언변으로 대화를 이끌어갔다.

"으음. 조실스님께서도 잘 아시다시피 이제 우리 조선불교는 다시 개화기를 맞이하게 되었습니다요."

"조선불교가 개화기를 맞게 되었다?"

"그렇습죠."

"그게 대체 어째서 그렇단 얘기신가요?"

"조실스님께서도 아시다시피 우리 승려들이 조선 오백년 동안 도성출입까지 금지를 당하는 등 말 못할 서러움을 당해 왔는데 앞

뒤 사정이야 어찌 되었건 간에 조선총독부 덕택에 도성출입이 자유롭게 됐지 않습니까요?"

"그러니까 조선총독부 덕택에 조선불교가 개화기를 맞았다?"

"그, 그렇지 않습니까요?"

친일파 승려는 자신의 화려한 언변에도 불구하고 핵심만을 찔러 반문하는 한암스님의 태도에 은근히 두려움을 느꼈다. 그러나 그는 그런 속마음을 전혀 내색하지 않고 한암스님의 질문을 태연하게 받았다.

칼끝처럼 날카로운 한암스님의 질문이 다시 침묵의 허공을 갈랐다.

"그래서? 조선승려의 도성출입을 허용해 주었으니 그 대신 조선불교를 어찌하겠단 것입니까?"

"아, 기왕지사 일본과 조선이 합방을 했으니 불교도 일본불교 조선불교 따로따로 할 것이 무엇이 있느냐, 이런 말씀입지요."

한암스님의 찌르는 듯한 시선이 따갑게 친일파 승려의 얼굴에 정면으로 쏟아졌다. 스님은 말의 한토막 한토막을 산해진미 음미하듯이 입속으로 굴리며 천천히 내뱉았다.

"대체 스님은 무슨 목적으로 삭발출가를 하셨던가요?"

"그, 그건 또 무슨 말씀이십니까?"

한 음절 한 음절이 내뱉아질 때마다 여전히 친일파 승려의 눈을 쏘아보는 한암스님의 눈빛에서는 무서운 정기가 쏟아져 나오는 듯

했다. 대답하는 친일파 승려의 목소리는 가늘게 떨렸으나 그래도 아직까지는 한암스님의 시선을 의연하게 받아내고 있었다.

"스님께서는 권력을 잡고자 출가를 하셨소이까?"

순간, 한암스님의 시선을 받아내고 있던 친일파 승려의 눈빛이 크게 흔들리며 얼굴이 시뻘겋게 달아올랐다. 당황한 그는 헛기침을 연발하더니 간신히 대답했다.

"어험! 아니 무슨 말씀을!"

"그것이 아니라면 패거리 지어서 싸움질이나 하려고 출가를 하셨소이까?"

친일파 승려와 대면한 한암스님의 질문에는 한치의 우회도 찾아볼 수가 없었다. 한암스님은 자신의 의견이나 주장이 가장 빠르고 쉽게 전달될 수 있는 정확한 표현만을 골라 사정없이 상대를 찔렀다.

한암스님의 질문에 더 이상 견디지 못한 친일파 승려는 제대로 대답을 하지 못하고 얼굴을 붉히며 화를 내기 시작했다. 절밥을 먹되 조선총독부가 주는 절밥만을 먹어온 그로서는 대하기 벅찬, 지나치게 강한 상대를 만났던 것이다.

"어허! 이거 듣자듣자 하니까 말씀이 너무 심하지 않습니까?"

"난 말씀입니다. 권력을 움켜쥐자고 작당하는 중, 돈이나 움켜쥐려고 작당하는 중, 이런 중은 아주 딱 질색입니다!"

"아니 그럼! 날더러 그런 못된 중이란 말씀이십니까?"

"여러 말씀 하실 것 없소이다. 조선불교는 조선불교다웁게 조선

중은 조선중다웁게 저마다 수행이나 제대로 하면 조선불교는 저절로 잘 되어갈 것이니 그리 알고 돌아가시오!"

친일파 승려는 더 이상 참지 못하고 휑하니 자리를 박차고 나갔다. 열려진 방문 사이로 거친 바람이 후욱 끼쳐왔다. 그러나 한암스님은 매서운 한기를 느끼지도 못하는지 하염없이 무거운 침묵 속으로 빠져들어 갈 뿐이었다.

7
천고에 자취를 감춘 학이 될지언정

친일파 승려가 가고 난 지 며칠이 흘러갔다. 한암스님은 세상 돌아가는 꼴에 기분이 몹시 언짢으셨던지 통 말이 없으신 채 선방에 틀어앉아 참선만 하시는 것이었다. 봉은사 주지 청호스님은 물론이요, 그 누가 와서 대화를 청해도 통 묵묵부답이었다.

심지어 시봉을 드는 성관 수좌마저 부르는 일이 없었다. 성관은 이 며칠 동안을 예불드리는 시간을 제외하고는 온종일 한암스님의 방문 주변을 서성이며 언제라도 스승이 불러주기만을 학수고대하고 있었다. 그렇게 하루가 가고 이틀이 지나자 성관 수좌는 애가 타서 미칠 지경이었다.

그러던 어느 날이었다.

그날도 성관 수좌는 아침예불이 끝나자마자 한암스님의 거처로 득달같이 달려와 방문 앞에서 서성이고 있었다. 그런데 바로 그때,

기다리고 기다리던 스승의 목소리가 방안에서 새어나왔다.

"관수좌, 게 있느냐?"

"예, 스님!"

성관 수좌는 뛸 듯이 기뻐하며 자신도 모르게 큰소리를 질러 대답했다. 성관 수좌는 후다닥 달려가 한암스님의 방문을 와락 열고서 소리쳤다.

"부르셨습니까요, 스님?"

"그래 잠깐 들어오너라."

"예, 스님."

성관 수좌는 방안으로 들어와 스님 앞에 앉았다. 그의 얼굴은 드디어 자신을 불러준 스승에 대한 감사로 환하게 빛나고 있었다. 그것은 반가움을 넘어선 행복감이었다.

한암스님은 이런 성관 수좌의 마음을 아는지 모르는지 조용히 말문을 떼었다.

"세상이 난세가 되다 보니 이젠 절간마저 조용치 못하겠구나."

"무슨 말씀이신지요, 스님?"

한암스님은 웬 꾸러미 하나를 성관 앞에 내밀며 말했다.

"김상궁이 놓고 간 것이니 풀어보아라."

"예, 스님."

성관 수좌는 스승이 시키는 대로 꾸러미를 풀어 헤쳤다. 그 꾸러미 안에는 지난번 김상궁이 왔을 때 옆에서 슬쩍 본 적이 있었던

내복과 양말이 들어 있었다.

"서양사람들이 발에 꿰는 서양 버선이라고 했느니라."

"예, 스님. 그리구 이건 실로 짠 내복이라고 했사옵니다."

"그래. 그것들, 관수좌 네가 갖도록 하구."

대비마마께서 하사하셨다는 그 귀한 서양물건들을 다 가지라니, 성관 수좌는 어안이 벙벙했다.

"예에? 아니 이걸 절더러 다 가지라구요, 스님?"

"그래 그동안 내 수발 드느라구 고생이 많았느니라."

한암스님이 하시는 말씀 한마디 한마디가 마치 긴 이별을 예비하는 것처럼 느껴져 성관 수좌는 문득 불안한 마음이 들기 시작했다.

"아니 스님! 그게 무슨 말씀이시옵니까요?"

"관수좌."

"예, 스님."

"너도 이젠 이 늙은 중과 헤어져야 할 때가 되었느니라."

"아니 스님! 대체 무슨 말씀이시옵니까요, 예?"

깜짝 놀란 성관 수좌는 스님 앞으로 다가앉으며 다급히 여쭈었다. 부모님보다 더한 정을 느껴온 한암스님과 헤어져야 한다니, 성관 수좌는 그 말만으로도 온몸이 굳어왔다.

그 멀고 먼 화엄사에서 천릿길을 걸어 이 봉은사를 찾아온 것도 다 한암스님을 만나기 위함이었고, 힘든 운수행을 마다하지 않았던 것도 한시라도 스승의 곁을 벗어나지 않기 위함이었는데 이제 헤어져야 한다니!

"스님."

성관 수좌는 머릿속이 아득해지는 것을 느끼며 다만 그렇게 되뇌일 뿐이었다. 그러나 한암스님은 그런 성관의 마음을 아는지 모르는지 태연한 표정으로 말을 잇는 것이었다.

"난 이제 깊은 산중으로 들어가 다시는 나오지 않을 생각이니 내 바랑이나 챙겨주도록 하고."

"스님!"

"넌 다시 화엄사로 내려가서 공부 열심히 하도록 하고."

"안되옵니다, 스님! 소승을 버리고 가시면 안되옵니다, 스님!"

"내가 가고자 하는 곳은 깊고 깊은 산중이니 네가 따라갈 만한 곳이 못되느니라."

"아니옵니다, 스님! 제아무리 깊고 험한 산중이라도 소승은 스님 모시고 따라가겠습니다."

"안된대두 그러는구나."

"가겠습니다, 스님! 산중이건 가시덤불이건 스님을 따라가게 허락하여 주십시요, 스님! 예? 스니임!"

성관 수좌는 어린아이처럼 스님의 팔에 매달려 애원을 하는 것이었다. 성관의 머릿속에는 절대로 스님과 헤어져서는 안된다는 생각뿐이었다. 이제와서 화엄사로 돌아간다는 것은 말도 안되는 일이

었다.

게다가 어버이처럼 섬겨온 한암스님을 떠나야 한다니, 성관은 생각만으로도 눈앞이 아득해졌다. 친일파 승려가 봉은사를 다녀간 후로 한암스님의 마음에 변화가 생기고 있다는 것을 진작부터 눈치채고 있었으나 이럴 줄은 몰랐던 것이다.

'따라가야 한다, 하늘끝까지라도!'

성관 수좌가 한사코 스님을 따라가 모시겠다고 애원을 하자 한암스님은 가볍게 한숨을 내쉬며 조용히 타일렀다.

"관수좌는 내 말을 잘 새겨들어야 할 것이야."

"예, 스님."

"내가 이번에 이 봉은사를 떠나겠다 함은 조선팔도 명산대찰을 두루두루 순례하겠다는 뜻이 아니다."

"예, 스님."

"그리고 지난번처럼 한바퀴 휘이 돌아서 다시 돌아오겠다는 그런 뜻도 아니다."

"예, 스님."

"나는 이제 한번 산속에 들어가면 다시는 이 번거로운 속세에는 내려오지 않을 것이니, 젊은 수좌가 함부로 따라나설 길이 아닐 것이니라."

"아니옵니다, 스님. 다시는 이 속세에 내려오지 못하게 되더라도 소승 기어이 스님을 모시고 싶사옵니다."

"산속에 들어가면 젊은 수좌는 견디기가 어려울 것이야. 먹을 것도 변변치 못할 것이요, 입을 것도 변변치 못할 것이요, 누울 곳도 변변치 못할 것이야."

"하오나 스님, 아무것도 가지지 않는 것이 출가수도자의 본분이라 이르셨으니 먹는 것, 입는 것, 누울 곳, 그런 것이 어찌 걱정이겠습니까, 스님!"

"어허! 말로는 대답하기 쉬워도 막상 견디기는 어려운 법!"

"아니옵니다, 스님! 스님께서 정 허락을 아니해 주신다면 소승에게도 각오가 있사옵니다."

"각오가 있다니! 그건 또 무슨 소리던고?"

성관 수좌의 얼굴은 무언가 단단히 결심한 듯 결연한 의지를 내보이고 있었다. 성관은 결연한 눈빛으로 말을 이었다.

"스님 혼자 떠나십시오! 그러면 소승 십리 뒤에서 스님의 발자취를 쫓아 기어이 스님 가신 곳을 찾아가겠습니다."

"무, 무엇이라구!"

한편으로 생각하면 어이가 없는 말이었고 또 다른 한편으로 일견 대견스럽기도 했다. 평소에 시자 성관이 보통 고집스러운 성격이 아니라는 것을 한암스님도 모르던 바는 아니었으나 이토록 강하게 자기 생각을 밀어붙일 줄은 상상하지 못했던 터였다.

한동안 말을 잇지 못하던 한암스님은 마침내 껄껄 웃으며 말했다.

"허허. 그 녀석 참 고집불통이로구나."

"고집불통인 거야 어찌 소승 하나뿐이겠습니까! 속가 부모님의 만류와 애원을 뿌리치고 삭발출가 하셨으면 스님께서도 고집불통이 아니셨겠습니까?"

"허허허허."

"웃으실 일이 아니옵니다, 스님!"

한암스님이 껄껄 웃으시는데도 성관 수좌는 마음이 놓이질 않아 정색을 하고 말했다. 정식으로 스승의 허락을 받아 놓지 않으면 도무지 안심이 되질 않았던 것이다.

웃음을 멈춘 한암스님은 물끄러미 제자 성관을 바라보다가 이윽고 고개를 끄덕였다.

"그래 그래. 이번에는 내가 너에게 졌느니라."

"하오면 스님?"

눈을 동그랗게 뜨고 그 말씀의 진의를 묻는 성관 수좌에게 한암스님의 지시가 떨어졌다.

"관수좌도 행장을 꾸리도록 하여라."

"감사합니다, 스님! 감사하옵니다!"

성관 수좌는 한암스님의 허락이 떨어지기가 무섭게 벌떡 일어나 스승 앞에 큰절을 올리기 시작했다.

그러나 한암 스님께서 봉은사를 떠나시겠다는 뜻을 전하자 봉은사 주지 나청호 스님은 물론이요, 전대중들이 소스라치게 놀랐다.

특히 나청호 스님은 매일같이 조실스님 방을 찾아와 살다시피 하며 한암스님의 생각을 돌이키려 애썼다.

그러나 한번 결심을 굳힌 한암스님의 귀에는 그 어떤 만류의 말도 들어오지 않았다.

그 소식을 전해 듣고 가장 놀란 것은 바로 김상궁이었다. 김상궁은 한겨울 한파에도 불구하고 득달같이 봉은사로 달려왔다. 공교롭게도 이날따라 주지스님과 김상궁이 같은 시각에 조실스님 방에 도착했다.

"소승이옵니다, 조실스님."

"김상궁, 문안드리옵니다. 조실스님!"

"그래, 어서들 들어오시게."

"예, 스님."

방에 들어온 두 사람은 나란히 조실스님께 절을 올렸다.

"어허! 이러지들 마시고 그냥들 앉으시게. 됐어요, 됐어!"

그러나 두 사람은 막무가내로 절을 올리는 것이었다. 한암스님은 어쩔 수 없다는 듯이 고개를 끄덕이며 절을 받았다.

"음. 그래그래."

김상궁은 자리에 앉자마자 서둘러 입을 열었다.

"대체 이게 어찌 된 말씀이시옵니까요, 조실스님. 봉은사를 떠나시겠다니요!"

"그래. 이 늙은 중 자네한테도 그동안 하는 일 없이 신세를 많이

졌으이."

한암스님의 대답을 들은 김상궁은 경악을 금치 못했다.

"아니 그럼 조실스님! 정말이시옵니까요, 떠나신다는 게?"

"아, 이 늙은 중 거처 한번 옮긴다는 게 무에 그리 대수로운 일이라고 다들 이러시는가."

"아니옵니다요, 조실스님! 스님께서 떠나시오면 아니되옵니다요."

김상궁의 만류에 힘을 얻은 청호스님도 다시 한암스님을 설득하기 시작했다.

"그렇사옵니다, 조실스님. 스님께서 이 봉은사를 떠나시오면 저희들은 대체 누구를 의지하라는 말씀이시옵니까?"

"어허! 거 쓸데없는 걱정들을 왜 하시는가?"

"……."

"부처님이 일찍이 이르시기를 법을 등불로 삼고 법에 의지해서 나가라 하셨으니 부처님 가르침을 등불로 삼고 부처님 가르침 대로 살아가면 되는 법! 어째서 누구에게 의지하려 드는고?"

"하오나 조실스님."

청호스님이 무언가 변명을 하려 하는데 김상궁의 말이 조금 더 빨랐다.

"저희 같은 어리석은 중생들이야 그래도 조실스님 같으신 분이 곁에서 이끌어주시고 꾸짖어주시고 보살펴주셔야 마음 든든한 바가 있사온데."

"그런 걱정은 안하셔도 되느니. 마음이 곧 부처라고 했으니 사람마다 제 마음속에 부처님을 모시고 있거늘 제 마음속에 있는 부처님은 찾지 아니하고 엉뚱한 곳에서 부처를 찾고 있느니! 음. 김상궁은 이제부터라도 마음속에 있는 부처를 잘 모셔야 할 것이야."

"……."

폐부를 찌르는 듯한 한암스님의 지적에 김상궁은 그만 할말을 잃었다.

"아시겠는가?"

"아, 예. 명심하겠사옵니다, 조실스님."

김상궁은 고개를 조아리며 힘없이 대답했다.

방안에는 침묵이 흘렀다. 세 사람 모두 각기 다른 상념에 빠져 있었다. 문풍지를 흔드는 매운 바람소리만이 들려올 뿐이었다.

그런데 한동안 말없이 앉아 있던 주지스님이 고개를 들어 한암스님께 여쭈었다.

"하오나 조실스님! 갑자기 이렇게 이 봉은사를 떠나겠다 하시면 그만한 까닭이 있으시리라 생각되옵니다마는. 행여라도 소승에게 무슨 허물이 있었던 게 아니온지요."

한암스님은 싱긋이 웃으며 천천히 고개를 저었다.

"아니 주지스님에게 무슨 허물이 있으시겠는가. 난 다만 이 어지러운 세속에 머물면서 시끄러운 시비를 덧붙이기보다는 차라리 산

속에 들어가 출가수도자의 본분을 지키고자 함이니 주지스님은 행여라도 마음쓰실 일이 아니네."

"하오면 대체 어느 산속, 어느 사찰로 가시려 하옵니까요?"

"그거야 길을 나서 봐야만 알겠네마는 산마다 사찰이요 골골마다 암자니 이 한 몸 의탁할 곳이야 어디라고 없겠는가."

"하오면 조실스님! 조실스님께서 어떤 연고로 이 봉은사를 떠났느냐고 누가 물으면 무어라고 대답을 해야 옳겠사옵니까?"

"행여라도 누가 묻거든 이렇게 전해주시게."

"예, 스님."

"어리석은 중 한암은 차라리 천고에 자취를 감추는 학이 될지언정 삼춘에 말 잘하는 앵무새 재주는 배우지 않겠노라."

── 차라리 만고에 자취를 감추는 학이 될지언정 삼춘에 말 잘하는 앵무새의 재주는 배우지 않겠노라.

한암스님은 이 유명한 한마디 말씀을 남긴 채 시자 성관을 데리고 세속을 등졌다. 두 스님과 같이한 것은 등에 짊어진 낡은 바랑뿐이었다.

이때가 1926년 병인년 음력 정월 초열흘께.

살을 에이는 바람이 뼈속까지 얼어붙게 할 듯한 매서운 겨울날이었다.

김상궁은 눈물이 흘러 차마 얼굴도 들지 못하고 살얼음이 낀 차가운 바닥에 주저앉으며 목메인 목소리로 말했다.

"조실스님! 작별인사 올리겠사오니 절 받으시옵소서."

그러나 한암스님은 억지로 김상궁을 일으키며 말했다.

"어허. 거 길 떠나는 사람에게 절을 하는 것은 세상 떠나라는 것. 절은 그만두시고 어서들 들어가시게."

봉은사 주지 나청호 스님은 애써 서운함을 숨기며 말했다.

"날씨도 이렇게 좋지 않사온데 꼭 오늘 떠나시렵니까, 조실스님?"

"아, 겨울 날씨 이만하면 그만이지 어찌 더 좋길 바라겠는가. 자, 그럼 가봐야 겠으니 어서들 들어가시게."

한암스님은 그 한마디를 남기고 획 돌아서 길을 내려가기 시작했다. 배웅나온 봉은사 대중들에게 일일이 인사를 드리고 있던 성관은 자기를 이 봉은사에 두고 가기라도 할 듯이 표연히 걸어내려가는 스님을 향해 부르짖었다.

"아, 아니 스님!"

"아 인석아! 어서 따라오너라."

"예, 스님!"

갑자기 마음이 바빠진 성관 수좌가 주지스님과 김상궁이 서있는 쪽으로 허둥지둥 걸어와 고개를 숙이며 말했다.

"그럼 저 잘 계십시오, 주지스님. 그리고 상궁보살님도 편히 계시구요."

주지스님은 성관 수좌의 손을 잡고 간곡히 부탁했다.

“조실스님 잘 모셔야 하네.”

“예, 그럼.”

인사를 마친 성관 수좌가 바삐 돌아서는데 김상궁이 뒤에서 쫓아오며 말했다.

“아이구! 저, 시봉스니임! 저 좀 잠깐 보고 가세요!”

“예?”

김상궁은 품에서 고이 접어둔 돈을 꺼내 성관 수좌의 바랑에 찔러 넣으며 속삭였다.

“저어. 이거 몇푼 안되지만 넣어뒀다가 요긴할 때 쓰도록 하시구요. 자, 여기.”

“아이고, 이거 이거! 이러시면 안됩니다, 보살님!”

“아유, 시봉스님두!”

김상궁은 돈을 도로 꺼내려고 하는 성관 수좌를 만류하다가 그만 눈물을 떨구고 말았다. 김상궁의 볼을 타고 흐르는 눈물 한방울을 보는 순간 성관의 눈에도 물기가 어리기 시작했다.

여태까지는 스승을 따라가려는 생각에만 급급해서 그동안 정들었던 분들과의 아쉬운 작별에 대해서는 생각도 못해온 성관이었다.

김상궁은 성관 수좌의 등을 다독이며 다시 나지막이 속삭였다.

“조실스님 거처가 정해지시거든 어느 산 어느 절에 계신지 그것만은 봉은사로 꼭 알려주셔야 합니다, 예? 아셨지요, 시봉스님?”

“예. 잘 알겠습니다, 보살님.”

그때 휘적휘적 길을 내려가던 한암스님이 문득 뒤를 돌아다보며 성관을 향해 소리쳤다.

"아 뭘하고 있느냐? 어서 오지 않고!"

"예, 갑니다요, 스님!"

인사를 마친 봉은사 대중들이 다 들어간 후에도 주지스님과 김상궁은 끝까지 남아 한암스님의 모습이 완전히 사라질 때까지 지켜보고 있었다.

살을 에이는 듯한 매서운 바람 속에서 한암스님은 동쪽으로 동쪽으로 하염없이 발걸음을 옮기고 있었다. 한겨울 바람이 어찌나 사나운지 숨을 제대로 쉴 수가 없을 지경이었다.

모든 것을 각오하고 한암스님을 따라온 만큼 이를 악물고 험한 날씨를 인내하고 있던 성관 수좌도 마침내 기진맥진해서 스님께 여쭈었다.

"아유 스님! 이쪽으로 이렇게 무작정 가시면 대체 어디로 가시려는 겁니까요?"

"큰 산, 높은 산이 이쪽에 있으니 강원도로 가는 길이다."

"예에? 강원도라면 어느 산으로 가시게요, 스님?"

"가다가 머물다가 마음에 들면 주저앉을 것이니라."

"아유, 스님! 마음속에 정해두신 사찰도 없으십니까요?"

"너 인석아! 내가 있고 싶다고 마음에 두면 될 일이더냐? 그 절 형편에 맞아야 하고 또 내 마음에도 들어야 하고. 모든 게 다 시절

인연이 닿아야 하는 게지."

"아유! 그러면 스님! 어느 산 어느 절로 가는지 정처도 없는 셈이네요, 스님?"

한암스님은 추위에 퍼렇게 질려버린 성관 수좌의 입술을 바라보다가 장난스럽게 웃으며 말했다.

"왜? 벌써 발바닥에 물집이라도 생겼단 말이더냐?"

"아, 아니옵니다요, 스님!"

"그럼, 추워서 더 못가겠다는 말이더냐?"

"아, 아니옵니다요, 스님! 추, 춥지는 않습니다요, 스님!"

"잘못 따라 나섰다 생각이 되거든 지금이라도 늦지 않으니 되돌아가는 편이 좋을 것이니라."

한암스님은 그 한마디를 남기고 먼저 휑하니 걸어가는 것이었다. 뒤에 남은 성관 수좌는 사색이 되어 스승을 쫓아가며 외쳤다.

"아, 아유 스님! 아닙니다요! 춥지도 않고 다리 아프지도 않고 아무렇지도 않사옵니다요, 스님!"

"……."

그러나 한암스님은 아무 대꾸도 없이 동쪽으로 동쪽으로 걸어갈 뿐이었다. 성관 수좌는 한암스님이 이제 자기를 떼어놓고 가시려나 보다 하는 생각이 들어 덜컥 겁이 났다.

성관은 한암스님의 뒤를 바짝 쫓아가며 다시 한번 소리쳤다.

"정말입니다요, 스님!"

한암스님은 한참 만에야 성관 쪽을 뒤돌아보며 정색을 하고 물었다.

"틀림없으렷다!"

"예, 스님!"

"음, 그래애? 그럼 이제부터는 니가 앞장을 서야 할 것이야."

"예, 스님. 제가 앞장을 서겠습니다요!"

성관 수좌는 큰소리로 그렇게 외치면서 한암스님 앞으로 내달렸다. 그리고 스님 모르게 한숨을 쉬는 것이었다.

"아유."

동쪽을 향해서 걷다 보니 가도 가도 산이요 한파는 더욱 거세어졌다. 한암스님과 성관 수좌는 산비탈 양지 쪽에 잠시 앉아서 주먹밥으로 요기를 한 뒤 부지런히 걸음을 옮겼다.

그러나 경기도 여주에 당도하고 보니 그만 짧은 해가 꼴깍 넘어가고 말았다. 그날밤은 별수없이 여주 신륵사에서 쉬기로 하고 두 사람은 남한강의 상류인 여강(驪江)의 강변을 따라 걸었다.

강변을 따라 걷다 보면 이 여강이라는 이름을 낳게 한 마암(馬岩) 바위가 올려다 보이는데 한겨울에도 사람의 감탄을 자아낼 정도로 빼어난 절경이었다. 바위 위에는 2층으로 된 오래된 누각 한 채가 번듯하게 서 있는데 그것이 바로 사우당이다. 요즘에 와서는 영월루라고 불리워지는 누각이었다.

조선 초기의 유명한 간신이었던 임사홍이 자신의 권세를 이용하

여 이곳을 차지하고 사우당을 지었다. 마암 바위 위의 누각에서 여강 대안의 신륵사를 내려다보는 경관이 더없이 좋고 멀리 원주 치악산과 양평 용문산을 바라보는 원경이 기가 막히니 임사홍이 탐내어 소유할 만한 곳이기도 했다.

산문을 통과하여 신륵사 경내에 들어서니 깊은 정적 속에 바람소리만 웅웅거리고 있었다. 한암스님은 성관 수좌와 함께 극락보전을 먼저 참배하였다. 사찰에 극락보전 같은 전각이 있다는 것은 바로 어느 능의 원찰임을 뜻하기 마련이다.

신륵사는 세종대왕 영릉의 원찰이었다. 예종 원년에 세종대왕릉을 여주로 옮긴 뒤 원찰을 세우려 했으나, 능침 주변에 마땅한 장소가 없었다. 어명에 따라 그 주위를 살펴본 한명회가 능침에서 멀지 않은 곳에 벽절 또는 신륵사라 부르는 절이 있는데 이를 중수하여 원찰로 삼았으면 좋겠다고 방안을 내었다. 그 말에 따라 중수한 절이 바로 이 여주 신륵사였다.

극락보전 참배를 마친 한암스님은 신륵사 주지스님을 만나본 연후에 객실에 들어 하루를 묶었다.

그리고 그 다음날 아침이었다.

한암스님이 부지런히 행장을 꾸리고 있는 성관 수좌를 불렀다.

"관수좌!"

"예, 스님."

"길 떠나기 전에 새끼줄을 몇 토막 구해서 바랑 속에 준비해야 할 것이야."

난데없이 새끼줄을 몇 토막 구해오라니 성관 수좌는 이상한 생각이 들었다.

"갑자기 새끼줄은 왜요, 스님?"

"여기서 조금만 더 가면 강원도 땅이 아니냐. 거기서부터는 길에 눈이 쌓여 있을 것이니 새끼줄로 신발을 단단히 묶어야 갈 수 있을 것이니라."

그것은 바로 운수행각의 오랜 경험이 만들어준 지혜였다. 옛부터 우리나라 땅은 동고에 서저라. 동쪽에 위치한 강원도 땅의 고지대에서는 한번 쌓인 눈이 봄이 되도록 녹지 않을 것이니 미끄러지지 않게끔 신발에다 감발을 치자는 말이었다.

그러나 성관 수좌는 눈이 쌓여 있을 것이라는 말에만 잔뜩 신경이 쓰였다. 이 한파에 눈까지 쌓여 있다면 어떻게 몸을 움직일 수 있을 것인가. 성관 수좌는 생각만으로도 갈길이 아득해졌다.

"아유, 스님! 눈이 쌓여 있을 것이라구요?"

성관의 의중을 알아챈 한암스님은 눈을 부릅뜨며 다시 호통을 쳤다.

"아 인석아! 때가 지금 엄동설한이거늘 눈이 쌓여 있을 것은 당연한 일 아니겠느냐?"

"아유! 예, 스님! 알겠습니다요."

성관 수좌는 다시 또 화엄사로 내려가라는 이야기가 안나온 것

만 해도 다행이라 생각하며 새끼줄을 구해오기 위해 무거운 몸을 일으키는 것이었다.

8
천년을 울려온 풍경소리

신륵사를 떠나 얼마간을 걸어가노라니 이윽고 강원도 땅에 접어들게 되었다. 과연 한암스님이 미리 짐작하신 대로였다. 산은 물론이요 고개마다 굽이마다 눈이 쌓여 도무지 미끄러워 걸을 수가 없을 정도였다.

게다가 사람들이 자주 다니는 고갯길은 쌓인 눈이 반질반질하게 다져져 완전히 빙판이었다. 만약에 새끼줄을 구해 오지 않았더라면 낭패도 그런 낭패가 없을 것이었다. 두 스님은 신발을 새끼줄로 칭칭 동여매고 조심조심 길을 걸었다.

원주 치악산 근처에 당도하고 보니 산길에 눈이 어찌나 쌓여 있는지 무릎까지 푹푹 빠질 지경이었다. 걷는다기 보다는 차라리 늪속을 헤엄쳐가는 듯한 느낌이었으니 그 고생이 오죽 했겠는가.

남쪽 지방에서 태어나고 자라온 성관으로서는 난생 처음 보는 큰 눈이었다.

“아유, 아유! 눈두 많이도 쌓였습니다요, 스님!”

“…….”

한암스님은 아무 대답도 없이 또다시 산을 오르기 시작했다. 이제 해도 기울어가고 원주땅에도 도착했으니 어디 들어가서 쉬겠구나, 하고 마음 편히 생각했던 성관 수좌는 입을 딱 벌리고 다물지를 못했다.

“아니, 스님! 여, 여기서 또 산을 올라가야 되옵니까요?”

“올라가지 않으면 저 위에 있는 절간을 내려오라고 해야겠느냐?”

“저, 그러지 마시구요, 스님! 이 근처 어디 객주집에라도 들어가서 쉬시는 게 어떻겠습니까요?”

“아 인석아! 이 산골 어디에 객주집이 있다고 들어가? 죽으나 사나 올라가야지.”

“아휴! 아니 이렇게 무릎까지 푹푹 빠지는데 무슨 수로 올라갑니까요, 스님?”

“으음. 넌 그럼 여기서 하룻밤만 견디고 있거라.”

“예에?”

“내일 아침 내가 데리러 올 것이야.”

한암스님은 이 말 한마디를 던지더니 성관 수좌를 남긴 채 휑하니 먼저 올라가버리는 것이었다. 홀로 남은 성관 수좌는 야속한 생

각에 눈물이 핑 돌 지경이었지만 이 산중에서 혼자 밤을 지샐 생각을 하니 겁이 더럭 났다.

성관 수좌는 두 손 두 발로 기다시피 해서 정신없이 산을 올랐다.

"아유! 스님! 혼자만 가시면 어쩝니까요, 예에!"

성관 수좌가 허겁지겁 따라가며 외치는데 앞서 올라가는 한암스님은 한마디 대꾸도 없이 계속해서 산을 오르는 것이었다. 오랜 세월을 산에서만 살아오신 한암스님의 걸음은 날렵하기 그지없었다. 눈속을 헤쳐가는 것도 요령이 있었다.

"스님! 스니임!"

한암스님을 따라잡는다는 그 한 가지 일념만으로 눈쌓인 산길을 미끄러지며 허우적거리며 죽을 힘을 다해 걸어가다 보니 어느새 치악산 상원사에 당도하게 되었다.

그런데 정작 성관 수좌 자신은 그 사실도 모른 채 죽어라 하고 걸으며 스승의 뒷자취만을 좇고 있었다. 상원사 산문 앞에 멈춰선 한암스님은 정신없이 눈을 헤치며 올라오는 성관 수좌를 바라보며 빙그레 미소짓고 있었다.

날은 이미 저물어 어두운데 바람소리는 더욱 거세어지기만 했다. 한암스님의 희미한 자태가 눈에 들어오자 긴장이 풀린 성관 수좌는 애처롭게 신음을 토하며 그 자리에 주저앉아 버렸다.

"아유 스님! 이제 더 이상은 한걸음도 못가겠습니다요! 아유!"

"아 인석아! 더 가긴 어딜 더 가! 눈앞에 보이는 게 바로 상원사니라. 허허허."

"예에? 상원사라구요? 아니 그럼 벌써 다 왔습니까요, 스님?"

"어서 가서 문안부터 여쭤야 할 것이니라."

"어휴! 예, 스님! 제가 가서 문안을 드리겠습니다."

성관 수좌는 어찌나 기쁜지 덩실덩실 춤이라도 추고 싶은 심정이었다. 언제 앓는 소리를 냈던가 싶게 몸이 가뿐해졌고, 파랗게 질려 있던 얼굴에 화색이 돌았다.

상원사 경내로 들어간 성관 수좌는 요사채 앞에 다가갔다. 어디선가 독경소리가 은은히 들려오고 있었다.

"흠! 흐음!"

성관은 우선 헛기침으로 목을 고르고는 한암스님의 흉내를 내며 점잖게 문안인사를 올렸다.

"객승, 문안드리옵니다."

"아니 거기 누구 오셨소이까?"

잠시 후 문이 열리며 상원사 주지스님이 나왔다.

"아 예, 스님. 지나가던 객승, 문안드리옵니다요."

상원사 주지스님은 밤눈이 어두운지 한참을 두리번거리더니 마침내 눈앞의 희끄무레한 물체를 발견하고는 화들짝 놀라며 한발짝 물러서는 것이었다. 그도 그럴 것이 성관은 머리고 어깨고 다리고 할것없이 온 몸에 하얗게 눈을 뒤집어 쓰고 있어 마치 눈사람처럼

보였다.

“아니 세상에! 이 눈속에 어인 객승이시오?”

“예. 저는 봉은사 조실 한암스님을 모시고 온 성관 수좌라 하옵니다.”

“어느 스님을 모시고 오셨다구?”

“예. 저 한 자 암 자 한암 조실스님을 모시고 왔습니다.”

“아니 이런!”

상원사 주지는 놀라움을 금치 못하고 되물었다.

“아니 한암스님이시라면 방한암 스님 말씀이신가!”

“그렇사옵니다, 스님.”

그 대답이 끝나기도 전에 성관의 뒤에서 한암스님이 불쑥 나타났다.

“객승, 문안드리네.”

“어휴 조실스님! 이 눈속에 어인 걸음이시옵니까요?”

상원사 주지스님은 싱긋이 웃으며 다가서는 한암스님을 보더니 경악을 금치 못하고 소리쳤다.

“그래, 나를 알아보시겠는가?”

“어이구 그러믄요, 조실스님. 저 이태 전이시던가 가을에 한번 다녀가셨지 않사옵니까요?”

“그래. 그랬었지. 그동안 한소식 하셨는가?”

“죄송하옵니다, 조실스님. 공부가 시원치 않아서. 아 어서 안으로 드시지요, 스님!"

"음, 고마우이."

"이쪽 방으로 드시지요."

한암스님은 옷과 걸망에 소복하게 쌓인 눈을 손으로 대충 털어내고서 방으로 올라갔다. 이 방은 객실이 아니라 방금전까지 주지가 머물고 있던 방이었다.

"방금 불을 지펴놔서 따끈따끈 할 것입니다요, 스님. 여기서 몸을 좀 녹이고 계십시오."

"아, 정말 고맙네."

"편안히 쉬십시오."

주지가 깍듯이 인사를 한 후 방에서 나가자 한암스님은 옷을 갈아입고 아랫목에 앉았다. 눈속을 헤치고 오느라 온통 젖어버린 옷을 갈아입고 나니 이젠 정말 살 것 같았다. 방금 불을 지폈다고 하더니 과연 방은 따끈따끈 했다. 얼어붙은 삭신이 노곤노곤 풀리는 게 느껴질 정도였다.

"관수좌는 옷을 다 갈아입었느냐?"

"예, 스님."

"그러면 밖에 나가서 찬물에 발을 담갔다 와야 할 것이야."

"예에? 찬물에 발을 담그라니요, 스님?"

"아, 그렇게 해서 얼음독을 빼야지. 이대로 자게 되면 발에 동상을 입게 되느니라. 나가자, 어서."

"아 예, 스님."

어미 사자가 새끼 사자를 데리고 다니며 살아가는 방법을 하나하나 가르쳐주듯이 한암스님은 성관 수좌에게 출가수도자가 알아야 할 일들을 한가지 한가지 직접 겪고 체득하게 했으니 자상하기 그지없었다.

발을 씻고 들어온 두 스님은 아랫목에 발을 뻗고 편안히 앉았다.

"이젠 어떠헌고? 찬물에 발을 담갔다가 씻고 나니 정신이 번쩍 들었으렷다?"

성관 수좌는 웃으며 대답했다.

"어휴, 스님! 정신이 번쩍 든 정도가 아니라 뼛골이 다 얼어붙는 줄 알았습니다요!"

"으음. 젖은 옷들은 아랫목에 널어놓고 잠은 저 윗목에서 자야 할 것이야."

"정말이지 스님! 이 아랫목에서 잠을 자다가는 엉덩이가 아주 익어버리겠습니다요!"

장난스러운 성관 수좌의 말에 한암스님은 껄껄 웃으며 말했다.

"허허허. 그래서 선방에서는 미운 사람을 아랫목에 앉히느니라."

"미운 사람을 아랫목에 앉힌다구요?"

"제대로 깨닫지도 못했으면서 건방을 떨고 게으름을 피우고 꾀를 피우는 녀석은 방석도 못 깔게 하고 아랫목에 앉혀서 참선시키는 법이야."

"아이구! 그렇게 되면 어찌 견딥니까요, 스님?"

"방바닥은 펄펄 끓어 엉덩이가 익어서 짓물러 터질 지경인데 조금이라도 꿈지럭거리기만 하면 사정없이 장군죽비가 날아오지. 그렇게 해서 엉덩이에 화상을 입은 수좌가 하나 둘이 아닌 게야."

"어이구! 정말 생각만 해도 오싹해집니다요, 스님!"

한암스님과 성관이 모처럼 편안히 앉아 정담을 나누고 있는데 밖에서 발자국 소리가 들려왔다. 그 소리를 들은 성관 수좌가 문득 나지막이 속삭였다.

"그런데 스님!"

"왜?"

"지금 저녁 공양상을 가져오는 모양입니다요?"

"너 인석! 만약 참선방에서 그렇게 먹을 것만 밝히면 여지없이 펄펄 끓는 아랫목 감이야!"

"아유 참 스님두!"

그때였다. 문밖에서 웬 늙수그레한 보살의 목소리가 들려왔다.

"스님! 문 좀 열어주세요! 공양상 가져왔습니다요!"

"아, 그것보십시오, 스님!"

성관은 자기 예상이 맞았다는 사실만이 신이 나고 통쾌해서 문 열어줄 생각은 아니하고 무릎을 치는 것이었다. 한암스님은 혀를 차며 말했다.

"원 이런 녀석! 아 어서 문이나 빨리 열어 드리지 않구?"

"아 예, 예! 하하!"

성관이 부리나케 문을 열어보니 노보살 한분이 상을 들고 서있었다.

"아이구! 이거 할머니께서 상을 가져오셨으니. 자, 이리 주십시오!"

성관이 상을 받아 한암스님 앞에 놓는데 뒤에서 노보살의 목소리가 다시 들려왔다.

"찬이 변변칠 못해서 죄송스럽습니다요."

"원 거 무슨 말씀을요! 노보살님께서 공양주를 맞고 계신가요?"

한암스님의 말에 노보살은 쑥스러운 듯이 웃으며 고개를 저었다.

"아이고! 웬걸입쇼! 삼칠일 불공을 드리러 와있는 김에 상 심부름이라도 해드리고 있습지요."

"아, 예에. 그러셨군요."

"그럼 저 천천히 많이들 드십시요."

"예. 감사히 잘 먹겠습니다, 할머니."

인사를 하고 물러나는 노보살을 향해 성관 수좌가 큰소리로 대답했다.

그런데 이상한 일이었다.

한암스님은 어지간해서는 한 절에서 하룻밤 이상 머물지 않으셨는데 치악산 상원사에서는 하루 이틀 사흘을 쉬고도 떠날 기색을 보이지 않는 것이었다.

물론 당연히 성관 수좌로서는 기분좋은 일이 아닐 수 없었다. 눈 쌓인 산길을 고생고생하며 헤매고 가는 것보다는 차라리 이 치악산 상원사에서 겨울 한철을 편안히 지냈으면 했던 것이다.

사흘째 되는 날 성관 수좌는 한암스님께 여쭈었다.

"저 스님!"

"왜?"

"이곳 치악산 상원사는 공부하기에 아주 좋은 절 같습니다요, 스님!"

한암스님은 빙긋 미소지으며 성관 수좌에게 물었다.

"그렇게 네 마음에 쏙 드느냐?"

"예에, 스님."

"음 그럼, 넌 여기 남아서 공부를 하도록 해라."

"엣! 그럼 스님께서는요?"

"나는 내일 아침 떠날 것이니라."

"헛! 예에?"

전혀 예상치 못한 대답에 성관 수좌는 벌린 입을 다물지 못했다.

정말 실망이 아닐 수 없었다. 이제 치악산 상원사에 눌러 계시려나 보다 하고 지레짐작했던 성관 수좌의 생각은 여지없이 빗나가고 말았다.

그 말을 몸소 증명이라도 하려는 듯이 한암스님은 다음날 날이 밝기가 무섭게 바랑을 챙기시는 게 아니겠는가. 게다가 성관 수좌에게는 가타부타 한마디도 없이 말이다.

안절부절을 못하고 스님이 하시는 양을 지켜보던 성관 수좌가 안타까운 얼굴로 말했다.

"아니 스님? 정말로 오늘 또 길을 떠나시게요?"

"그만큼 쉬었으면 발에 동상입을 걱정은 없어졌느니라."

성관 수좌는 시무룩한 표정으로 서 있다가 하는 수 없다는 듯이 방으로 들어가며 말했다.

"아, 알겠습니다요, 스님. 그럼 잠깐만 지체하십시오. 저도 곧 바랑을 챙기겠습니다요."

"아, 너 인석! 너 이 절이 마음에 쏘옥 든다고 했으니 여기서 공부를 할 것이지 뭣허러 바랑을 챙겨?"

"아유 참 스님두! 스님은 제가 그렇게두 귀찮으십니까요? 핑계만 있으면 떼어놓고 가시려 드니."

"아, 내가 언제 널 귀찮다고 했더냐? 니 스스로 꾀가 잔뜩 들어서 아무데나 편안히 주저앉고 싶은 게지. 그렇지 아니했더냐?"

성관 수좌는 마치 자기 마음속을 훤히 들여다보기라도 하는 사람처럼 정확히 꼬집어 내는 한암스님의 직관력에 혀를 내두르면서도, 그런 속마음을 내색하지 않으려고 여러 가지 구구한 변명을 늘어놓기 시작했다.

"그, 그런 게 아니옵니다, 스님. 그러니까 스님께서 이 절에 오래오래 계실 줄 알고 그래서 그렇게 말씀드린 것 뿐이옵니다."

한암스님은 웃음이 터지려는 것을 간신히 참으며 호령을 했다.

"둘러대기는 인석이! 따라가려거든 어서 썩 나서지 않고 뭘 꾸물대느냐?"

"예, 스님. 다 됐습니다요!"

한암스님과 성관 수좌가 길 떠날 행장을 꾸려 절마당에 나서니 상원사 주지스님이 깜짝 놀라 달려나왔다.

"아니 조실스님! 이 눈속에 어딜 가시려고 이러십니까요?"

"며칠 동안 잘 쉬었으니 그만 또 가봐야겠네."

"아 그래두 그렇지요, 스님! 저희 같은 젊은 것들도 이런 눈속에는 출입을 삼가하고 있는데 스님께서 어떻게 험한 산길을 내려가신다 하옵니까요?"

"열번 백번 조심해서 내려갈 테니 너무 염려마시게!"

조석으로 공양상을 살뜰히 챙겨주던 노보살도 걱정스러운 눈빛으로 한마디 보탰다.

"아유 스님! 안되시옵니다요! 산길은 원래 올라가기 보다도 내려가기가 더 힘든 법입니다요, 스님!"

"허허허. 그야 그렇습죠, 보살님! 허지만 이렇게 신발에다 새끼줄을 동여매었으니 조심해서 내려가면 별일은 없을 것입니다요."

"아유, 그래도 그렇지요! 아 더더구나 눈까지 이렇게 많이 쌓여

있는데 미끄러워서 어찌 내려가실지 원!"

성관 수좌가 주지스님과 노보살 앞에 썩 나서며 말했다.

"너무 염려들 하지 마십시오. 소승이 잘 모시고 내려가겠습니다."

한암스님은 빙그레 웃으며 두 사람에게 작별을 고했다.

"자. 그럼 잘 계시게나. 노보살님도 불공 잘 드리시구요!"

불공 잘 드리라는 한암스님의 자상한 말에 노보살은 연신 고개를 숙이며 말했다.

"아이구 예에. 어찌 됐든 그저 조심해서 살펴가십시오."

상원사 주지스님은 서둘러 산을 내려가는 한암스님의 뒷모습을 조용히 지켜보다가 문득 손을 흔들며 소리쳤다.

"그럼 스님, 조심해서 잘 가십시요!"

치악산 상원사에서 내려온 한암스님은 이번에는 치악산 구룡사에 들러서 다시 사흘을 쉬었다. 상원사가 공부하기 딱 좋은 절이라고 무심코 말했다가 된통 혼이 난 성관 수좌는 이제 스님께서 사흘을 쉬든 나흘을 쉬든 개의치 않았다.

스승의 면모와 성격을 겪을 만큼 겪어온 성관이기 때문이었다. 한암스님의 심중을 예측하기란 바람과 구름이 가는 향방을 점치는 것보다 더 어려운 것이었다. 그저 스승이 머물면 따라서 머물렀고, 또 행장을 꾸리면 자신도 따라서 바랑을 챙길 뿐이었다.

치악산 구룡사에서 하룻밤을 묵은 한암스님은 그 다음날 일찍

절을 나서서 동쪽으로 동쪽으로 험한 산길을 넘어갔다. 그리하여 당도한 곳이 바로 삼척 삼화사. 바다를 지척에 둔 곳이었다.

삼화사에서 며칠을 쉬고 난 한암스님은 가까운 천은사에서 다시 열흘을 쉰 뒤에 바닷가를 따라 발길을 북쪽으로 돌렸다. 산을 타고 넘을 때는 무릎까지 푹푹 빠지는 눈 때문에 고생이었으나, 바닷가를 따라 걷다 보니 거센 바람이 숨을 턱턱 막히게 하였다. 그래도 굳이 비교를 하자면 바닷가를 따라 걷는 편이 훨씬 수월한 편이었다.

얼마 후 한암스님과 성관 수좌는 마침내 강릉에 당도하였다. 두 스님은 강릉 금정 포교당에 머물면서 경포대, 오죽헌을 두루두루 돌아보고 모처럼 한가롭게 바닷가를 거닐며 그동안의 지친 몸을 쉬었다.

찝질하고 비릿한 바닷내음이 폐부에 쌓인 온갖 더러움을 씻어내는 듯 신선하게 느껴졌다. 검푸른 바다를 가만히 들여다보고 있노라면 햇살의 각도나 하늘빛에 따라 그 색깔의 변화가 무궁무진했다. 온종일 바닷가에 앉아 있어도 지루함을 느끼지 못할 정도였다.

밀려왔다 밀려가는 파도소리를 들으며 한암스님을 따라 걷던 성관 수좌가 문득 스님을 불렀다.

"스님!"

"왜 그러는고?"

"깊은 산속으로 들어가시겠다 하시더니 왜 이렇게 강릉 바닷가

에서 오래 머무십니까요?"

"글쎄다."

"산보다는 바다가 더 좋으십니까요, 스님?"

"산은 산대로 좋고 바다는 바다대로 좋으니라."

"하오면 이 근처 어디 바닷가에 머무실 작정이십니까, 스님?"

"바닷가에 머물기는 이게 아마도 마지막이 될 것이니라."

"무, 무슨 말씀이십니까요, 스님? 마지막이라니요?"

"내 이제 대관령을 넘어서 산속에 들어가면 다시는 산에서 나오지 않을 것이니 바다를 보는 것도, 파도소리를 듣는 것도 이것이 영영 마지막이 될 것이야."

"아. 스님."

이제 파도소리를 듣는 것도 영영 마지막이 될 것이라는 스님의 말씀을 듣는 순간, 성관은 뒤통수에 무겁고 단단한 무언가가 딱 와서 부딪치는 듯한 충격을 받았다. 사실 세속을 떠나 깊은 산중에 들어가 다시는 나오지 않겠다는 한암스님의 말씀을 아직껏 실감하지 못했던 성관이었다.

성관 수좌는 걷는 것도 잊은 채 천천히 해변을 거니는 한암스님의 뒷모습을 멍하니 쳐다보고 있었다. 착 가라앉은 어조와 넘실거리는 파도를 바라보는 스님의 시선이 어째 예사롭지 않게 느껴지는 것이었다.

한암스님은 멀리 가물거리는 수평선을 그윽한 눈매로 바라보다가 이윽고 몸을 돌리며 성관에게 말했다.

"이제 그만 되었느니라. 돌아가서 쉬도록 하자."

"예, 스님."

금정 포교당으로 돌아가는 두 사람의 머리 위를 갈매기 한 마리가 포물선을 그으며 날아가고 있었다.

다음날 아침 한암스님은 다시 행장을 꾸려 길 떠날 차비를 했다. 성관 수좌도 아무 말 없이 바랑을 챙겼다. 금정 포교당 김보륜 포교사는 싫다는 한암스님을 설득해서 두 스님을 억지로 버스에 태웠다.

버스는 눈쌓인 대관령을 넘어 월정거리에 도착했다. 한암스님을 따라 버스에서 내리기는 했으나, 성관은 도무지 어디가 어딘지 알 수가 없었다. 사방을 살펴보아도 눈쌓인 산이 하늘을 찌를 듯이 길을 막고 있을 뿐이었다.

"아니 스님! 여, 여기가 대체 어디입니까요?"

"으음. 저기 저 북쪽으로 보이는 산이 오대산, 여기서 잠시만 걸어가면 월정사가 나올 것이요, 거기서 이십여리 산속으로 올라가면 상원사가 있으니 오늘밤은 월정사에서 자고 내일은 상원사로 가야할 것이야."

"그럼 상원사에는 며칠쯤이나 머물 작정이신지요, 스님?"

"상원사에서 며칠쯤 머물고 또 길을 떠날 것이냐?"

"예, 스님."

순간 한암스님의 얼굴에 희미한 미소가 스쳐갔다. 한암스님은 월정사 쪽으로 천천히 걸음을 떼놓으면서 성관에게 말했다.

"조금만 걸어가면 월정교가 나올 것이니 내 거기 가서 말해 줄 것이야."

알듯 모를 듯한 말에 고개를 갸웃거리는 성관 수좌를 뒤로 하고 한암스님은 앞장 서서 휘적휘적 걸어가기 시작했다. 시골길로 한 오리쯤 걸어갔을까.

조그만 개울 하나가 나타났다. 산에서 흘러내리는 개울물은 얼음장 밑에서 돌돌돌 맑고 투명한 소리를 내며 쉼없이 흘러가고 있었다. 이 개울을 가로지르는 조그만 다리가 하나 있었다.

'저 다리가 아까 스님이 말씀하신 월정교인가?'

성관 수좌가 속으로만 생각하고 있는데 한암스님은 아무 말 없이 성큼성큼 월정교를 건너기 시작하였다.

'그냥 한번 해보신 말씀인가?'

성관은 이렇게 속으로 중얼거리며 스님을 따라 월정교를 건너기 시작했다. 그런데 월정교를 거의 다 건넌 한암스님이 갑자기 걸음을 멈추더니 몸을 휘익 돌려 성관 쪽으로 되돌아섰다.

영문을 모르는 성관 수좌는 스님을 따라 걸음을 멈출 수밖에 없었다. 성관이 멀뚱멀뚱 스님을 쳐다보고 있는데 잠시 후 한암스님이 조용히 입을 열었다.

"관수좌."

"예, 스님."

"난 이제 다시는 이 다리를 건너가지 않을 것이야."

"예에?"

한암스님은 아연실색한 성관 수좌를 남겨두고 다시 몸을 돌려 월정사 경내로 들어가기 시작했다.

한암스님이 성관 수좌를 데리고 오대산 월정사에 당도한 것은 1926년 음력 삼월 스무날, 봉은사를 떠난 지 두 달이 넘어서였다.

차라리 천고에 몸을 숨기는 학이 될지언정 삼춘에 말 잘하는 앵무새의 재주는 배우지 않겠노라는 말 한마디를 남기고 세속을 등진 한암스님은 이날 월정사 경내에 들어서자마자 제자 성관이 보는 앞에서 다시는 다리를 건너지 않겠노라고 또 한번 결연히 다짐한 것이다.

이것은 오대산과 한암스님의 기묘한 인연의 시작인 셈이었다.

월정사에서의 첫날밤이었다.

성관 수좌는 새로운 생활에 대한 기대와 미래에 대한 알지 못할 불안감으로 늦도록 잠을 이루지 못하고 있었다. 특히 아까 월정교에서의 충격은 성관의 가슴속에 생생한 파문을 남겼다.

역시 한암스님 같은 고승은 속인들은 물론이요, 자기 같은 미천한 중으로서는 영원히 그 심중의 한 올이라도 짐작할 수 없을 것이라는 자괴감마저 드는 것이었다.

깊은 상념에 빠진 성관 수좌의 귀에 어디선가 쨍그렁 쨍그렁 가

낱프게 울리는 풍경소리가 들려왔다. 잠시 풍경소리에 귀기울이던 성관이 조용히 입을 열었다.

"스님, 주무십니까요?"

"왜 그러느냐?"

착 가라앉은 스님의 목소리가 들려왔다. 한암스님 역시 잠을 못 이루고 계셨던 모양이었다.

"저 소리 말씀입니다요."

"저 소리가 어떻단 말인고?"

"저 소리가 대체 어디서 울리는 소리입니까요?"

"그렇게 궁금하거든 문을 열어보아라. 9층 석탑 위에서 울리고 있을 것이니라."

"9층 석탑 위에서요?"

스님의 말씀을 들은 성관 수좌가 가만히 문을 열어보았다.

과연 기울어진 달빛 속에 9층 석탑이 우뚝 솟아 있는데 그 석탑 맨 꼭대기에서 아름다운 풍경소리가 울리고 있었다.

"하! 정말이군요, 스님! 저 탑 꼭대기에서 풍경들이 바람에 흔들리며 소리를 내고 있사옵니다!"

한암스님은, 하염없이 석탑을 올려다보며 심금을 울리는 풍경소리를 듣고 있는 성관을 지그시 지켜보다가 조용히 입을 열었다.

"탑은 언제부터 저렇게 저 자리에 서 있었겠는고?"

"잘 모르겠사옵니다, 스님."

"저 탑은 천년을 저렇게 저 자리에 서 있었느니라."

"천년씩이나요?"

"그리고 저 풍경소리도 천년을 저렇게 울려 왔느니라."

"아! 하오면 스님! 천년 전에 저 탑을 세우고 천년 전에 저 풍경을 만들어 달아 놓았단 말씀이시옵니까요?"

"부처님 가르침이 이 땅에 전해진 지 천육백년이요, 바로 이 월정사 터에 자장율사가 초막을 세운 것은 천삼백년 전이니 저 탑은 그 후에 세워진 것이야."

"예."

"관수좌."

"예, 스님."

"저 풍경소리를 들으면서 무엇을 느끼는고?"

"……."

"저 소리가 곱다고 느껴지는가?"

"예, 스님. 저 소리는 고울 뿐만 아니라 신묘합니다, 스님."

"그래. 그렇게 곱고 신묘하니 네 손에 쥘 수 있겠는가?"

"아, 아니옵니다, 스님. 제 아무리 고운 소리도 손에 쥘 수는 없사옵니다."

"그러면 손에는 쥘 수가 없다고 하더라도 귓속에 담아둘 수는 있겠는가, 없겠는가?"

"귓속에요? 귀로는 잠시 들을 수는 있으나 담아둘 수는 없사옵

니다, 스님.”

한암스님은 빙긋이 웃으며 말했다.

“그래애. 그럼 이제 됐으니 그만 문을 닫도록 해라.”

“예.”

성관 수좌가 조용히 문을 닫고 다시 자리에 눕자 한암스님은 계속해서 말을 이었다.

“천년을 저렇게 울려왔거늘 아무도 손에 쥔 사람이 없고, 귓속에 담아간 사람이 없었으니 어떤 까닭인고?”

“소리는 원래 실체가 없는 까닭이겠습니다.”

“그러면 관수좌. 사람인 너는 실체가 있다고 생각하느냐?”

“…….”

“백년 후에 관수좌는 지금 이대로 실체가 있겠는가?”

“그, 그야 없겠습니다, 스님.”

“그것을 확실히 알면 욕심도 사라지고 근심걱정도 사라지게 될 것이니 이제 그만 다른 생각말고 잠이나 자두어라.”

“…… 예, 스님.”

고요히 눈을 감고 잠을 청하는 성관 수좌의 귀에 또다시 청량한 풍경소리가 들려왔다.

9
날개도 나기 전에 창공을 날아가려 하다니

다음날 아침나절이었다.

월정사를 떠난 한암스님은 성관 수좌를 데리고 상원사로 올라가고 있었다.

그런데 이게 웬일인가.

월정사로부터 채 오리도 못 가서 좁디좁은 협궤철로가 산속으로 뻗어 있는 것이 아닌가. 게다가 그 험한 산중에 커다란 건물까지 들어서 있는 것을 본 한암스님은 실소를 금치 못했다.

"허허! 아니 대체 어찌 된 변고든고? 산속에 철로가 깔리고 산중에 건물이 들어서다니!"

"그러게 말씀입니다요, 스님! 아, 저기 저 건물 앞에서 웬 여자가 빨래를 하고 있습니다요. 제가 가서 한번 물어보겠습니다, 스님."

성관 수좌는 때마침 산중에 들어선 커다란 건물 앞에서 빨래를 널고 있던 한 중년 여인에게 다가가 공손히 합장한 후 말을 건네었다.

"저 보살님, 말씀 좀 여쭙겠습니다요."

"왜 그러십니까요, 스님?"

"저, 저기 깔린 저 철로는 무슨 철로며 이 큰 건물은 웬 건물입니까요?"

"아, 예. 저 철로는요, 저기 저 오대산 산판에서 나무를 베어 실어 나르느라고 일본사람들이 깔아놓은 거구요."

"그럼 이 큰 건물은요?"

"아 이 큰 건물이야 연필공장입지요!"

"연필공장이요?"

"예. 이 오대산 나무가 결이 좋대나요? 그래서 이 연필공장에서 일본사람들이 연필을 만들어 가지고 조선팔도에 다 보낸다고 그럽디다요."

이때 이미 일본사람들은 오대산 나무를 벌목, 가공하여 장사를 해먹고 있었던 것이다.

성관 수좌에게 전후사정을 전해 들은 한암스님은 긴 한숨을 내쉬며 말했다.

"아하! 이거 정말 큰일 났구나! 왜놈들이 오대산까지 먹어 들어왔다니."

오대산 산속까지 일본의 수탈정책이 파고들어 왔다는 것은 한암스님에게 큰 충격이 아닐 수 없었다.

세속이 싫어 산중에 묻혀 살고자 찾아온 오대산이 아니었던가. 조선총독부가 조선 불교계까지 좌지우지 간섭하는 게 싫어 찾아온 오대산이 아니었던가. 한암스님은 허탈한 표정으로 산속으로 끝없이 이어진 협궤철로를 바라보았다.

"이것 봐라, 관수좌."

"예, 스님."

"이거 내가 아무래도 길을 잘못 찾아든 것 같구나."

"그럼 어쩔 셈이십니까요, 스님?"

"원 세상에! 이 오대산까지 손을 뻗쳐서 철로를 놓고 공장을 세우다니! 이 일대는 월정사 사찰림이 분명할텐데 말이다."

한암스님은 아무래도 안되겠던지 손수 여인에게 다가가 말을 걸었다.

"어험. 저 여보시오, 보살님!"

"왜 그러십니까요, 스님?"

"아 대체 이런 것들을 언제부터 이렇게 만들었답디까요?"

"네. 여기다 길 닦고 철길 깔고 공장 짓기 시작한 지는 한 삼년 됐습니다요!"

"삼년이나 되었다구요!"

"예, 금년이 꼭 삼년짼니다요."

"허허 이런! 아 여기는 분명히 월정사 산이거늘."

한암스님이 혼잣말로 하는 소리를 들은 중년 여인은 얼른 말꼬리를 잡아채었다.

"아 그야 월정사 땅이구 말구요! 허지만 월정사 땅이면 뭘합니까요? 월정사의 어떤 스님이 일본 사람하고 짝자꿍을 해가지고 도장을 꽝꽝 찍어줬다는데요, 뭘!"

"뭣이라구요? 월정사 어떤 중이 일본사람과 짜고 도장을 찍어줬다?"

"예에. 아니 그러지 않구서야 언감생심 절땅에다 어떻게 이런 공장을 세우겠습니까요?"

"허허! 이건 또 무슨 해괴한 소리던고?"

한암스님의 얼굴은 치미는 분노를 참아내느라 시뻘개져 있었다.

"이것 봐라, 관수좌!"

"예, 스님."

"간밤에 월정사 주지를 좀 보자고 했더니만 지금은 주지가 공석중이라고 했느니라. 급히 상원사에 올라가서 자초지종을 알아봐야겠으니 너 가서 내 지팡이 하나 꺾어 오너라!"

"예, 스님."

성관 수좌는 재빨리 가까운 숲에서 단풍나무 가지를 하나 꺾어왔다. 한암스님은 그 단풍나무 가지를 지팡이삼아 부랴부랴 상원사로 올라갔다.

벌목한 나무를 운반하기 위해 깔아놓은 협궤철도는 상원사 입구까지 가설되어 있었다. 그 광경은 신성한 절조차도 일제 장사치들의 돈벌이 장소로 전락해 가는구나 하는 느낌을 주었다.

이윽고 조용하기 그지없는 상원사 경내로 접어든 한암스님은 바삐 주지실을 찾아갔다.

"안에 누구 아니계신가?"

잠시 후 방문이 열리며 스님 한 분이 나왔다. 그는 문밖에 서있는 한암스님과 성관 수좌를 일별하고는 눈을 둥그렇게 뜨고 물었다.

"누구시옵니까요?"

성관 수좌가 얼른 앞에 나서며 말했다.

"예, 저 봉은사 조실스님이십니다요!"

봉은사 조실스님이라는 말에 스님은 깜짝 놀라 소리쳤다.

"예에? 아니 그럼 바로 방한암 큰스님이시란 말씀이시옵니까, 스님?"

"내가 바로 한암이란 중일세."

아직도 아까의 노기가 채 가라앉지 못했는지 한암스님의 목소리는 조금 갈라져 있었다. 그러나 사정을 모르는 상원사 스님은 한암스님의 방문만으로도 송구한지 두 손을 마주 비비며 어쩔 줄을 몰랐다.

"아유! 이거 어쩐 행보이십니까요, 큰스님! 자, 어서 드시지요."

그러나 한암스님은 방안으로 들어갈 생각을 않고 상원사 스님을 뚫어져라 바라보며 말했다.

"그래, 자네가 이 상원사 주지스님이시던가?"

"아이구! 아니옵니다요, 큰스님! 이 상원사에는 주지직은 없사옵고 소승이 원주소임을 맡고 있사옵니다요. 자, 어서 드시지요, 안으로!"

당시의 상원사 원주는 바로 김수공 스님.

주지실로 안내된 한암스님은 자리에 앉아 수공스님의 절을 받자마자 곧바로 입을 열어 말했다. 한번 치민 노기를 가라앉히려 애쓸 때마다 한암스님의 눈자위가 미세하게 떨렸다.

"대체 오대산이 어쩌다가 이 지경이 되었단 말이든고?"

"무, 무슨 말씀이시온지요, 큰스님!"

"이 오대산이 대체 어떤 산인데 곳곳에서 나무를 베어내고 협궤철로를 가설하고 공장까지 들어서게 되었는지 그걸 물어보고 있는 중이네."

"아, 예에."

상원사 원주인 수공스님은 그제서야 한암스님의 말뜻을 깨달았는지 난처한 표정이 되었다.

"저, 큰스님! 그 문제라면 말씀드리기가 좀 복잡하옵니다요, 스님."

"무엇이 어떻게 복잡하단 말인가?"

"예, 스님. 저 홍포룡 스님을 아시겠지요, 스님?"

"홍포룡 스님? 아암! 알구 말구."

"그 스님이 주지로 계시면서……."

"아니 그럼 그 포룡스님이 산판을 팔아먹었단 말씀이신가?"

"아이구 아닙니다요, 스님! 포룡스님이 그런 게 아니오라."

"그럼 대체 어찌 된 일이란 말이신가?"

"예, 저 포룡스님 상좌 가운데 강헌이라는 승려가 있었사온대 일본으로 유학까지 보내 부기학원을 다니게 했었습니다요."

"부기학원이라니!"

"아 왜 경리도 보고 사무도 보는 법을 가르치는 부기학원 말씀입니다요?"

"으음. 그래서?"

"그 상좌가 귀국을 하자마자 포룡스님이 절 사무를 모조리 다 맡겼습지요."

"일본에서 부기학원을 다녔다는 그 상좌에게 말인가?"

"예. 그랬는데 그만 그 상좌가 일본사람들과 손발이 맞아가지고 산판 벌채 계약서에 도장을 찍어주고 돈을 받아 챙겨 가지고 도망질을 쳐버렸습니다요."

"아니 그러면 주지스님은 그것도 모르고 계셨더란 말인가?"

"아유! 감쪽같이 모르고 계셨습죠!"

"어느 날 갑자기 일본사람들이 도라꾸(트럭을 이때는 이렇게 불렀다)를 몰고 들어와서 계약서를 내밀고 길을 닦기 시작했으니 오대산 문중이 발칵 뒤집혔습니다만, 헌병이다 순사다 동원까지 하는 바람에 별수없이 저 지경으로 당하고 말았습니다요!"

한암스님은 혀를 차며 말했다.

"그럼 그 포룡스님은 지금 어디 계신다던고?"

"지금은 어디 계신지 모르겠습니다요. 대중공사에 붙여 체탈도첩을 당해 절에서 쫓겨나셨으니까요."

"체탈도첩으로 쫓겨나셨다?"

자초지종을 듣고 보니 정말 어처구니 없는 일이었다. 상좌 한 사람 잘못 둔 탓에 오대산은 쑥대밭이 되고, 그 상좌를 잘못 데려온 주지스님은 대중공사에서 체탈도첩을 당해 승복을 벗고 쫓겨나는 처지가 되었다니 정말 기가 막힌 노릇이었다.

"그래. 그럼 그때 포룡스님이 월정사를 떠나신 뒤로는 주지자리가 공석이더란 말씀이신가?"

"아닙니다요, 스님. 그후로 대중공사를 열어 금강산 유점사에 계시던 김운학 스님을 주지로 모셔왔습죠."

"으음. 그럼 지금 월정사 주지스님이 바로 그 운학스님이란 말씀이신가?"

"운학스님께서는 이번에 임기를 마치고 떠나시게 되었습니다. 그래서 며칠전에 다시 대중공사를 열어 새 주지스님을 모시기로 했사온데."

"그래 그럼 어느 스님을 새 주지로 모시기로 허셨든고?"

"예. 저 양양 명주사에 계시는 지암 이종욱 스님이 덕도 높으시고 일도 명쾌하게 잘 처리하신다 하여 새 주지스님으로 모시기로 뜻을 모았사옵니다."

"허면, 지암 이종욱 스님은 새 주지로 부임하시겠다고 허락을 하셨는가?"

"처음엔 한사코 사양을 하셨사옵니다만 오대산 문중이 한뜻으로 간청을 해 올리니 별수없이 부임하시겠다 승낙을 하셨다 하옵니다."

한암스님은 고개를 끄덕이며 말했다.

"음. 그렇다면 정말 다행스런 일이로구만! 이종욱 스님이시라면 이 산판 문제도 잘 해결하실 걸세."

"예, 스님. 저희들도 그러실 줄 믿고 있사옵니다."

원주스님은 환하게 미소지으며 맞장구쳤다.

"그러면 새 주지 진산식은 언제쯤이던고?"

"예. 저 다음달 보름날이니 이제 얼마 남지 않았사옵니다."

"음, 그으래?"

한암스님은 잠시 미간을 찡그리며 생각에 잠겨 있다가 조용히 입을 열었다.

"여보시게, 원주스님."

"예, 큰스님."

"내 사실은 오대산 사정이 이 지경인지도 모르고 오래오래 여기 머물까 해서 찾아온 길이었다네."

수공스님은 평소에 흠모해오던 대선지식 한암스님께서 상원사에 머물까 해서 왔다는 이야기를 듣고 감격해서 소리쳤다.

"아이구! 잘 오셨습니다, 큰스님! 정말 잘 오셨습니다!"

"허지만 이렇게 복잡하고 시끄러워서야 내가 어디 신세를 질 수가 있겠는가?"

"아유, 스님도! 원 무슨 말씀이시옵니까요, 큰스님! 저희들이 모시고자 해도 모시기 어려운 분이신데 이렇게 일부러 와주셨으니 저희들로서야 이보다 더 반갑고 기쁜 일이 어디 있겠습니까요."

"허허허. 거 무슨 당치않은 말씀이신가? 복잡한 와중에 불쑥 왔으니 내가 잘못이지."

수공스님은 당치도 않다는 듯이 고개를 저으며 말했다.

"아, 아니옵니다요, 큰스님. 새로 부임하실 주지스님께 미리 기별을 해서 스님을 조실스님으로 모시고 오대산 대중들이 다 함께 받들도록 하겠습니다요."

"아, 아닐세. 보잘것없는 이 늙은 중, 너무 그렇게 불편하게 하지 말고 어디 초막이라도 좋으니 방 한칸 빈 데가 있거든 신세 좀 지게 해주시면 그걸로 족하이."

"아이구 큰스님, 무슨 말씀이시옵니까요? 마침 이 상원사 초당이 비어 있습니다. 그 방을 내어 드리도록 하겠사오니 아무 염려 마십시오, 스님!"

"흠. 내 그럼 그동안 수좌 데리고 적멸보궁 참배를 다녀오도록 하겠네."

"예. 그렇게 하십시오, 스님."

원주스님과 이야기를 끝낸 한암스님은 성관 수좌를 데리고 곧바로 적멸보궁 참배길에 나섰다. 상원사에서 적멸보궁을 가자면 그 중간 지점인 중대에 사자암이라는 암자가 자리잡고 있었다.

그런데 사자암에서 걸음을 멈춘 한암스님은 문득 그때껏 지팡이 삼아 짚고 왔던 단풍나무 가지를 마당에 꽂아 세우는 게 아니겠는가. 성관 수좌는 난데없는 스님의 행동이 이상하기 짝이 없었다.

"아니 스님! 그 지팡이를 왜 마당에다 꽂아두십니까요?"

"여기서 적멸보궁까지 왔다갔다 하는데 얼마나 걸리는지 해를 재보려고 꽂아두었으니 그대로 놔두도록 해라."

성관 수좌는 그제서야 고개를 끄덕이며 말했다.

"아, 예! 그러고 보니 해시계를 삼으시려구 꽂으신 거로군요, 스님?"

"그런 셈이니라. 자 그럼 적멸보궁으로 올라가자꾸나."

한암스님은 무슨 생각에선지 적멸보궁 참배를 다녀오는 길에도 중대에 있는 사자암 마당에 꽂아둔 단풍나무 지팡이를 그냥 놔둔 채 상원사로 내려오는 것이었다.

그런데 기이하게도 이날 한암스님이 꽂아둔 단풍나무 지팡이는 그대로 뿌리를 내려 훗날 싹이 돋고 가지를 뻗어 무성하게 잘 자랐다.

오늘날 중대 사자암 마당에 그 우람한 모습을 자랑하고 있는 단풍나무는 바로 이날 한암스님이 꽂아두었던 지팡이였다. 뒷날 강원도 평창의 한 군수는 이 단풍나무와 한암스님에 얽힌 일화를 세세하게 적은 안내판을 세워 사자암을 찾는 이들의 감회를 새롭게 해주고 있다.

아무튼 이날 한암스님이 적멸보궁 참배를 마치고 성관 수좌와 함께 상원사로 돌아오니 전혀 엉뚱한 일이 기다리고 있었다. 참배를 마치고 돌아온 한암스님이 깨끗하게 치워놓은 초당에 앉아 잠시 쉬고 있는데 원주스님이 들어왔다.

원주스님은 뭔가 할말이 있는 듯 면구스러운 얼굴로 한참 동안 뜸을 들이다가 겨우 입을 열었다.

"말씀드리기 죄송하옵니다만……."

"그래, 무슨 말씀이신고?"

"바로 저기 저 청량선원에서 여러 수좌들이 참선을 해오고 있사옵니다요, 스님."

"그러신데?"

"한암 큰스님께서 우리 상원사에 오셨다고 소식을 전했더니만 여러 수좌들이 큰스님께 여쭤볼 공부가 많사오니 기회를 주십사 하고 간청을 해왔사옵니다요."

"나한테 물어볼 공부가 많다구?"

"그렇사옵니다, 스님."

"허허허허."

한암스님은 호쾌하게 껄껄 웃어넘기는데 옆에 있던 성관 수좌는 발끈하여 원주스님에게 따지듯이 말했다.

"아니 스님! 그럼 그 수좌들이 우리 스님을 시험해 보겠다 그런 수작이 아니옵니까요, 예에?"

성관 수좌의 말이 영 틀리지는 않았던 듯 원주스님은 더욱 송구해 하며 한암스님께 여쭈었다.

"죄, 죄송하옵니다, 스님. 어찌 하올까요?"

"허허허. 그거 뭐 괘념하실 거 조금도 없으시네. 수좌들께서 물어볼 게 있으시다면 내가 마땅히 가서 뵙겠다고 전하시게!"

젊은 수좌들의 당돌한 도전에 웬만한 스님 같으면 괘씸해 하기도 하련만 한암스님은 그런 것에는 전혀 개의치 않는다는 표정이었다.

"예에? 아니 스님?"

옆에서 씨근거리고 있던 성관 수좌가 오히려 어안이 벙벙할 지경이었다.

한암스님이 성관 수좌를 데리고 오대산 상원사에 들어갔을 당시, 상원사 청량선원에는 혜일수좌, 운정수좌, 영신수좌, 설봉수좌, 단암수좌, 종협수좌, 운봉수좌 등 십여 명의 젊은 수좌들이 참선수행을 하고 있었다.

이 젊은 수좌들은 작당을 해서 새로 오신 한암스님에게 선문답을 나누자는 등 노골적으로 시험을 해보려는 기색이었다.

성관 수좌는 아무리 생각해 봐도 감히 한암스님을 시험하려 드는 수좌들의 불순한 의도가 괘씸하기만 했다.

"저 스님."

"왜 그러느냐?"

"스님께서 선방으로 들어가실 게 아니라 제가 수좌들에게 가서 한 사람씩 나와서 스님께 인사도 올리고 여쭐 게 있으면 여쭈라고 하겠습니다요, 스님."

"그럴 것 없느니라."

"아니 그럼 스님께서 직접?"

"물론이니라. 그리고 관수좌 너두 들어가서 인사를 나눠야 할 것이니 따라 오너라."

"엣! 저, 저두요?"

그러나 한암스님은 더 이야기할 것도 없다는 듯이 성관의 말에는 대꾸도 없이 훌쩍 일어나 청량선원으로 향하는 것이었다.

한암스님은 청량선원의 돌계단을 지나 마루 위에 올라섰다. 선방 문 앞에 이른 한암스님이 막 안으로 들어서려는데 선방 안에서 웬 젊은 수좌의 카랑카랑한 목소리가 들려왔다.

"스님! 잠깐 거기 멈추시지요!"

"으음?"

스님이 방안을 들여다보니 해사한 얼굴의 한 젊은 수좌가 정면에 버티고 서있었다. 바로 운봉이라 불리는 수좌였다.

"스님께서 이 선방 안으로 들어오시면 여기 앉아 있는 이 수좌들이 일어서서 스님을 맞이하겠습니까, 아니면 앉은 채로 스님을 맞이하겠습니까?"

참으로 당돌한 질문이었다. 화가 치민 성관 수좌는 한암스님의 뒤에서 두 주먹을 불끈 부르쥐었다.

그러나 정작 한암스님은 노한 기색이 없었다. 오히려 스님은 여유있게 껄껄 웃으며 운봉에게 말하는 것이었다.

"허허허. 그래 그 대답을 꼭 들어야 하시겠는가?"

"예, 스님. 그러하옵니다."

운봉 수좌는 한암스님의 여유로운 대응에 움찔하면서도 처음의 날카로운 기세를 잃지 않고 꿋꿋하게 대답했다.

"그럼 이것부터 대답을 하시게. 내가 이 오른손을 활짝 펴겠는가 주먹을 쥐겠는가?"

"……."

참으로 운봉의 허를 찌르는 의외의 답변이었다. 그것은 질문에 대한 슬기로운 대답이기도 하려니와 상대의 입을 묶어놓는 최대한의 공격이기도 했다. 운봉은 할말을 잃은 채 망연히 서있을 뿐이었다.

운봉 수좌의 기를 가볍게 제압한 한암스님은 만면에 부드러운 미소를 띄우며 말했다.

"허허. 이거 내 물음이 너무 어려웠던 모양인데. 그럼 이렇게 다시 묻겠네. 내가 여기서 방안으로 들어가겠는가 아니면 돌아서서 나가겠는가?"

운봉 수좌는 한암스님 앞에 넙죽히 엎드려 큰절을 올리며 큰소리로 말했다.

"스님께선 방안으로 들어오셔야 하옵니다, 스님!"

한암스님은 고개를 끄덕이며 뒤에 서있는 성관에게 말했다.

"허허허. 관수좌, 너두 이리 들어오너라. 여러 수좌들에게 인사를 드려야 할 것이니라."

상황의 반전을 얼떨떨하게 지켜보고만 있던 성관 수좌는 그제서야 정신을 차린 듯 스님께 대답했다.

"아, 예. 스님."

성관 뿐만 아니라 한암스님과 운봉과의 선문답을 지켜본 선방의 모든 수좌들 역시 놀라움을 금치 못했다. 한암스님이 방안에 들어오기까지 짧은 시간 동안에 일어났던 상황은 순식간에 청량선원 젊은 수좌들의 태도를 백팔십도로 바꾸어 놓았다.

수좌들은 누가 먼저인지도 모르게 일제히 자리에서 일어나 진심에서 우러나오는 존경을 담아 한암스님께 큰절을 올렸다. 수좌들의 인사를 받은 한암스님은 죽비를 높이 들어 세 번 내리쳤다.

딱! 딱! 딱!

숙연한 침묵을 깨고 한 수좌가 일어나 말했다.

"스님께 차 한잔 올리겠습니다."

"으음, 그래."

수좌는 공손한 태도로 스님 앞에 찻잔을 내려놓고 조심스레 차를 따랐다.

"자, 한잔 드시지요, 스님."

"고마우이."

한암스님은 차를 한모금 마시고 나서 수좌들의 면면을 하나하나 살펴보다가 이윽고 입을 열어 말했다.

"그래, 어떤 수좌께서 공부하다 막힌 데가 있다고 하셨는고?"

"예. 소승이옵니다, 스님."

운봉 수좌가 일어나 대답했다.

"그래 어느 대목에서 막혔단 말씀이던고?"

"예, 기신론을 읽자오니 일체망념을 다 없애고 없앴다는 그 생각마저 없애야 한다고 하였는데 어떻게 하면 그것들을 다 없앨 수 있사옵니까?"

"그러면 그 기신론은 누가 쓰신 글이던고?"

"예, 기신론은 마명보살이 지으신 것이옵니다요."

"그렇다면 마명보살에게 물어봐야 할 것이야."

운봉은 잠시 생각하고 나서 말했다.

"마명보살은 천년 전에 살았던 분인데 그럼 지금은 어디에 계시겠습니까?"

"말 마(馬)자, 울 명(鳴)자, 마명(馬鳴)이시니 말 울음소리가 벽력소리보다도 더 높이 울리는 곳에 계실 것이야. 아시겠는가?"

한암스님의 거침없는 대답에 운봉은 다시 얼굴을 붉히며 조그맣게 말했다.

"아 예, 알겠사옵니다."

한암스님의 언성이 조금 높아졌다.

"알기는 대체 무엇을 알았다고 하시는가?"

"소승이 잘못 여쭈었음을 알게 되었사옵니다, 스님."

"흐음."

운봉 수좌는 자신의 과오를 솔직히 인정하며 스님 앞에 고개를 조아렸다. 한암스님은 운봉 수좌를 향했던 날카로운 시선을 거두어 전체 수좌들을 바라보며 말했다.

"여러 수좌들은 가을 들판 곡식들을 보고도 배워야 할 것이야. 잘 익은 곡식들은 고개를 숙이고, 덜 익은 곡식들이 머리를 쳐들고 있으니 여러 수좌들은 참새를 보고도 배우는 바가 있어야 할 것이니라. 만약 날개 털이 자라기도 전에 저 창공을 날아가려 하면 그 참새새끼는 어찌 되겠는가?"

깊고도 깊은 한암스님의 법문에 운봉 수좌는 무릎을 꿇으며 용서를 빌었다.

"잘못되었사옵니다, 스님."

다른 수좌들도 일제히 무릎을 꿇으며 말했다.

"명심하겠사옵니다, 스님."

10
하루에 한번씩 머리통을 만져보라

한암스님은 오대산 상원사 청량선원 서쪽 초당에 거처를 정하고 눈푸른 수좌들을 지도하기 시작했다. 본래 청량선원에서 수행하던 수좌들 뿐만 아니라 전국 곳곳의 수좌들이 한암스님 밑에서 공부를 하기 위해 구름처럼 모여들었다.

이때부터 한암스님 문하에서 공부하던 수좌들 가운데는 훗날의 동산스님, 금오스님, 전강스님, 서옹스님, 석주스님, 탄옹스님, 혜련스님, 고송스님, 설봉스님, 단암스님, 고암스님, 탄허스님, 범룡스님, 보문스님, 희섭스님, 용명스님, 희찬스님 등이 있었으니 한암스님이 오대산에 머물면서 얼마나 출중한 인재들을 키워냈는지 짐작할 수 있겠다.

한암스님이 오대산에 머물기 시작한 지 몇달도 채 되지 않았을 무렵이었다. 하루는 성관이 득달같이 달려와 소리쳤다.

“스님! 스님!”

“왜 그러느냐?”

“한양에서 보살님이 찾아오셨습니다요, 스님!”

“무엇이라구? 한양에서 보살님이?”

한암스님은 한양에서 누가 왔다는 말에 적잖이 놀라 서둘러 문을 열고 밖을 내다보았다. 문밖에 찾아온 손님은 다름아닌 김상궁이었다.

김상궁은 재회의 기쁨에 눈물까지 글썽이며 젖은 목소리로 말했다.

“김상궁이옵니다, 조실스님.”

“아니 이 오대산까지 어떻게 알고 오셨단 말이신고?”

“봉은사에서 소식 듣자옵고 부랴부랴 이렇게 문안드리러 왔사옵니다. 스님, 그동안 편히 잘 지내셨사옵니까?”

“나야 늘 여여하게 잘 지냈네마는 이까짓 늙은 중 뭘 볼 게 있다고 여기까지 고생하고 오셨더란 말이신가?”

“듣자하니 이 상원사에 모셔진 문수보살님과 문수동자, 그리고 적멸보궁에 참배하면 효험이 크다 하기에 겸사겸사 왔사오니 크게 꾸짖지 마시옵소서.”

한암스님이 봉은사에 계실 때부터 늘 꾸지람만 들어왔던 터라 김상궁은 이렇게 변명부터 늘어놓았다.

그런데 한암스님은 전에 없이 김상궁에게 잠시 방에 들어와 쉬

었다 가기를 권했다. 수백리 길을 마다하지 않고 찾아온 김상궁의 불심이 기특했던지 스님은 이날따라 차까지 한잔 끓여오라 분부하는 것이었다.

성관 수좌가 알맞게 끓인 찻물을 내오자 한암스님은 손수 김상궁의 찻잔을 채워주며 부드럽게 말했다.

"자, 차 한잔 드시게나."

김상궁은 얼떨떨한 표정으로 스님께 말했다.

"아이구! 이거 어쩐 일이시옵니까요, 스님? 저에게 차까지 다 주시고요."

"아, 이렇게 차 한잔 마신다구 설마한들 이 늙은 나이에 흉이야 되겠는가. 허허허."

"아이구! 참 스님두 별 말씀을 다 하십니다요!"

김상궁은 슬쩍 눈을 흘기더니 제풀에 웃고 말았다. 한암스님은 윗목에 앉아 있던 성관 수좌를 손짓해 불렀다.

"너두 인석아! 구석에 그렇게 앉아 있지 말고 이리 와서 차 한잔 들어!"

"예, 스님."

세 사람은 모처럼 화기애애한 분위기에서 담소를 나누었다.

오랫동안 한암스님을 찾아뵐 수 없었던 김상궁은 그동안 한양이나 봉은사에서 일어났던 갖가지 소소한 일들을 낱낱이 이야기했고, 성관 수좌도 한암스님과 함께 이 오대산에 머물게 되기까지의 과정을 신이 나서 말했다.

그러다가 문득 김상궁이 한암스님께 여쭈었다.

"저 스님."

"왜?"

"저 궁금한 게 한 가지 있사온데 여쭈어봐도 괜찮겠습니까요?"

"말씀하시게."

"불가에서는 늘 업을 잘 지어야 한다, 그러시던데 어떻게 하면 업을 잘 짓는 것이옵니까요?"

한암스님은 차를 한모금 마신 후에 찻잔을 놓고 나서 말했다.

"어떻게 하면 업을 잘 짓는 것인가?"

"예, 스님."

스님은 혼자서 싱긋이 웃더니 곁에 앉은 성관 수좌에게 말했다.

"어떠냐? 수좌도 이제 절밥을 오래 먹었으니 네가 한번 대답을 해드리는 게?"

"아이구! 제가요, 스님?"

한암스님은 소스라치게 놀라는 제자를 바라보며 다시 한번 물었다.

"그래, 어떻게 하는 것이 업을 잘 짓는 것이던고?"

성관 수좌는 얼굴을 확 붉히며 우물쭈물하다가 마침내 결심을 한 듯 김상궁에게 말했다.

"그, 그야 옳은 일, 좋은 일, 착한 일을 많이 하시는 게 업을 잘

짓는 것이라 생각되옵니다요."

김상궁은 고개를 끄덕이며 성관 수좌에게 되물었다.

"그럼 옳은 일, 좋은 일, 착한 일을 많이 하는 게 업을 잘 짓는 것이란 말씀이지요?"

성관 수좌는 다시 덧붙였다.

"그리고 나쁜 짓, 악한 짓 많이 하면 나쁜 업을 짓는 것이지요. 그렇지요, 스님?"

한암스님은 빙그레 웃으며 다시 성관 수좌에게 물었다.

"그러면 왜 좋은 업을 많이 지으라 하고 나쁜 업을 짓지 말라고 하던고?"

"예, 저 그것은 세상만사가 다 인과응보니 콩 심은 데 콩나고 팥 심은 데 팥 나는 법! 좋은 일을 많이 하면 좋은 과보를 얻고 나쁜 짓 많이 하면 나쁜 과보를 얻게 되는 까닭이옵니다."

성관 수좌의 대답을 들은 김상궁은 두 눈에 경탄의 빛을 띠우며 소리쳤다.

"아이구 참! 이제 수좌스님도 청산유수시네요. 예에? 호호호"

한암스님은 껄껄 웃으며 김상궁에게 말했다.

"허허허. 절밥은 거저 먹는 줄 아셨던가. 여보시게 김상궁!"

"예, 스님."

"기왕에 업 쌓는 이야기가 나왔으니 부처님 이야기를 한마디 전해 드릴까?"

"그러시지요, 스님."

"음."

한암스님은 잠시 눈을 감고 생각을 정리하더니 이윽고 조용히 입을 열어 이야기를 시작했다.

"옛날에 한 사내가 있었더라네."

"예, 스님."

"집안이 워낙 가난해서 아내와 함께 겨우겨우 피죽을 쑤어 먹어가며 고생을 했었지."

"아, 예, 스님."

"그렇게 십수년간 고생고생을 하다가 그래도 아내를 잘 만난 덕에 아끼고 절약을 해서 살림형편이 좀 나아지니까 이 사내 그만 덜컥 첩을 얻었네그려."

"아이구 저런! 그래서요, 스님?"

"이 사내, 조강지처는 돌아다보지도 않고 첩에게 홀랑 빠져 몇년을 보내더니만 이번에는 또 둘째 첩을 얻었겠다?"

둘째 첩까지 얻어 들였단 말에 기가 막힌 김상궁은 자지러지는 소리를 내며 소리쳤다.

"아이구 세상에! 첩을 또 얻었어요, 스님?"

"그렇게 얻은 둘째 첩과 죽자살자 단꿈을 꾸더니만 몇년 못가서 또 세번째 첩을 얻었어."

"아이구 스님! 그럼 마누라를 넷씩이나 얻었단 말씀이세요?"

“아 부인이야 조강지처 하나구 첩이 셋이지.”

“그, 그래서요, 스님?”

“마지막 셋째 첩한테 정신을 홀랑 빼앗겨 가지고 세상 몰라라 하고 몇년 지냈으니 둘째 첩, 첫째 첩은 말할 것도 없구 조강지처는 어떻게 되었겠는가?”

“아이구 그야 말이 아니었겠지요. 그래서요, 스님?”

“마지막 셋째 첩에 정신이 홀려 몇년 지내면서 조강지처도 잊어버리고 첫째 첩, 둘째 첩도 잊어버리고 살던 그 사내는 어느 날 밤 잠을 자다가 그만 덜컥 세상을 뜨고 말았네.”

“아이구 저런! 벌 받았네요. 벌 받았어요!”

김상궁은 인과응보라는 듯이 혀를 끌끌 차는 것이었다. 한암스님은 귀를 쫑긋 세우고 이야기를 듣고 있는 두 사람을 바라보며 빙긋이 웃고는 이야기를 계속했다.

“헌데 이 사내의 장례식 날에 어떤 일이 벌어졌는지 짐작이나 하시겠는가?”

“어떤 일이 벌어졌는데요, 스님?”

이번에는 성관 수좌의 질문이었다.

“마지막으로 그 사내의 귀여움을 받고 사랑을 독차지했던 셋째 첩은 그 사내의 관이 안방문을 나서자 그만 문을 닫고 돌아앉더라네. 방 밖에도 따라 나가지 않구 말이네.”

“아이구 세상에! 그런 망할년이 있나. 그, 그래서요, 스님?”

한암스님이 구수한 목소리로 들려주는 부처님 이야기에 김상궁은 그만 넋을 잃었다. 자신도 모르게 그 이야기 속에 빠져들어간 김상궁은 연신 스님을 재촉했다.

"아니 스님! 그래 그 사람 장례는 어떻게 됐답니까요, 예?"

"그 사내의 마지막 귀여움을 독차지했던 셋째 첩은 안방에서 나오지도 않고 문을 닫아버렸고 둘째 첩은 마당까지는 관을 따라 나오다가 대문 안에서 작별을 고하고 돌아서버렸네."

"아이구! 저런 고약한 것들!"

"그리고 첫째 첩은 그래도 의리가 있었던지 동구 밖까지는 따라 나와서 거기서 사내의 관에 작별인사를 했다네."

"아니 그, 그럼 조강지처는요?"

"가장 천대받고 가장 괄시받던 조강지처는 끄이끄이 슬피 울면서 무덤까지 따라갔고 다른 사람들이 모두 다 산을 내려간 뒤에도 여전히 그 묘 곁에 엎드려 한없이 울고 있었다네."

김상궁은 딱한 표정으로 혀를 차며 말했다.

"그러기에 세상에! 뭐니뭐니 해도 믿을 건 역시 본처밖에 없다니까요! 그렇지요, 스님?"

그러나 한암스님은 정색을 하며 김상궁을 불렀다.

"여보시게, 김상궁."

"예, 스님."

"부처님이 제자들에게 무슨 까닭으로 이런 이야기를 들려주셨는

지 아시겠는가?"

"아 그야 세상 사내들아, 첩질을 하게 되면 이 지경이 될 것이니 조강지처를 괄시하지 말아라 이런 뜻으로 말씀하신 게 아니겠습니까요?"

김상궁이 당연하다는 듯 이렇게 대답하자 한암스님은 의미심장한 미소를 지으며 옆에 앉아 있던 성관에게로 눈길을 돌렸다.

"그럼 어디 김상궁 말씀이 맞으신지 수좌 말을 좀 들어보시게."

화살이 자기에게로 돌아오자 성관 수좌는 당황하며 말했다.

"저, 절더러 말씀을 드리라구요, 스님?"

"그래 무슨 까닭으로 부처님은 한 사내와 네 여자 이야기를 들려주셨던고?"

"예. 저 그것은 말씀입니다. 여자에 비유를 해서 가르침을 주신 것입니다, 스님."

"어떤 비유로 어떤 가르침을 주신 것인고?"

"예. 저 그 사내가 마지막으로 정신을 빼앗긴 셋째 첩은 요즘 같으면 돈이나 금붙이 같은 것을 말씀하신 겁니다요."

전혀 의외의 대답에 김상궁은 아연한 표정으로 물었다.

"셋째 첩이 돈이나 금붙이 같은 것이라니요?"

계속해서 성관 수좌가 말했다.

"사람이 죽으면 돈이나 금붙이는 남의 손을 타게 될까봐 안방 깊숙히 감춰지게 되는 법. 그 돈과 금붙이가 죽은 사람 관을 따라 나서는 걸 보셨습니까요?"

김상궁은 자기가 이야기의 줄거리에만 팔려 도무지 생각지도 않았던 측면을 성관이 날카롭게 지적하자 놀라움을 금치 못했다.

"아니 세상에."

한암스님은 입가에 미소를 띄우며 다시 성관에게 물었다.

"그러면 둘째 첩은 무엇인고?"

"예. 저 사람들이 욕심에 끌려가다 보면 재산과 돈과 금붙이에 정신을 잃게 되는데 그러니까 둘째 첩은 재산인 집을 말씀하신 겁니다요. 사람의 관이 대문을 나서더라도 재산은 대문 안에서 작별을 하지 대문 밖에까지 따라 나서지 않으니까요."

이번에는 김상궁이 먼저 질문했다.

"아니 그럼 첫째 첩은요?"

"예. 첫째 첩은 명예며 감투며 하는 것과 같은 것을 비유한 겁니다요. 면장이 죽었다, 구장이 죽었다, 읍장이 죽었다, 하면 그 동네에서야 알아주지만 동구 밖만 떠나면 더 이상 따라가지 않는 법이니까요."

한암스님은 흡족한 표정으로 고개를 끄덕였다.

"그래 그래. 비유를 대충 잘 전했느니라."

김상궁은 경탄을 금치 못하며 한암스님께 마지막 질문을 올렸다.

"그, 그럼 조강지처는요? 조강지처는 무엇에 비유하신단 말씀이

십니까요, 스님?"

"바로 그 조강지처는 사람의 본마음이 쌓아올린 업이니 살아서 좋은 업을 쌓았으면 좋은 과보가 따라다닐 것이요 나쁜 업을 지었으면 두고두고 나쁜 과보가 따라가는 법."

"조강지처가 바로 업이라구요?"

"백년 이백년이 지나도 성군은 역시 성군으로 불릴 것이니, 이것이 어찌 업보라 아니 하겠는가."

한암스님의 절묘한 설명에 김상궁은 크게 고개를 끄덕이며 말했다.

"아, 예에. 과연 그런 것 같사옵니다, 스님."

"어리석은 사람들은 돈과 금붙이 전답과 집, 높고 낮은 감투가 가장 소중한 줄 알지만 사람이 죽고 나면 그런 것들은 모두 다 아무 소용 없는 것! 살아서 어떤 마음으로 어떤 짓을 쌓아왔는가 바로 그것이 무서운 업이라네."

"알겠사옵니다, 스님. 스님의 법문을 듣자옵고 나니 이 어리석은 중생의 눈이 다 밝아지는 것 같사옵니다, 스님."

김상궁은 그제서야 모든 것이 납득이 된다는 듯 자못 상기된 얼굴로 고개를 끄덕였다.

이렇게 한암스님은 재미있는 부처님 이야기를 통해 대중들을 깨우치고 산교훈을 얻게 하였다. 특히 참선수행을 하는 수좌들에게는 더없이 엄하고 칼날 같은 가르침을 내리시면서도 부처님의 가르침을 배우고자 하는 거사나 보살들에게는 더없이 자상한 법문을 설하시는 것이었다.

물론 이런 스님의 방식에 불만을 품는 수좌들도 없지는 않았다. 하루는 한 수좌가 스님을 찾아와 이렇게 물었다.

"스님께서는 어떤 연유로 차별을 두시옵니까?"

"으음? 차별을 두다니! 그건 또 무슨 소리던고?"

"속가에 있는 불자들에게는 할아버지처럼 자상하게 법을 설해주시면서 어찌 저희 수좌들에게는 얼음장 같으시옵니까요?"

한암스님은 그 수좌의 얼굴을 딱하다는 듯이 바라보더니 조용히 입을 열었다.

"단단한 쇠는 어떻게 해야 만들어지던가?"

"……."

"쇳도막을 녹여서 호미를 만들고 삽을 만들고 쟁기를 만들려면 쇠는 여러 번 단근질을 당해야 하는 법이거늘, 도를 깨우쳐서 만인의 사표가 되겠다고 출가한 사문이 감히 또 무엇을 더 바란다는고?"

"하오면 조실스님! 대체 저희 수좌들은 어떻게 하오면 수좌다운 수좌 노릇을 할 수가 있겠사옵니까? 하교하여 주시옵소서."

한암스님은 더 이상 대꾸할 필요도 없다는 듯 냉담하게 돌아서며 말했다.

"그런 것은 나한테 물어볼 것도 없느니라."

"하오나 스님."

"하루에 세 번씩 아니 하루에 한 번씩이라도 머리통을 스스로 만져보면 알 일이거늘 어찌 그런 것을 나한테 물어보는가?"

"예에? 하루에 한 번씩 머리통을 만져보면 알 일이라구요?"

수좌는 무의식 중에 한 손으로 자신의 머리통을 쓰다듬으며 중얼거렸다. 그러나 수좌는 한암스님의 말씀을 아무리 되뇌어도 도무지 그 진정한 의미를 이해할 수가 없었다.

그 생각에만 골몰하던 수좌는 답답한 김에 다른 수좌에게 물어보았다.

"나 좀 보시오, 운수좌."

"왜 그러시오?"

"내가 조금 전에 조실스님을 찾아뵙고 과연 어떻게 하면 저희 수좌들이 수좌다운 수좌 노릇을 할 수 있겠습니까 하고 여쭈었단 말씀이오."

"그래 조실스님께서는 어떻게 하라고 일러주셨습니까?"

"그런데 그 대답이 글쎄 수수께끼 같아서 알 수가 없단 말씀이오."

"아니! 수수께끼 같다니요?"

"글쎄 조실스님께서 이르시기를 머리통을 하루에 한 번씩 스스로 만져 보면 알 일인데 그걸 왜 나한테 묻느냐 이러시질 않겠습니까?"

"가만요! 머리통을 하루에 한 번씩 만져보면 알게 될 일이라."

"예. 바로 그렇게 말씀하시더라니까요!"

"흠. 무슨 말씀인지 저도 잘 모르겠는데요. 그게 대체 무슨 뜻일까요?"

"에이 나두 답답해서 이렇게 묻고 있는 게 아닙니까?"

"하루에 한 번씩 머리통을 이렇게 스스로 만져보아라?"

운수좌 역시 슬그머니 자기 머리통을 만져보며 중얼거리는 것이었다. 그러자 한암스님을 찾아갔던 수좌는 가슴을 치며 소리쳤다.

"아이구! 참 답답해. 나두 열두 번도 더 이렇게 만져보면서 생각을 해봤습니다요. 허지만 도무지 머리통을 아무리 만져보아도 알 수가 없으니."

한동안 자신의 머리통을 쓰다듬으며 생각에 잠겨 있던 운수좌가 돌연 눈을 빛내며 말했다.

"아! 혹시 이런 뜻 아닐까요?"

"무슨 뜻인데요?"

"출가 수도자는 무엇보다도 먼저 머리를 제대로 단정히 잘 깎아야 하니 머리칼이 너무 길지 않았는지 살펴보아라."

"에이, 섬마 주실스님께서 그런 뜻으로 말씀하셨겠습니까?"

"아니면 그대의 머리통이 돌대가리냐, 나무대가리냐 그것부터 살펴보아라."

"아이구 참! 그러구보니 그런 것 같은데요? 멍청한 머리로는 수

좌 노릇 하기 어렵다."

거기까지 의견의 일치를 본 두 수좌에게는 새로운 근심거리가 생겼다.

"그렇다면 대체 어쩌란 말씀일까요?"

"뭘 말입니까?"

"내 머리가 돌대가리인지 아닌지 스스로 확인을 해봐서 돌대가리라는 생각이 들거든 나가라는 말씀 아니십니까?"

"아니 나가라니. 절에서 말입니까?"

"그런 뜻이 아니시라면 무엇 때문에 스스로 머리통을 만져보라 하셨겠습니까요?"

"듣고 보니 정말 그러셨는지도 모르겠네요. 가만! 우리가 이럴 게 아니라 조실스님 시봉드는 그 수좌에게 한번 더 알아봐 달라고 부탁을 해보는 게 어떻겠습니까?"

"그, 그렇게 하지요, 뭐."

젊은 수좌스님들에게서 자초지종을 듣고 다시 한번 한암스님의 진의를 알아봐 달라는 부탁을 받은 성관 수좌는 한암스님께 넌지시 여쭈어보기로 약조를 하고 말았다.

다음날 저녁예불이 끝났을 때였다. 하루종일 스님의 눈치를 살피며 기회를 엿보던 성관 수좌는 마침내 직접 부딪쳐 보기로 결정을 하고 한암스님 처소를 찾았다.

"저 조실스님?"

"왜 그러느냐?"

"잠깐 들어가서 여쭐 말씀이 있는데요?"

"들어오너라."

"예, 스님."

그러나 막상 성관이 방에 들어가 스님 앞에 앉으니 입이 떨어지지가 않는 것이었다. 성관 수좌가 우물쭈물하자 한암스님이 이야기를 재촉했다.

"무슨 말이던고?"

"예. 저 스님, 말씀드리기 죄송하오나……."

"무슨 말인지 어디 해보아라."

"예. 저 소승 어인 일이온지 요즘 통 공부가 잘 되지 아니하옵니다요."

"공부가 잘 안된다?"

"예, 스님. 그래서 스님께 여쭈어보고자 하옵니다만."

"무엇을 말이든고?"

"예. 공부가 잘 안될 때에는 어떻게 해야 공부가 잘되고 수좌다운 수좌 노릇을 제대로 할 수가 있는 것이온지 그걸 좀 여쭙고자 해서요, 스님."

성관 수좌의 말을 들은 한암스님은 어이가 없는지 허허 웃으며 말했다.

"어허. 아니 이 녀석들이 어찌하여 돌아가면서 똑같은 소리를 하

는고?"

"예에?"

"아 남이 땀흘려 지어준 귀한 곡식을 삶아 먹고 수양을 한다는 녀석들이 아직도 그것을 몰라서 여기저기 묻고 다닌단 말이냐?"

"죄송하옵니다, 스님."

"나한테 물어볼 것 없느니라."

"하오나 스님!"

"아, 인석아! 네 머리통을 스스로 만져보면 알 일이거늘 나한테 묻기는 뭘 묻고 그래?"

"머리를 만져 보라시면 머리를 제대로 단정히 깎으라는 말씀이시온지요, 스님?"

성관 수좌의 말이 끝나기도 전에 매서운 주장자가 어깨죽지로 날아왔다.

"딱!"

"앗!"

한암스님은 얼굴을 찡그리며 신음을 토하는 성관 수좌를 한심하다는 듯이 바라보다가 말했다.

"인석아!"

"예, 스님."

"그렇게 말귀를 못 알아듣겠거든 보따리를 싸도록 해."

"예에? 보따리를 싸라 하옵시면."

"중노릇 하기는 어려울 것이니라."

"무슨 말씀이시옵니까요, 스님?"

"네 머리통을 한번 만져봐!"

"머리통을 만지라 하시면 이렇게 말씀이시옵니까요?"

성관 수좌는 오른손을 반질반질한 자신의 머리통으로 가져가며 말했다.

"그래 네 머리통을 만져보니 무슨 생각이 드느냐?"

"예. 그야 나는 삭발 출가한 수도자다 그런 생각이 듭니다요, 스님."

"딱!"

"아얏!"

"바로 그것이니라."

"예에?"

"나는 삭발출가한 수도자다. 그 생각을 하고도 모르겠느냐?"

"나는 삭발출가한 수도자다?"

그 한마디만을 입속으로 열심히 중얼거리던 성관 수좌는 갑자기 벌떡 일어나며 소리쳤다.

"아, 알겠습니다요, 스님!"

"그래 무엇이던고?"

"삭발출가한 제 본분을 깨닫고 그대로 실천하라는 뜻이 아니옵니까요. 그렇습지요, 스님?"

"그래. 너는 이제 겨우 밥값을 하는구나."

"감사합니다, 스님! 감사합니다!"

그 깨달음이 주는 기쁨은 진정 대단한 것이었다. 성관 수좌는 주장자로 두 번씩이나 얻어맞은 아픔도 까맣게 잊었는지 어린아이처럼 좋아하며 스님께 연신 머리를 조아리는 것이었다.

11
천황씨 이전에는 누가 있었나요?

두견새 우는 소리가 구슬피 들려오는 어느 날 밤이었다.

한암스님은 참선에 드셨는지 초저녁부터 꼼짝않고 앉아만 계셨다. 언제나 그렇듯이 뒷벽에 몸을 기대거나 다리를 펴는 일도 없었다.

성관 수좌는 아까부터 책을 펴놓기는 했으나 글은 머리에 들어오지 않고 자꾸 한암스님 쪽으로만 신경이 쓰였다. 부스럭거리며 책장을 넘기다가도 자신도 모르게 스님쪽으로 시선이 갔다.

그도 그럴 것이 오늘따라 한암스님의 참선하는 모습은 괴이하기만 했다. 눈을 지그시 감고 있기는 했으나 꿈을 꾸는 것인지 무슨 생각에 잠겨 있는 것인지, 간혹 싱긋이 웃기도 하고 혼잣말씀을 하시기도 하는 것이었다.

참다 못한 성관은 책장을 덮고 스님을 불렀다.

"스님!"

"……."

"스니임!"

"으음?"

한암스님은 잠에서 깨어난 사람처럼 어리둥절한 표정으로 성관을 바라보았다.

"참선하고 계셨습니까요?"

"으음? 아, 아니다."

"그럼 왜 그렇게 눈을 지그시 감고 앉아 계셨습니까요?"

"아 인석아! 그럼 눈을 동그랗게 뜨고 앉아 있으란 말이냐?"

"스님께서 눈을 지그시 감고 앉아 계시면서 무슨 일인지 싱긋싱긋 웃고 계셨습니다요."

"내, 내가 싱긋싱긋 웃고 있었다구?"

"예, 스님."

"에이끼, 녀석! 웃기는 내가 언제 웃고 있었다구 그래?"

"아유! 아닙니다요, 스님! 그것이 하두 이상스러워서 스님을 부른 겁니다요!"

"원 그 녀석 참! 이젠 별걸 다 가지고 트집이구나."

한암스님은 별 싱거운 녀석을 다 보겠다는 듯이 혀를 차며 말했다.

"트집이 아니구요, 궁금해서 그렇습니다요, 스님."

"궁금하다니! 무엇이 궁금하다고 그러느냐?"

"스님께서는 어떤 연유로 출가를 하시게 되었는지 왜 그 애기를 통 안 해주십니까요?"

"으응? 어떤 까닭으루 출가를 했느냐?"

"예, 스님."

"인석아! 그런 건 알아서 어디다 쓰려구?"

"그래두요, 스님. 혹시……."

"혹시라니?"

"아, 아닙니다요. 혹시 조실부모 하시고 어렸을 적에 출가하신 게 아닌가 해서요."

"허허허허. 아니다. 조실부모 한 것도 아니고, 동진출가도 아니었느니라. 스물두 살에 출가했었으니까."

"스물두 살에요?"

"그래."

"그럼 그때까지 뭘하고 계셨는데요, 스님?"

"낮에는 집안일 돌보구 밤에는 글 읽구 그렇게 지냈지."

자신의 젊은날을 회상하기라도 하는지 한암스님은 눈을 가늘게 뜨고 희미한 미소를 지어 보였다. 평소 같았으면 성관 수좌가 아무리 졸라도 그런 거 알아 뭐하느냐고 면박만 주고 말았을 터였다.

한암스님은 지금으로부터 백이십년 전인 1876년 3월 스무이렛날 강원도 화천에서 태어났다. 아버지는 방기순(方箕淳)이요, 어머니는 선산 길(吉)씨였다. 속가에서 지어준 이름은 무거울 중

(重) 자 멀 원(遠) 자 중원(重遠)이요, 한암은 법호로 출가하여 얻은 이름이었다.

스님은 어려서부터 천성이 영특하고 총기가 뛰어나 한번 의심이 나면 풀릴 때까지 캐묻기를 주저하지 않았다. 글을 깨우치고부터는 책에서 눈을 떼지를 않았으며, 성년이 되어서도 바쁜 시간을 쪼개 늘 글을 읽었다.

"주로 무슨 글을 읽으셨는데요?"

"사서삼경에 이것저것 두루두루 읽었지. 특히 사략은 두고두고 보았느니라. 아홉 살 때부터 늘 보던 것이었으니까."

"아홉 살 때부터 사략을 보셨다구요, 스님?"

"그래, 아홉 살 때 처음으로 사략을 배우게 되었었구나. 첫대목을 보니 태고에 천황씨가 있었다 이렇게 쓰여져 있었지."

"전 아직 사략을 보진 못했습니다. 천황씨가 누군데요, 스님?"

"허허허. 너두 나하고 똑같은 물음을 던지는구나!"

"똑같은 물음이라니요, 스님?"

"내가 아홉 살 때 처음 본 사략에 태고에 천황씨가 있었다는 대목을 읽고 훈장님에게 물었었느니라. 태고에 천황씨가 있었다 하였는데 그러면 천황씨 이전에는 누가 있었습니까 그랬더니 훈장께서 나를 한참 쳐다보셨느니라."

── 그러면 천황씨 이전에는 누가 있었는가.

어린 아이로서는 참으로 당돌한 질문이었다.

예기치 못한 제자의 질문에 당황한 훈장은 이렇게 대답했다.

"천황씨 이전에는 누가 있었느냐? 그거야 천황씨 이전에는 반고씨라는 임금이 있었느니라."

어린 한암은 잠시 고개를 끄덕이더니 다시 눈을 반짝반짝 빛내며 묻는 것이었다.

"그렇다면 반고씨 이전에는 누가 있었을까요?"

말문이 막힌 훈장은 우물쭈물하다가 얼렁뚱땅 대답했다.

"아 그, 그, 그거야 반고씨 임금 그전에는 조물주가 있었다!"

어린 한암의 호기심은 거기서 끝나지 않았다.

"그럼 그 조물주는 대체 누가 만들었습니까?"

인내의 한계에 다다른 훈장은 어린 한암에게 버럭 화를 내기 시작했다.

"뭐, 뭐라구! 조, 조물주는 대체 누가 만들었느냐구! 에이끼 이 녀석! 그런 걸 이 훈장이 어찌 알겠느냐! 조물주는 조물주가 만들었겠지 뭐!"

그 훈장은 더 이상 소년 한암의 의문을 풀어주지 못하고 말았던 것이다.

"허허허. 훈장께서는 그렇게 얼버무리고 마셨지."

"그, 그래서요, 스님?"

"그래서는 뭐가 그래서야? 그때부터 내 머릿속은 조물주는 대체 누가 만들었느냐 하는 한가지 생각으로 가득 찼었다. 훈장님도, 아버지도, 어머니도, 천황씨 이전에는 반고씨가 있었고, 반고씨 이전에는 조물주가 있었다는 대답뿐이었느니라."

"그, 그래서요, 스님?"

호기심을 빛내며 자꾸만 캐물어오는 성관 수좌를 물끄러미 쳐다보던 한암스님은 느닷없이 너털웃음을 터뜨리며 말했다.

"허허허허. 이 녀석이! 내가 옛날에 했던 그대로구나. 아 인석아, 그래서는 뭣이 그래서야? 그 의심을 끝끝내 풀지 못하고 있다가 금강산 구경을 떠나게 됐었다는 이야기지."

"그러니까 스물두 살 되시던 해에 금강산으로 가셨단 말씀이시지요?"

"그래. 스물두 살 때였느니라. 도무지 집안일에 마음을 붙이지 못하고 틈만 나면 책과 씨름을 하던 내가 어느 날 갑자기 금강산 유람을 하고 오겠다고 말씀드렸더니 어머님께서는 무척 반가워하셨다."

한암스님의 속가 어머니는 다른집 자식들은 다 혼인을 해서 자식을 낳고 안정되게 사는데 자기 아들은 밤이고 낮이고 틈만 나면 책과 씨름할 따름이어서 은근히 속을 끓이고 있던 중이었다.

그러던 차에 아들이 금강산 유람을 다녀온다 하니 어머니는 이것이 오히려 전화위복이 될지도 모르겠다는 생각을 하신 것이었다. 청년 한암의 어머니는 두말없이 허락을 하며 아들의 손을 잡고 간곡히 당부하였다.

"금강산 유람을 다녀오겠다고? 그래, 잘 생각했다. 여기서 금강

산은 멀지두 않은데 내가 왜 여태 그 생각을 못했누? 누구나 금강산만 구경하고 왔다 하면 이 세상 모든 근심 걱정이 봄눈 녹듯 사라진다고 그러더구나! 그러니 제발 중원이 너두 금강산 구경하면서 쓸데없는 근심걱정 다 잊어버리고 얼른 돌아와서 장가를 들어야 할 거여! 으응? 갔다와서는 장가를 가야 한다구! 이 어미 말 알아들었지?"

지금도 그때를 생각하면 가슴 한켠이 아려오는 듯 한암스님은 가볍게 한숨을 쉬며 말했다.

"그렇게 몇번이나 다짐을 하시면서 내 짐을 꾸려주셨는데 결국은 그것이 어머니와의 마지막 작별이 되었느니라. 허허허."

"아, 스님."

한번 시작된 이야기는 그칠 줄 모르고 계속되었다. 한암스님은 밤이 깊어가는 줄도 모른 채 성관 수좌에게 출가 당시의 이야기를 차근차근 들려주었다.

"저 스님! 그러 하오시면 스님께서는 금강산 유람을 다녀오시겠다 하고 그 길로 삭발출가를 하셨단 말씀이시옵니까요?"

한암스님은 묵묵히 창틈으로 새어드는 희미한 달빛을 바라보았다.

"왜 말씀이 없으십니까요, 스님?"

"흐음 그래. 결국은 부모를 속인 셈이 되었느니라."

"대체 왜 그러셨습니까요, 스님?"

“글쎄다. 비로봉, 관음봉, 이 폭포 저 폭포 돌아보고 나니 사람이란 정말 보잘것없구나 하는 생각이 들던 차에 신선대, 명경대, 업경대에 이르고 보니 그만 금강산에서 나가고 싶은 생각이 없어지더구나.”

“그래서요, 스님?”

“원 그 녀석! 그래 넌 또 그 그래서냐?”

“아휴! 그래서 어떻게 하셨느냐구요, 스님?”

“아 인석아! 금강산에서 나가기 싫어졌으니 금강산에 주저앉았지 어떻게 하기는?”

“아이 참 스님두! 그래서 어떤 절을 어떻게 찾아가셔서 어떻게 출가를 하셨냐구요?”

“원 녀석두 참! 아 내가 금강산 장안사에서 출가했었다고 말하지 않더냐?”

“그 말씀은 얼핏 하셨습니다요. 더 좀 자세하게 해주세요. 네, 스님?”

“그만 불을 끄고 자야 할 것이야.”

“그, 그래두요, 스님.”

성관 수좌가 어린애처럼 마냥 졸라대자 한암스님은 정색을 하고 엄하게 타일렀다.

“허허 이녀석! 너는 그래 식어빠진 옛날 이야기나 듣자고 삭발출가를 했느냐?”

"아, 아닙니다요! 부, 불을 끄겠습니다, 스님."

성관 수좌는 별수없이 남포불 심지를 줄이고 입으로 불어서 불을 껐다. 그러나 한번 불붙은 성관의 호기심은 여간해서 사그라지지 않았다.

다음날 밤이었다.

성관 수좌는 스님의 출가이야기가 궁금해서 견딜 수가 없었다. 그러나 한암스님은 언제 그런 이야기를 했던가 싶게 태연히 불을 끄고 자리에 눕는 것이었다. 성관은 애가 타서 이리 뒤척 저리 뒤척 하다가 마침내 스님을 부르고야 말았다.

"스니임! 스니임!"

"불을 끈 지가 이미 오래거든 왜 여태 자지 않느냐?"

스님 역시 깨어 있었던 듯 목소리에 윤기가 흘렀다.

"출가 이야기 마저 해주셔야지요, 스님."

"장안사에서 출가한 줄 알았으면 되었지 뭘 더 알고 싶다는 게야?"

"덮어놓고 장안사에 찾아가서 머리부터 깎아달라고 그러셨습니까요, 스님?"

"덮어놓고 머리부터 깎아달라고 하면 아무나 그냥 깎아주는 곳이 절이라고 하더냐?"

"그럼 어떻게 하셨습니까요, 스님?"

"출가허락을 받는 데만 열흘도 더 걸렸느니라."

"허락을 받는 데 열흘도 더 걸리다니요?"

"내가 장안사를 찾아가서 수양을 하고 싶다고 말씀을 드렸더니 나를 어느 노스님 앞으로 데려가더구나."

"그, 그래서요?"

"행름스님이라고 하셨는데 법호가 하도 이상해서 처음엔 무슨 소린가 했었지. 암튼 그 노스님께 넙죽 절하고 내가 이 절에서 수양을 하고 싶다고 말씀을 드렸더니만."

웬 청년이 찾아와 절에서 수양을 하고 싶다고 간청하니 노스님은 의아한 얼굴로 되묻는 것이었다.

"수양을 하고 싶다구?"

"예, 스님."

"어디 몸이라도 아파서 그러는가?"

"아, 아니옵니다, 스님. 머리를 깎고 중이 되어 수양을 하고 싶다는 말씀입니다, 스님."

"호오! 머리를 깎고 중이 되고 싶다?"

"예, 스님."

노스님은 청년의 행색을 위아래로 훑어보더니 은근한 목소리로 물었다.

"독립운동을 하다가 쫓겨왔는가?"

"아, 아니옵니다, 스님. 그런 일 한 적 결코 없사옵니다."

"그러면 대체 무슨 일로 머리를 깎고 중이 되겠다 하는고?"

"천황씨 이전에는 반고씨가 있었다 하옵고 반고씨 이전에는 조물주가 있었다 하온데 그러면 그 조물주는 대체 누가 만들었으며 어떻게 만들었는지 그것을 알고자 수양할까 하옵니다."

"천황씨, 반고씨, 조물주라?"

"그러하옵니다, 스님."

"에이끼 이런! 멀쩡하게 생긴 젊은이가 무슨 귀신 씨나락 까먹는 소리를 하는고?"

노스님은 도통 청년의 말을 진지하게 받아주지를 않았다.

"아, 아니옵니다, 스님. 사략을 배우다가 부딪친 의문이온대 영 풀리지가 아니해서 그렇사옵니다, 스님."

"흐음. 험한 길을 멀리 와서 제 정신이 아닌 모양이니 저기 저 객실에 가서 쉬었다가 가시게."

노스님은 이 말 한마디를 남기고 휑하니 방을 나가버리는 것이었다.

한암스님은 그때를 생각하면 아직도 웃음이 나는지 빙긋이 웃으며 말했다.

"이렇게 그만 퇴짜를 맞았느니라."

"그, 그래서 어떻게 하셨습니까요, 스님?"

"객실 한칸을 차지하고 앉아서 열흘이 넘도록 버티고 있었더니만 노스님이 다시 부르시더구나."

하루이틀 버티다 지쳐서 가버릴 줄 알았던 청년 한암이 열흘이 넘도록 객실에 버티고 있다는 소식을 들은 노스님은 아연실색하고 말았다. 다시 청년 한암과 마주한 노스님은 혀를 차며 한마디했다.

"자네 고집도 어지간하구먼."

"죄송하옵니다, 스님."

"자네 정말로 머리깎고 중이 되겠는가?"

"예, 스님."

"후회하지 않겠는가?"

"예, 스님. 결코 후회하지 않겠사옵니다."

"하룻밤 말미를 줄 터이니 다시 한번 생각을 해보게."

그제서야 청년 한암은 노스님이 자신을 퇴짜놓은 진정한 이유를 깨닫게 되었다. 그것은 경솔하게 판단하지 않게 하려는 깊은 배려였다.

노스님 앞을 물러나온 청년 한암은 그날밤 장안사 객실에서 곰곰히 생각을 정리해 보았다.

그러나 아무리 생각을 해보아도 자신이 출가를 결심한 것은 감정적 판단이거나 세상으로부터 도피하려는 단순한 이유에서가 아니라는 결론이 나왔다. 단지 마음에 걸리는 것은 어머니였다.

금강산 유람을 위해 집을 나올 때 마지막으로 어머니께서 하신 말씀이 자꾸 머릿속에 아른거렸다.

"중원아! 넌 이제 그만큼 공부를 했으니 벼슬길에 올라서 우리 집안을 일으켜 세워야 한다. 네가 이 집안을 일으켜 세우지 못하면

대체 누가 이 집안을 일으켜 세우겠느냐, 으응? 이 어미 말 알아들었어?"

어머니의 그 마지막 말씀은 날카로운 못이 되어 청년 한암의 가슴에 박혔다. 그에게 있어 어머니란 존재는 세속사와 연결된 유일한 마음의 끈이요, 뭉근한 아픔이요, 통증이었다.

결정을 앞둔 청년 한암은 아려오는 가슴을 달래며 뜨거운 속죄의 눈물을 흘렸다.

"용서하십시오, 어머니. 용서하십시오."

하룻밤을 꼬박 세우고 노스님 앞에 선 청년 한암의 눈빛은 비온 뒤의 하늘처럼 맑게 개어 있었다. 그것은 세속의 모든 고통을 초극하려는 가장 인간적인 의지의 산물이기도 했다.

노스님은 청년의 맑게 가라앉은 눈빛을 대하자마자 두말없이 출가를 승낙했다. 청년 한암이 쏘아내는 눈빛은 그 어떤 맹세의 말보다도 확연하게 출가의지를 표명해 오고 있었던 것이다.

이렇게 금강산 장안사에서 행름노사를 은사로 득도한 한암스님은 땔나무를 해오는 부목을 맡고 반찬을 만들고 설거지를 해야 하는 채공을 겪은 뒤 밥을 짓는 공양주 노릇을 다섯달이나 지낸 뒤에야 겨우 노스님의 부름을 받을 수 있었다.

"그래 그동안 겪은 일이 견딜만하더냐?"

"예, 스님."

"아직도 네 머릿속에는 천황씨, 반고씨, 조물주가 들어 있느냐?”

“예, 스님. 아직도 그 의심은 풀 길이 없사옵니다.”

“그 녀석 참! 그래 그 조물주가 어디에 있을 것 같으냐?”

“아무도 만난 사람이 없고 아무도 본 사람이 없으니 있는지 없는지 그것조차 모르겠사옵니다, 스님.”

“그래 기어이 그 의심을 풀어야 직성이 풀리겠다 그런 말이렷다?”

“그렇사옵니다, 스님.”

“그래. 그럼 기왕에 그러기루 작정을 했으면 어디 한번 끝까지 파고 들어가 보아라.”

“어떻게 파고 들어가면 되는 것이옵니까, 스님?”

“이제부터 너를 신계사로 보낼 것이니 거기 가서 불경 공부부터 시작해야 할 것이니라.”

“예, 스님.”

“한 가지 명심해야 할 것은 그동안 네가 읽은 책, 그동안 네가 배웠다는 알음알이는 모두 다 소용없는 것! 장안사 앞 저 개울에 다 버리고 가야 할 것이니라.”

“하오면 스님!”

“항아리에 잡곡이 가득 차 있으면 다른 것은 더 들어갈 자리가 없을 것이니 그 항아리에 어찌 더 좋은 곡식인들 채울 수 있겠느냐.”

“예, 스님.”

“마음도 그와 같아서 잡지식, 잡생각이 가득 차 있으면 그 마음에는 다른 지혜가 들어갈 자리가 없느니라.”

“예, 스님. 명심하겠사옵니다.”

한암스님은 행름노사의 배려로 금강산 신계사 보훈강회에서 불경공부에 몰두하게 되었다. 그동안 보고 익힌 모든 지식과 학문은 다 버리라고 행름노사께서 신신당부를 했었으나, 그래도 그동안 익혀온 한문 실력은 불경공부 하는 데 큰 도움이 되었다.

한암스님이 금강산 외금강 신계사에서 경공부를 시작한 지 2년째 되던 해였다. 하루는 문득 보조국사가 쓰신 마음 닦는 길을 밝힌 책 〈수심결〉을 읽다가 정신이 번쩍 드는 대목을 만나게 되었다.

“아니 대체 이게 무슨 말씀이란 말인가! 자기의 마음이 참 부처인 줄 알지 못한다?”

한암스님은 바짝 긴장해서 방금 스쳐 지나온 귀절을 소리내어 읽었다.

── 오호 슬프다! 요즘 사람들은 길을 잃은 지 오래되어 자기의 마음이 참부처인 줄 알지 못하고, 자기의 성품이 참진리인 줄 몰라서 진리라면 항상 멀리 성인들에게서만 구하려 하고, 부처를 찾으면서도 자기의 마음을 살피지 않는구나! 만일 어떤 사람이 마음 밖에 부처가 있고 성품 밖에 부처가 있다고 말하면서 이런 그릇된 소견에 굳게 집착하여 불도를 구한다면 그러한 사람은 아무리 오랜

세월 동안 몸을 불사르고 팔을 태우며 뼈를 두드려 골수를 내고 피를 뽑아 경전을 쓰며, 눕지 않고 언제나 앉아 좌선하고 하루에 한 끼만 먹으며 모든 대장경을 다 읽고 온갖 고행을 모두 닦는다 해도 그것은 모래로 밥을 짓는 것과 같은 어리석은 짓! 헛수고만 하게 될 뿐 결코 도는 구하지 못할 것이니 자기의 마음이 참부처요, 자기의 성품이 참진리니라!

"마음속에 부처가 있고 마음속에 진리가 있다? 그렇다면 대체 이 마음이라고 하는 것은 과연 무엇이란 말인가?"

보조국사가 설하신 그 한구절은 한암스님의 뇌리에 박혀 영영 떠나지 않았다. 한암스님은 바로 이 보조국사의 수심결을 통해 도를 깨닫는 길이 곧 자기 마음에 있음을 깨닫게 되었다.

"아! 그 길은 곧 내 마음에 있음이니."

얼마 후 한암스님은 신계사 보훈강회에서 같이 공부했던 함해스님과 벗하여 남쪽으로 남쪽으로 운수행각의 먼길을 떠났다.

성관 수좌는 침을 꿀꺽 삼키고는 한암스님께 여쭈었다.

"그래서요, 스님? 정처없이 남쪽으로 남쪽으로 길을 떠나셨단 말씀이시옵니까요?

신계사는 고향과 가까운 곳에 위치한 절이라 한암스님은 어머니 생각이 날 때마다 저 산을 넘고 넘으면 고향집이 나오겠거니 하는 생각으로 스스로를 위안하곤 하였다.

그러나 함해스님과 더불어 신계사를 떠나 남쪽으로 운수행각을

나서다 보니 고향은 점점 멀어지기만 하는 것이었다. 고향에서 점점 멀어질 적마다 한암스님은 뒤에서 누가 자꾸 자기를 부르는 소리가 들리는 것만 같아서 몇번이고 뒤를 돌아다보았다.

"중원아! 대체 어디를 간단 말이냐. 중원아! 중원아! 거기 섰거라! 거기 섰거라! 거기 서 있으란 말이다, 중원아."

그러나 한암스님은 이를 악물고 남쪽을 향해 걸었다. 어머니는 가슴에 사무치는 아픔이자 언젠가는 반드시 뛰어넘어야 할 고통이기 때문이었다.

한암스님은 가라앉은 목소리로 말을 이어나갔다.

"그때만 해도 아직 내 마음에 습기가 남아 있었던 탓인지, 멀리서 치맛자락만 보이면 어머니인가 해서 가슴이 철렁철렁 내려앉았느니라."

"아이구 참 스님두! 그러니까 저처럼 아예 속가에 가서 중이 되겠습니다 하고 말씀을 드렸어야지요."

"허허. 그래. 지금 생각하니 그거 한 가지는 내가 크게 잘못했었어! 넌 그래 정말로 부모님 허락을 받고 출가를 했더냐?"

"그럼요! 처음에는 온다간다 말도 없이 송광사에 갔다가 주저앉았지만 머리깎기 전에 집에 가서 허락을 받고 왔습니다요, 스님!"

"그래 그래. 넌 정말 정말 잘했다. 정말 잘한 게야! 아암!"

아직도 속가 어머니를 생각하면 회한이 남는 것인지 한암스님의 말씀은 묘한 여운을 남기고 있었다.

12
무릇 형상이 있는 것은 허망한 것이니

한암스님은 성관 수좌의 간청에 못이겨 틈틈이 구도시절의 이야기를 들려주곤 했다. 이왕 시작한 이야기기도 하거니와 자신의 지나온 이야기를 통해 젊은 성관이 얻는 바도 적지 않으리라는 따뜻한 배려 때문이기도 했다.

때로는 성관 수좌가 지나치게 이야기만을 탐하는 게 아닌가 하여 그의 과도한 호기심을 나무라기도 하고, 저녁마다 잠들기 전까지 참선을 하도록 시키기도 해보았지만 왕성한 젊은이의 호기심을 누르는 일이 쉽지만은 않은 터였다.

"저, 스님."

"……."

"스니임!"

"허허, 그 녀석! 하라는 참선은 아니하고 왜 또 부르는고?"

"저 스님! 그러니까 공부하러 다니실 때 겪으신 이야기 마저 해주십시오. 예에, 스님!"

성관 수좌가 얼토당토 않은 말로 응석까지 부리며 애원을 하니 한암스님은 입을 쩝쩝 다시며 말했다.

"내가 무슨 얘기를 어디까지 했었던고?"

"예, 스님! 금강산에서 함께 공부하시던 함해스님과 둘이서 남쪽으로 남쪽으로 내려가셨다고 그러셨습니다요!"

"흐음. 그래 그래. 함해와 나는 남쪽으로 내려가고 있었지."

"그냥 목적도 없이 무작정 남쪽으로만 내려가신 것이옵니까요, 스님?"

"무작정 내려가기는 인석아! 덕 높고 도 깊으신 선지식을 찾아서 내려갔던 것이지."

"덕 높으시고 도 깊으신 선지식이시라면 어떤 분이셨는데요?"

"경허선사이셨느니라."

"경허선사요?"

"그래. 꺼져 가던 조선불교의 선맥을 다시 우뚝 일으켜 세워주신 선지식이셨다."

"그때 그 경허선사께서는 어디 계셨는데요, 스님?"

"어디 한곳에 오래 머물러 계시는 분이 아니셨느니라."

"아니 그럼?"

"충청도 계룡산 동학사에 계실 것이라 해서 찾아가고 보면 스님

은 또 이미 훌쩍 떠나신 뒤였고, 이번에는 또 충청도 예산 덕숭산 정혜사에 계실 것이다 해서 찾아가 보면 또 훌쩍 떠나신 뒤였어."

"아니 그럼 스님께서는 경허선사님의 그림자만 뒤쫓아 다니신 셈이었네요, 예? 헤헤헤."

성관 수좌는 자신의 말이 스스로 생각해도 우스운지 장난스레 웃는 것이었다. 한암스님은 고개를 끄덕이며 말했다.

"그런 셈이었지. 그렇게 이 절 저 절 죽어라 하고 바삐 찾아가면 허탕만 치게 됐으니 우린 그만 지치게 되었지."

"그야 그러셨겠지요."

"금강산에서부터 걷고 걸어서 두달 넘도록 헤매고 다녔으니 지칠만두 했었지."

조선불교의 중흥조라 일컬어지는 대선지식 경허선사를 찾아 헤매기 두달여. 해어질 대로 해어진 옷은 그렇다 치더라도 먹는 것조차 변변치 않았으니 두 사람은 입조차 뻥긋하기 힘들 지경으로 지칠 대로 지쳐 있었다. 그냥 본능적으로 걷고 또 걸어갈 따름이었다.

하루는 함해스님이 묵묵히 앞장서 걸어가던 한암스님을 불러세웠다.

"여, 여보시게, 한암."

허기와 갈증으로 인해 함해스님의 목소리는 사뭇 갈라져 나왔다.

"왜 그러시는가, 함해?"

"경허선사님인지 큰큰스님이신지는 모르겠네만, 이거 꼭 우리를 골탕먹이시려고 작정을 하신 것 같네그려."

"하지만 끝까지 따라가노라면 뵙게 되겠지."

"대체 자네 어디까지 이렇게 헤매고 다니자는 건가?"

"기왕에 그 스님을 찾아뵙자고 나선 길이니 만나뵐 때까지는 가야 할 것 아니겠는가?"

"아니 이 사람! 지금까지 허탕을 친 것만 해도 벌써 네 번일세. 이번엔 또 어디로 쫓아가잔 말이신가?"

"경상도 쪽으로 가신 것 같다 하니 그쪽으로 가보세나."

한암스님이 타이르듯 말하자 함해스님은 손을 내저으며 아예 길바닥에 털퍼덕 주저앉는 것이었다.

"야, 이거 숫제 구름을 쫓아다니는 게 낫지 원! 난 이제 허기가 져서 더 이상 못 가겠네. 뱃가죽이 등짝에 아주 철썩 달라붙었어. 아니 그래 한암 자네 배는 배도 아닌가? 아, 배도 안 고파?"

"배고플 땐 참는 걸 양식으로 삼고, 졸음이 올 때는 참는 것을 공부로 여기라고 그러시지 않던가."

"아 이 사람아! 참는 것도 정도가 있고 공부도 공부 나름이지! 아이구! 아이구! 정말 숨 넘어가겠네."

함해스님은 복장이 터지는지 제 가슴을 쾅쾅 치며 소리쳤다. 끼니도 거른 채 새벽이면 길을 나서서 진종일 걷기만 했으니 그럴 만

도 한 일이었다.

그러나 한암스님이라고 왜 배가 고프지 않겠는가. 허기도 지고 다리도 아프지만 이것도 다 출가자가 겪어야 할 수행이거니 하고 인내하였을 뿐이었다.

한암스님과 함해스님이 경허스님을 만나뵙기 위해 온갖 고생을 겪으며 해인사에 당도한 것은 금강산을 떠난 지 석달 만이었다.

그러나 경허스님은 또 이미 해인사를 떠난 뒤였다. 해인사 스님들께 물어봐도 아마 지금쯤 경상도 금릉땅 청암사에 머물고 계실 것이라는 막연한 추측만이 무성할 뿐이었다.

함해스님은 크게 낙심하여 경허스님을 찾기를 거의 포기한 상태였다. 그러나 한암스님의 생각은 달랐다. 한암스님은 어떻게든 함해스님을 설득하여 기어이 경허스님을 만나고자 하였다.

"아니 그래, 또 그 청암사로 가보잔 말씀이신가?"

"기왕에 내친 걸음 여기까지 왔으니 가봐야지, 이 사람아."

"허탕을 쳐도 한두번 쳤어야지! 아무래도 일이 이렇게 자꾸 엇갈리는 걸 보니 경허스님과 우리는 애시당초 인연이 닿질 않는 모양이야."

"인연이 닿지 않는 게 아니라 우리의 정성이 모자랐던 탓일세."

"정성이 모자랐다?"

"그래. 생각해보게. 우리가 새벽잠을 조금만 덜 자고 부지런히 걸었더라면 해인사에서는 만나뵐 수 있었을 것 아니겠는가! 동학사에서 이틀이나 쉬었으니 그게 다 우리 정성이 모자랐던 게 아니겠는가. 그러니 자, 어서 길을 재촉하세나."

한암스님의 말에 할말을 잃은 함해스님은 껄껄 웃으며 말했다.

"허허! 나 이거야 원! 이 사람, 한암! 내 자네 따라 다니다가 길바닥에서 세월 다 보내겠네그려."

한암스님은 다시 길을 재촉해서 경허스님이 계신다는 금릉땅으로 들어섰다.

이때 한암스님이 경허선사를 찾아갔던 절 청암사는 경상북도 금릉군 증산면 평촌리 불영산에 자리잡고 있었다. 청암사는 신라 헌강왕 때 도선국사가 창건한 유서깊은 고찰이었다.

아무튼 금릉땅에 들어선 한암스님은 덕높고 도가 깊은 경허선사를 만나 뵙겠다는 오직 그 일념 하나만으로 지친 몸을 이끌고 청암사로 향했다.

함해스님은 길바닥에 주저앉기라도 할 듯이 짜증을 내었다. 아닌 게 아니라 새벽녘부터 걷기 시작해서 해가 서쪽으로 기울도록 걷고 또 걸었으나 절은커녕 작은 암자 하나도 보이지 않았다. 해는 뜨겁고 땀은 비오듯 쏟아지는데 도대체 얼마만큼 가야 하는지 종잡을 수가 없었다.

"이제 거의 다 왔을 것이야."

한암스님도 지친 것은 마찬가지였으나 함해스님을 안심시키려 애쓰며 주위를 살폈다. 그런데 마침 길가에 면한 채소밭에 한 시골

아낙이 김을 매고 있는 것이 아닌가.

"으음. 마침 저기 김매는 아낙네가 있으니 한번 물어봐야겠구먼. 여, 여보시오, 보살님! 말씀 좀 여쭤보겠소이다!"

아낙네는 한암스님 쪽을 돌아보며 말했다.

"무슨 일인데 그러시는가요?"

"예. 저 우리들은 청암사를 찾아가는 길인데요."

"청암사요?"

"예. 여기서 대체 얼마나 더 가면 되겠습니까?"

"아 청암사야 저기 저 산모퉁이 돌아서 쭈욱 올라가면 나옵지요. 그런데 참 이상한 일도 다 있네."

"아니 이상한 일이라니요?"

"아니 오늘 하룻동안에 청암사 가는 길을 물어본 스님들이 열 명도 더 넘으니 이상한 일이 아니겠습니까요?"

"예에? 청암사 가는 길을 물어본 중이 오늘 하루에 열 명도 넘어요?"

그날 하룻동안 청암사 가는 길을 물어본 스님들이 열 명도 더 넘는다는 말에 두 스님은 영문을 몰라 서로 얼굴을 마주볼 뿐이었다.

잠자코 한암스님의 이야기에 빠져들던 성관 수좌는 눈이 둥그래져서 한마디하지 않을 수 없었다.

"아니 스님! 그게 대체 무슨 말씀입니까요? 무슨 일로 그렇게 하룻동안에 청암사 가는 길을 물어본 스님이 많았단 말입니까요?"

"그야 인석아! 경허선사님을 만나뵙자고 젊은 중들이 너도 나도 앞을 다투어 몰려들었던 게지."

"어휴! 아니 그 정도로 도가 높은 스님이셨습니까요?"

"평생에 한번 만나뵐까 말까 한 그런 스님이셨지. 그러니 경허선사께서 어느 절에 들르셨다 하면 근동 칠, 팔십리 사찰에서 너도 나도 모여들었던 게야."

"그래 그 청암사에서는 기어이 경허선사님을 만나뵈셨습니까요, 스님?"

한암스님은 입맛을 다시며 고개를 저었다.

"우리가 허위허위 산길을 달려가서 청암사에 당도하고 보니 경허선사께서는 청암사에 계신 게 아니셨어."

"아니 그럼 또 허탕을 치셨단 말씀이십니까요?"

"허탕을 친 건 아니었구."

"아니 허탕을 친 게 아니시라면 그럼 경허선사님을 만나셨단 말씀이십니까요?"

"청암사에서 산속으로 더 올라가니 수도암이라는 암자에 계시더구나!"

"그럼 기어이 만나기는 만나셨군요, 스님?"

"그래. 수도암에서 기어이 만나뵈었지."

"그래 뭐라고 하시던가요? 그 경허선사님께서는요."

수도암에서 기어이 경허선사를 만난 한암스님과 함해스님은 감

격에 겨운 얼굴로 넙죽 엎드려 큰절부터 올렸다. 선사를 만나뵙겠다는 오직 그 하나의 일념은 두 사람으로 하여금 몇달이라는 귀중한 시간을 허비하게 만들었다. 그러나 경허선사라는 거인을 만나기 위해서라면 조금도 아깝지 않은 시간이었다.

경허선사는 두 젊은 스님이 인사를 마칠 때까지 꼿꼿이 앉아 있었다. 고개를 끄덕이거나 미소를 짓지도 않았다. 두 스님이 나란히 자리에 앉자마자 조그만 방안에 선사의 카랑카랑한 목소리가 울려 퍼졌다.

"그래 무슨 볼일이 있어 나를 찾아왔단 말이던고?"

한암스님이 먼저 입을 열었다.

"예. 저 어떻게 공부를 하오면 도를 깨달아 여래를 볼 수 있을지 가르침을 듣고자 찾아뵈었습니다, 스님."

"어떻게 공부를 하면 도를 깨달아 여래를 볼 수 있겠느냐?"

"예, 스님."

젊은 한암은 빛살처럼 눈부시게 쏟아져 내리는 선사의 시선을 고스란히 받아내었다. 그러나 경허선사는 천천히 고개를 저었다.

"잘못 왔느니라! 돌아들 가거라!"

"돌아갈 곳이 어디 있기에 돌아가라 하십니까, 스님?"

젊은 스님으로서는 참으로 놀라운 답변이었다. 그러나 경허선사는 싸늘한 눈초리로 한암을 바라보며 차갑게 되뇌었다.

"무엇이? 돌아갈 곳이 어디 있기에 돌아가라 하느냐?"

그러나 젊은 한암은 결연한 눈빛으로 스님께 여쭈었다.

"온 곳도 없거늘 돌아갈 곳이 어디 있겠습니까, 스님?"

그 순간 한암스님은 경허선사의 입가에 보일 듯 말 듯 실낱 같은 미소가 섬광처럼 스쳐 지나가는 것을 보았다. 한암은 눈을 지그시 감고 의연히 올 것을 기다렸다.

"딱!"

주장자였다.

젊은 한암은 흠칫 놀라며 어깨를 떨었으나 곧 허리를 곧추세우고 자세를 바로 했다.

"하하하하."

암자가 들썩일 정도로 커다란 웃음소리였다. 젊은 한암은 선사의 웃음이 채 끝나기도 전에 벌떡 일어나 큰절을 올리며 정중히 말했다.

"문하에 받아주시니 감사하옵니다, 스님!"

영문을 모르는 함해스님은 어안이 벙벙해서 두 스님을 번갈아 쳐다보고만 있을 뿐이었다.

이날 한암스님이 경허대선사를 수도암에서 만난 것은 우리나라 불교를 위해 정말 다행한 일이었다. 젊은 한암은 경허대선사를 만남으로 해서 훗날의 선지식 한암스님이 되었다고 해도 틀린 말은 아니었다.

한암스님을 문하에 두게 된 경허선사는 어느 날 한암을 불러 물

었다.

"그래, 어떻게 공부를 하면 도를 깨우치고 여래를 볼 수 있겠느냐 그걸 나한테 물었으렷다?"

"예, 스님."

"그럼 내 한 가지만 일러주리라."

"예, 스님."

"일찍이 부처님께서 금강경에 이렇게 이르셨느니라."

"예, 스님."

"무릇 형상이 있는 것은 허망한 것이니 만일 모든 형상 있는 것이 형상 있는 것이 아님을 알면 그때 여래를 보게 될 것이니라!"

"무릇 형상이 있는 것은 허망한 것이니 만일 모든 형상 있는 것이 형상 있는 것이 아님을 알면 그때 여래를 보게 될 것이니라."

한암스님은 알 수 없는 힘에 이끌려 선사를 따라 금강경 귀절을 읊었다. 금강경의 그 한 귀절이 선사의 입에서 흘러나오는 순간 이상하게도 한암스님은 그늘진 마음 한구석이 활짝 개임을 느꼈던 것이다.

홀연히, 진정 홀연히 눈이 밝아짐을 느끼게 되는 순간의 기쁨을 인간의 말로써 형언할 수 있을 것인가.

"하하하하."

"하하하하."

경허선사는 직감적으로 젊은 한암의 첫번째 개오를 감지할 수 있었다. 두 스님의 눈빛은 허공에 얽혀 빛나고 입술은 개화의 탄성을 지르는 꽃봉오리처럼 방안 가득 웃음소리를 피워냈다.

이것이 바로 한암스님의 첫번째 깨달음이었다. 한암스님의 세속 나이 스물네 살 때였다.

한암스님은 이때 얻은 깨달음과 경지를 다음과 같이 노래했다.

다리 밑에 푸른 하늘 머리 위에는 땅
본시 안팎이나 중간은 없는 것
절름발이가 걷고 소경이 보니
북산은 말없이 남산을 대하네.

첫번째 깨달음 후에도 한암스님은 경허대선사 밑에서 열심히 참선공부에 몰두하였다. 어느 날 여러 수좌들을 모아놓고 차를 마시며 담론하던 경허선사가 문득 이런 말을 하였다.

"옛 조사의 선요에 이런 대목이 있느니라. 어떤 것이 진실로 깨닫는 소식인가. 남산에 구름이 일어나니 북산에 비가 내린다. 다들 귀담아 잘들 들었느냐?"

스승의 질문에 제자들은 입을 모아 대답했다.

"예, 스님."

"그러면 대체 이 뜻이 무엇이겠는지 어디 한번 대답해 보아라."

그러나 빙 둘러앉은 여러 명의 수좌들 중에서 이 질문에 대답하

는 사람은 아무도 없었다.

경허는 그 자리에 모여 앉은 수좌들을 주욱 둘러보다가 탄식처럼 말했다.

"허허. 이 많은 수좌들 가운데서 대답할 사람이 단 한 명도 없단 말이더냐?"

바로 그때였다.

잠자코 차를 마시고 앉아 있던 한암스님이 느닷없이 문을 벌컥 열어젖히며 소리치는 것이었다.

"창문을 열고 앉았으니 기와담장이 눈앞에 있도다."

방안에 앉아 있던 수좌들은 순간 긴장감에 휩싸였다. 까다로운 경허대선사로부터 어떤 불호령이 떨어질지 모를 일이었기 때문이었다. 방안에는 정적이 감돌았다.

그러나 경허대선사에게서 날아온 것은 불호령과 날벼락이 아니었다.

"하하하하. 이제 한암의 공부가 개심의 단계를 넘어섰구나, 응? 하하하."

경허대선사의 이 한마디 말씀은 곧 한암스님의 깨우침을 정식으로 인가한다는 통쾌한 선언이었으니 그 자리에 함께 있던 많은 수좌들은 그저 소스라치게 놀랄 수밖에 없었다.

깨달음에 이른 스님들의 선문답은 우리들 속인의 안목으로는 얼른 그 진정한 뜻을 헤아리기가 어려운 노릇이지만, 아무튼 경허대선사는 한암이 이르른 도의 경지를 단번에 알아보고 인가를 했던 셈이다.

그후 한암스님은 경허대선사와 헤어져서 선방을 두루 돌아다니며 참선수행을 하다가 1903년에는 해인사에 머물며 전등록을 읽었다.

그러던 어느 날이었다. 그날도 전등록을 읽다가 그만 한 대목에 이르러 눈앞이 캄캄해지는 것이었다.

"마음속에 한가지 생각도 한 것이 없다? 마음속에 한가지 생각도 한 것이 없다? 마음속에 한가지 생각도 한 것이 없다?"

옛날 중국의 약산선사가 석두선사에 대답한 이 말씀의 참뜻을 한암은 도무지 붙잡을 수가 없었으니 이로부터 또다시 암담한 생각이 떠나지를 않았다.

첫번째 깨달음이 있은 지 불과 몇년도 안되어 이처럼 단단한 벽에 부딪치자 한암스님은 출가득도하던 때의 소박한 마음가짐으로 돌아가 새롭게 자신을 정립해야 할 필요를 절실히 느끼게 되었다.

이때 통도사의 내원선원에서 경허스님을 조실로 초대했으나, 경허스님께서는 한암스님을 천거했다. 경허스님은 제자 한암의 실력을 그만큼 높이 인정해 주었던 것이다.

한암스님은 마음속에 풀리지 않는 의구심을 간직한 채로 통도사 내원선원으로 자리를 옮겨 무려 6년 동안이나 젊은 수좌들을 지도하였다.

그러나 마음속에 한가지 생각도 한 것이 없다는 약산선사의 대

답은 가슴속에서 의문의 멍울로만 남아 있을 뿐, 영영 풀리지를 않는 것이었다.

"내 이 일생일대의 해답을 얻을 수만 있다면 버리지 못할 것이 뭐가 있으랴!"

한암스님은 며칠 밤을 뜬눈으로 새운 끝에 드디어 또 한번의 피나는 수행의 길을 굳게 각오하게 되었다. 어느 날 저녁예불이 막 끝났을 때였다. 방으로 돌아온 한암스님은 바랑을 챙긴 후에 바깥을 향해 소리쳤다.

"밖에 입승 있느냐?"

"예, 스님. 소승 여기 있사옵니다."

"이리 들어오너라."

방에 들어온 입승은 윗목에 놓인 바랑을 일별하고는 불안한 기색으로 한암스님을 불렀다.

"스님."

"……."

"스님, 부르셨사옵니까?"

"그래. 여기 이 내원선원에 있는 수좌들 내일 당장 모두들 돌려보내야 할 것이니라."

"예에? 돌려 보내라니요, 스님?"

입승이 그렇게 놀라는 것은 무리도 아니었다. 무려 6년 동안이나 애착을 가지고 지도해 왔던 수좌들을 하루아침에 돌려보내라니 도무지 이해할 수 없는 일이었다.

"나는 내일 이 선원을 떠나 홀로 산속으로 들어갈 것이니 수좌들을 모두 다 돌려보내야 할 것이야!"

"아니 홀로 산속으로 들어가시겠다구요?"

한암스님은 입을 꾹 다물고 더 이상 아무런 말도 하지 않았다. 입승은 주장자로 별안간 뒤통수를 맞은 사람처럼 멍한 표정으로 두 눈만 쉴새없이 깜빡거릴 뿐이었다.

13
만고에 변치 않는 마음의 달

한암스님은 혼자 행장을 꾸려 어디로 간다는 말도 남기지 않은 채 통도사를 떠나 북쪽으로 발걸음을 옮겼다.

충청도를 지나고 경기도를 지나면서 한암스님은 몇번이고 발걸음을 멈추고 동쪽 하늘을 바라보았다. 여기서 그리 멀지 않은 강원도 화천 땅! 거기에는 아직도 아들이 살아서 돌아오기만을 빌고 있을 어머니가 계실 것이기에 늘 마음 한구석이 아려왔던 것이다.

물론 그렇다고 해서 한암스님이 강원도로 발길을 돌린 것은 아니었다. 한양을 지나고 개성을 지나 한암이 찾아간 곳은 평안도 맹산군 도리산에 있는 우두암이라는 곳이었다.

말로만 듣던 도리산은 정말 깊고 험한 산이었다. 올라가면 올라갈수록 산은 점점 깊어지기만 했고, 올라가면 올라갈수록 더욱 높은 봉우리가 눈앞을 가로막고 있는 것이었다.

한암스님이 땀을 뻘뻘 흘리며 허위허위 도리산을 오르는데 난데없이 산속에서 노파 한 분을 만나게 되었다. 혼자 산을 내려오던 노파는 인적없는 산중에서 별안간 사람과 마주치자 대경실색하여 비명을 질러대는 것이었다.

"아이구머니나!"

한암스님은 오히려 그 노파의 비명소리에 놀라 뒤로 한걸음 물러났다. 비명을 지르던 노파는 한참 만에야 앞에 서있는 사람을 제대로 분간하기 시작했다.

"아이구! 그러고 보니 스님이 아니시옵니까요?"

"아, 예. 아니 그런데 이 산중에 노보살님께서 어인 일이시옵니까요?"

"아이구 말씀도 마십시오! 아니 그래 절간은 비워두고 어디 가서 계시다가 이제야 오시는 길이십니까요, 예?"

"예에? 아니 그게 무슨 말씀이시온지요, 노보살님?"

"무슨 말이냐니요? 아 절간에 불공을 드리러 갔더니 우두암에 스님은 아무도 안 계시고 빈 절간이지 않겠습니까요, 글쎄?"

한암스님은 우두암이 지금 아무도 없는 빈 절간이더라는 말에 아연실색해서 되물었다.

"빈 절간이라니요? 아니 그럼 그 절에 중들이 아무도 없더란 말씀이십니까요?"

"아이구 참! 내 말을 이렇게 못 믿으실까? 빈 절간이더라니까

요, 빈 절간!"

"아니 그럼 그 절에 있던 중들은 다들 어디로 갔단 말씀입니까?"

"아 그걸 이 늙은이가 어떻게 알겠수, 그래."

노파는 꼬치꼬치 묻는 한암스님을 의아한 듯 바라보더니 갑자기 무릎을 치며 말했다.

"오오라! 그러고 보니 그 절에 계시던 스님이 아니신 모양이구랴?"

"아, 예. 그 절에 가서 한철 지낼까 해서 찾아가는 길이옵니다만."

한암스님의 말에 노파는 펄쩍 뛰며 만류하는 것이었다.

"아이구 스님! 그 절에 갈 생각 아예 하지두 마세요! 빈 절간에 먼지만 이렇게 쌓여 있는데요? 아이구 글쎄! 날이 저물었으니 이 늙은 것이 산길을 내려올 수도 없지 간밤에 오들오들 떨면서 죽을 고생을 했습니다요!"

"허허, 저런! 노보살님께서 고생이 많으셨겠습니다그려!"

"아이구, 말씀두 마세요! 글쎄 밤새도록 짐승들은 울어대지요, 법당이구 방이구 먼지만 쌓여가지구 금방이라도 산신령이 나올 것 같지요, 공양미만 부처님 전에 바쳐놓구 절도 제대로 올리지 못한 채 이렇게 겁이 나서 내려오는 길이라니까요, 글쎄."

정말 노파가 겁에 질릴 만도 한 상황이었다. 한암스님은 빙그레 웃으며 듣고 있다가 말했다.

"그럼 그만 조심해서 내려가시지요."

"아니 그럼 스님은 그 빈 절간에 가시겠단 말씀이시유?"

"아무도 없다면 조용해서 공부하기 안성마춤이지요. 자, 그럼 어서 살펴가십시오, 노보살님."

"아이구 저런! 빈 절간에 혼자 가시면 안 된대두 저러시네."

인사를 마친 한암스님은 근심스런 표정으로 혀를 차는 노보살을 남겨두고 계속 산을 오르는 것이었다.

한암스님의 이야기를 듣던 성관은 혼자서 빈 절간을 지키는 대목에 이르자 눈이 둥그래져 가지고 소리쳤다.

"아니 스님! 그래 정말로 스님 혼자 그 빈 절간으로 올라가셨단 말씀이십니까요?"

"빈 절간이라니 잘됐다 싶었지."

"가보시니까 정말로 아무도 없던가요, 스님?"

"음. 산속에서 만난 노보살님 말씀 그대로였다. 법당에도 먼지가 수북히 쌓여 있었고, 방이며 공양간이며 사람 손길 닿은 지가 몇달은 되었더구나."

"아니 그럼 그 절에 있던 스님들은 다들 어떻게 되었단 말씀입니까요, 스님?"

"흉년이 몇년 겹치다 보니 공양미 시주도 들어오지 않았던 모양이지. 허구헌날 굶을 수도 없었을테구."

"원 아무리 그래도 그렇지요. 스님들이 절을 버리고 나가버리다니 그럴 수가 있습니까요, 스님?"

"오죽했으면 그랬겠느냐. 그래도 절을 지키고 부처님 모시겠노라고 산속에 머물다가 굶어서 열반한 스님도 계셨느니라."

"원 세상에! 굶어서 열반하시다니요?"

성관 수좌가 소스라치게 놀라며 반문하자 한암스님은 빙그레 웃으며 말했다.

"지금 우리가 이렇게 감자밥, 강냉이 밥이라도 먹는 건 호강하는 거다. 그때만 해도 깊은 산속 암자에서는 감자 하나로 하루를 견뎠어."

"아이구 맙소사! 감자 하나로 하루를 견뎌요?"

"나두 그때 우두암에서 꼼짝없이 그랬느니라. 물소리, 바람소리, 짐승소리 벗삼아 한철을 지냈지."

인적조차 끊어진 도리산 우두암에서 한암스님은 홀로 앉아 참선삼매에 빠져 들었다. 밤이면 산짐승 우는 소리가 음산하게 들려오는 곳이었다. 그러나 한암스님은 개의치 않고 오로지 약산선사가 남긴 의문을 풀기 위해 전력을 다했다.

어찌나 참선에 매달렸는지 한번은 꿈인 듯 생시인 듯 한 백발이 성성한 노스님이 나타나 한암을 지그시 바라보며 물었다.

"그대는 지금 대체 무엇을 그렇게 찾고 있는고?"

"예, 스님. 마음속에 한가지 생각도 한 것이 없다고 하셨으니 그

뜻을 찾고 있사옵니다."

그러나 노스님은 고개를 저으며 말했다.

"어리석은 짓이로구나! 어리석은 짓이야!"

"무엇이 어리석다는 말씀이시옵니까, 스님?"

"형상있는 것이 원래 없던 것! 마음 또한 그러한 줄을 왜 모르는고?"

"마음 또한 그러하다면. 아니 그럼 스님?"

"마음을 내 앞에 내놓아 보아라. 마음을 내 앞에 내놓아 보란 말이다, 마음을! 마음을! 마음을 내놓아 봐!"

노스님은 한암스님의 마음에 깊은 파문을 남기고 홀연히 사라졌다. 정신을 차리고 보니 꿈이었다.

이렇게 한암스님이 깊은 산속 아무도 없는 빈 절간에 홀로 앉아 참구하기 시작한 지 몇달이 지났다. 때로는 흐르는 물가에 앉아 참선에 몰입했고, 때로는 비바람 속에 참선을 하는가 하면 밤새도록 두견새 우는 소리를 들어가며 참선삼매에 빠지기도 했다.

그러던 어느 날 밤이었다.

한암스님은 그날도 우두암에 홀로 앉아 구슬프게 지저귀는 두견새 우는 소리를 벗하며 참선을 하고 있었다. 그런데 홀연 한암스님의 앞에 예의 그 노스님이 나타난 것이었다.

노스님은 한암이 자기를 알아볼 때까지 말없이 서있다가 빙그레 미소지으며 입을 열었다.

"그대 아직도 마음을 꺼내 놓지 못하고 있는가?"

"예, 스님. 꺼낼 수가 없사옵니다."

"그대는 달마스님과 혜가스님이 무슨 말씀을 주고받았는지 알고 있으렷다?"

"예, 스님. 알고 있사옵니다."

"그래 혜가스님이 달마스님을 찾아뵈었을 때 달마스님이 뭐라고 하셨던고?"

"예. 무엇 때문에 날 찾아왔느냐고 물으셨습니다."

"그래. 혜가 스님이 무어라고 대답을 하셨던고?"

"예. 마음이 편치 않아서 찾아왔노라고 대답을 했었지요."

"그래. 달마스님은 이렇게 대답을 하셨느니라. 마음이 편치 않다니 편치 않은 그 마음을 나에게 꺼내 보여주면 네 마음을 내가 편케 해주리라 ."

한암스님은 고통스러운 얼굴로 마구 고개를 저으며 안타까이 부르짖었다.

"모르겠사옵니다! 모르겠사옵니다! 모르겠사옵니다, 스님!"

스스로 지른 소리에 놀라 깨고 보니 또 꿈이었다.

그러던 어느 날 저녁 무렵이었다.

한암스님은 이날도 아궁이에 불을 지피면서 부지불식간에 자문자답을 하고 있었다. 어쩌면 노스님의 존재 역시 이 자문자답을 위해 자신도 모르게 설정한 대상일지도 몰랐다.

마음속의 노스님이 한암에게 물었다.

"마음은 과연 형체가 있는 것이던가?"

"아니옵니다. 형체가 없사옵니다."

"그렇다면 마음에 색깔이 있는 것이던가?"

"아니옵니다. 마음에 색깔은 없사옵니다."

"그렇다면 마음에 모가 나 있던가?"

"아, 아, 아니옵니다. 마음에는 모가 나거나 둥글거나 그런 것이 없사옵니다."

"그렇다면 마음에 냄새가 있던가?"

"아니옵니다. 마음에는 냄새도 없사옵니다."

"그렇다면 그 마음이라고 하는 것이 대체 어디에 있던가? 뱃속에 있던가?"

"아, 아니옵니다."

"그렇다면 핏줄 속에 있던가?"

"아니옵니다."

"그렇다면 머리통 속에 들어 앉아 있더란 말인가?"

"머리통 속에? 아, 아니옵니다. 거기에도 있는 것 같지 않습니다."

"그렇다면 그 마음이라고 하는 것은 형체도 없고, 소리도 없고, 빛깔도 없고, 냄새도 없고, 꺼내 보라고 해도 꺼낼 수도 없고, 만질 수도 없고, 있는 곳도 없으니 도대체 무엇이란 말이든고?"

"예. 그 마음이라고 하는 것이……."

그 순간 노스님의 손에 쥐어져 있던 주장자가 허공을 가르며 날아왔다.

"딱!"

"으헉! 아."

또 한번의 깨달음이 한암을 찾아온 것은, 바로 그 순간이었다.

아궁이에 불을 지피다가 홀연히 눈이 크게 밝아졌던 것이다. 한암스님은 이 두번째 깨달음의 경지를 다음과 같이 시로 읊었다.

부엌에서 불 지피다
홀연히 눈 밝으니
이로부터 옛길이
인연따라 분명하네
만일 누가 달마스님이
서쪽에서 오신 뜻을
나에게 묻는다면
바위밑 샘물소리
젖는 일 없다 하리.

평안도 맹산군 도리산 우두암에서 한층 더 높은 깨달음의 경지에 이른 한암스님은 다시 산에서 내려와 해인사에 잠시 머물게 되었다.

한암스님의 두번째 깨달음의 과정을 전해 들은 성관은 감탄을 금치 못했다. 일생에 단 한번 올까 말까 한 오도의 경지가 스승에게는 무려 두 번씩이나 찾아왔다니!

"그, 그럼 스님! 그후로는 아무것도 막힘이 없게 되셨단 말씀이십니까요?"

"비로소 의문이 풀린 셈이니라."

"그, 그럼 그후로는 고향에 계신 어머니 생각에도 시달리지 않으시구요?"

"문득 문득 고향도 보이고, 어머니도 보이고, 어머니 목소리도 들리느니라."

하지만 두 번의 깨달음의 경지를 일구어낸 한암에게 있어 고향과 어머니란 존재는 더 이상 얽매임도 세속적 욕망의 끈도 아무것도 아니었다. 그것은 다만 속된 욕망이 배제된 가없는 그리움이었다. 시원적 존재에 대한 열망 같은 것, 거대한 모성에 대한 부드러운 손짓 같은 것이었다.

한암스님은 입가에 가느다란 미소를 피워올리며 성관에게 말했다.

"내가 금강산 유람을 떠나올 때 하시던 어머니의 그 말씀이 문득 문득 귓가에 쟁쟁하게 들릴 때가 있구나. 그래. 정말 잘 생각했다. 누구든 금강산을 구경하게 되면 이 세상 모든 근심 걱정을 다 잊게

된다고 그러더구나. 그러니 제발 금강산 구경하고 와서 장가도 들고, 벼슬도 하고 그래야 할 것이야. 으응, 중원아? 하시던 그 마지막 말씀 말이다."

"그, 그럼 아직도 죄송스러운 생각에 시달리고 계신다는 말씀이십니까요, 스님?"

"속가의 부모님께야 잘해 드린 일이라고는 할 수 없겠지만 그런 생각은 이미 벗어 던졌느니라."

"하오면 스님! 사람이 울화통이 치밀고 화가 치솟아 올라올 땐 어찌해야 하옵니까요, 스님?"

"성질이 나고 울화통이 치밀고 화가 날 땐 어찌 하느냐?"

"예, 스님."

"그럴 때 그 성질, 울화통을 자기 손바닥 위에 꺼내놓으면 될 것이니라."

"네에? 손바닥 위에 꺼내 놓으라구요?"

성관은 스님의 말씀을 가슴속 깊이 새기며 조용히 한암스님을 바라보며 앉아 있었다.

우리나라 선불교의 중흥조라 일컬어지는 경허대선사의 제자 가운데는 만공, 한암, 혜월, 수월 등 기라성 같은 거봉들이 많이 있다. 그러나 그 선지식들 중에서도 북쪽에는 한암, 남쪽에는 만공이라 하여 한암과 만공을 첫 손에 꼽는 경우가 많았다.

만공스님은 주로 충청도 예산 덕숭산의 정혜사에 머물면서 많은 제자들을 키웠고, 한암은 북쪽인 평안도 맹산의 우두암과 금강산 지장암, 그리고 오대산 상원사에 주로 머물면서 제자들을 키웠다. 북쪽에는 한암, 남쪽에는 만공이라는 말은 바로 거기서 생겨난 것이다.

그런데 스승이신 경허선사는 해인사를 떠나 북쪽으로 정처없는 유랑의 길을 떠나면서 한암스님을 데리고 가고 싶은 마음에 다음과 같은 간절한 글 한 편과 시 한 수를 지어 한암에게 보낸 적이 있다고 한다.

── 나는 본래 화광동진이라 세속에서 중생들과 더불어 섞여 사는 일을 좋아하고 꼬리를 진흙 속에 끌고 다니기를 좋아한 사람이었으니, 다만 스스로 삽살개 뒷다리처럼 너절하게 44년의 세월을 보냈네그려. 헌데 우연히도 그대 한암을 만나게 되었으니 한암은 성행이 순직하고 또한 학문이 고명하여 일년을 함께 지내는 동안에도 평생에 처음 만난 사람같이 생각되었더니 이제 오늘 이별을 하게 되니 아침 저녁 피어오르는 연기와 멀고 가까운 산과 바다, 진실로 맞이하고 보내는 회포를 뒤흔들지 않는 것이 없구나. 하물며 덧없는 인생은 늙기 쉽고 좋은 인연은 다시 만나기 어려우니, 이별의 섭섭한 마음이야 어찌 다 말할 수 있으리오. 옛날 사람은 말하기를 천하에 알고 지내는 사람은 많고 많지만 진실로 내 마음을 알고 있는 사람은 과연 몇이나 되랴 하고 한탄했거늘 과연 한암이 아니면 내가 누구와 더불어 마음이 통하는 벗이 되겠는가. 그러므로 여기 시 한수를 지어 훗날에 서로 잊지 말자는 당부를 하네.

하늘로 치솟아 뜬
붕새 같은 포부가
변변치 않은 데서
몇해나 묻혔던가
이별이야 어디
어려운 게 있으리오만
거품같은 인생
언제 다시 만나리.

가슴이 뭉클해져 오는 이 애절한 글과 시를 받아본 한암스님은 스승 경허선사에게 한없는 연민의 정을 느끼지 않을 수 없었다. 한암스님은 긴 한숨을 토해낸 뒤 지필묵을 꺼내어 스승께 올리는 시 한수를 적었다.

서릿국화 설중매는
겨우 지나갔는데
어찌하여 오랫동안
모실 수가 없을까요
만고에 변치않고
늘 비치는 마음의 달
부질없는 세상에서

뒷날은 기약해 무엇하리요.

한암스님은 이렇게 시 한수를 지어 스승과의 이별을 아쉬워했지만 스승의 유랑길에 따라 나서지는 아니하였다. 헌데 그것이 마지막 이별이 될 줄이야 그 누가 알았겠는가.

사제간의 그 애틋한 정에 콧날이 시큰해진 성관 수좌는 조용히 한암스님께 여쭈었다.

"그럼 스님! 경허스님께서는 그때 어디로 떠나셨는데요?"

"언제 떠나셨는지 어디로 가셨는지 소리도 흔적도 없이 떠나가셨다."

"그럼 그후로는 경허스님을 만나뵙지 못하셨습니까요, 스님?"

"결국은 내가 이별시를 지어 올린 게 마지막 이별이 되고 말았느니라."

"아니 그럼 어느 절에 계신지도 모르셨단 말씀이옵니까요?"

"절에 계셨다면 왜 못찾았겠느냐. 만공, 혜월, 수월, 모든 제자들이 스님의 향방을 찾아 나섰지만 찾을 길이 없었지. 그리고는 결국……."

"결국은 어떻게 되셨는데요, 스님?"

"십년 세월이 지난 후에야 경허스님께서 유발거사로 평안도 함경도를 떠돌아 다니시다가 삼수갑산 웅이방 낯선 땅에서 조용히 열반에 드신 걸 나중에야 알게 되었구나."

"아니 스님! 그토록 덕이 높으시고 훌륭한 제자들도 많은 경허스님이 무엇 때문에 절에 계시지 않고 삼수갑산 낯선 땅에서 무엇을 하시다가 거기서 열반에 드셨단 말씀이옵니까요?"

한암스님의 입에서는 무거운 한숨이 새어나왔다. 그 당시를 생각하면 아직도 가슴에 깊은 통증을 느끼게 되는 것이다.

"열반에 드신 지 일년 후에야 소문을 듣고 만공과 혜월이 삼수갑산 웅이방이라는 곳을 찾아 갔더니 경허스님께서 마지막 머물던 집 사랑방에 스님의 유품이 남아 있고 마지막으로 써 놓으신 열반송 사행시가 남아 있었으니 그래서 경허스님의 열반이 확인된 셈이지. 헌데 그때 만공과 혜월이 눈물을 흘리면서 허공을 향해 스님을 부르자 그 집 노보살이 깜짝 놀라더라는 게야."

만공스님과 혜월스님이 목놓아 울며 허공을 향해 스님을 부르자 깜짝 놀란 것은 그 집 노파였다. 노파는 도무지 믿어지지 않는다는 듯이 고개를 저으며 이렇게 소리쳤다.

"아니 세상에! 돌아가신 그 노인장이 스님이셨다구요? 아이구 세상에 이럴 수가 있나 원! 그 노인장께서는 당신 스스로 박난주라 하시고 올데 갈데 없는 늙은 선비라 하시면서 아이들에게 글을 가르치며 끼니를 얻어자시고 지냈는데 하두 가엾고 불쌍해서 동네사람들이 장사를 지내주었지요. 그런데 그 노인장이 그토록 덕높고 고명하신 큰스님이라니요?"

성관 수좌는 의아한 얼굴로 한암스님께 물었다.

"아니 그럼 경허스님께서는 당신이 스님이라는 것조차 감추셨단 말씀이십니까요?"

"그러셨던 모양이네."

"대체 왜 그러셨을까요, 스님?"

"몸소 보여주신 셈이지."

"무엇을 말씀이시옵니까요, 스님?"

"원래 없던 한 물건 대체 어디로 돌아가는고?"

모든 것을 설명해주는 말이었다.

성관 수좌는 저도 모르게 나지막이 중얼거렸다.

"원래 없던 한 물건 대체 어디로 돌아가는고?"

한암스님과 만공스님은 경허대선사의 제자들 가운데서도 쌍벽을 이루는 두 기둥이었다. 금강산 지장암에 있던 한암스님과 충청도 예산의 덕숭산 정혜사에 있던 만공스님이 당시에 주고 받은 선문답은 우리나라 선불교사의 화려한 한 페이지로 기록되어 있다.

먼저 질문을 던진 것은 만공스님이었다.

"한암이 금강산에 이르니 설상가상으로 지장암 도량내에 업경대가 있으니 그대의 업은 얼마나 되는가?"

이 물음에 한암스님은 실로 기상천외의 답변을 하였다.

"이 질문을 하기 전에 마땅히 삼십 방망이를 맞아야 옳을 것이니라!"

"맞은 뒤에는 어떻게 되는고?"

"지금 한창 잣서리 할 때가 좋으니 속히 올라오라."

"암두의 잣서리 할 때 참예하지 못함은 원망스럽지만 덕산의 잣서리 할 시절은 결코 원하지 않노라!"

"암두와 덕산의 이름은 이미 알았거니와 그들의 성씨는 대체 무엇인고?"

"도둑이 지나간 후 3천리가 넘었거늘 문앞을 지나가는 사람이 성씨는 물어서 무엇에 쓸 것인고?"

"금선대 속에 있는 보화관이 금과 옥으로도 비하기 어려우니라."

그러자 만공스님은 마지막으로 네모 반듯한 백지 위에 동그라미 하나를 그려 한암에게 보내왔다.

한암스님은 뒷날까지도 만공스님이 보내온 그 일원상을 소중히 간직하고 있었다. 성관 수좌는 한암스님이 꺼내놓은 누런 백지를 신기한 듯 바라보면서 말했다.

"스님, 바로 이 종이에 그려진 이 일원상이 그때 만공스님께서 보내오신 답이란 말씀이십니까요?"

"하하하. 만공이 그래도 정성들여 먹을 갈았던지 먹 빛깔이 아직도 고대로구나, 으응? 하하하."

그날 마침 한암스님을 뵈러 왔다가 같이 이야기를 듣게 된 김상궁도 한마디 거들었다.

"이게 대체 무슨 뜻이옵니까요, 스님? 흰 종이에다 동그라미 하나를 그려 보내셨으니, 무슨 뜻이 담겨 있을 게 아니겠습니까요, 스님?"

"그야 담겨 있지. 어떠냐, 관수좌. 네가 한번 대답해 보아라."

성관 수좌는 백지 위에 그려진 일원상을 골똘히 바라보며 생각에 잠긴 목소리로 입을 열었다.

"그, 글쎄요, 스님. 동그라미는 일원상이니 시작도 끝도 없는 무시무종을 나타내신 것 같기도 하고."

"그럼 김상궁은 이 일원상을 보고 무엇을 느끼시는고?"

"아이구! 그저 저야 뭐 아는 게 있어야지요, 스님! 백지 위에 동그라미를 하나 그렸으니 보름달 같다는 생각밖에는 아니 드옵니다요, 스님."

김상궁의 말이 떨어지기가 무섭게 성관 수좌는 얼른 스님에게 여쭈었다.

"스님! 대체 어느 쪽 말이 맞사옵니까요?"

"어느쪽 말이 맞느냐?"

"예, 스님."

"딱!"

별안간 날라온 죽비에 성관은 흠칫 놀라고 말았다. 곧 한암스님의 호통이 이어졌다.

"이 녀석아! 넌 그래 아침마다 반야심경을 달달 외우면서도 아직도 어느 것이 길고, 어느 것이 짧고, 어느 것이 깨끗하고, 어느

것이 더럽느냐 그것을 따지는 버릇이 남아 있단 말이더냐?"

"자, 잘못 되었습니다, 스님!"

"김상궁!"

"예, 스님."

수좌를 나무라는 스님의 기세에 지레 주눅이 들어버린 김상궁은 떨리는 목소리로 간신히 대답했다.

"내가 왜 관수좌에게 주장자를 내리쳤는지 아시겠는가?"

"모르겠사옵니다."

"옛날 이야기에 이런 것이 있지."

"예, 스님."

"시어머니하고 며느리가 늘 다투던 집안이 있었어."

"예, 스님."

"시어머니가 영감님에게 내 말이 이러저러 하니 내 말이 옳지요? 하고 물으면 그래 그래 할멈 말이 옳으이 하고, 며느리가 또 찾아와서 아버님 제 말은 이러이러 하니 제 말이 옳지요? 하면 그래 그래 며늘아기 네 말이 옳다 하셨네. 할멈이 물으면 할멈 말이 옳다고 그러고, 며느리가 물으면 며느리 말이 옳다고 그러자 아들이 보다 못해 아버지께 따져 물었네. 아니 아버지! 아침에는 어머님 말씀이 옳다고 하시더니 저녁때는 또 제 처 말이 옳다고 하시니 잘못되신 것 아니옵니까? 그러자 그 영감님은 또 이렇게 말했지. 허허, 거 듣고 보니 네 말도 옳구나!"

성관 수좌는 고개를 갸웃거리며 이렇게 여쭈었다.

"그, 그런데 스님, 무슨 말씀을 하시려고 그 이야기를 들려주시는 겁니까요?"

"무슨 일을 당하건 어떤 사물을 보건 한쪽 생각으로만 생각하지 말라는 뜻이니 사람 눈으로 보면 하루살이의 한평생이 짧은 것이지만 저 바위나 산이 우리들 사람을 보면 그 한평생이 얼마나 짧고 가소로울 것인가."

김상궁은 그제서야 고개를 끄덕이며 말했다.

"그, 그렇사옵니다, 스님."

"백지에 그려진 일원상을 보고도 어떤 사람은 무시무종, 시작도 없고 끝이 없다고 생각할 수도 있을 것이요, 또 어떤 사람은 둥그런 보름달을 생각할 수도 있을 것이요, 또 어떤 사람은 부처님 가르침이다 생각할 수도 있을 것이요, 또 어떤 사람은 모든 게 공이거늘 부질없는 짓 더해서 무엇하랴, 그리도 생각할 수 있는 법! 모두 다 본 대로 느낀 대로 다 옳은 것! 나만 옳고 남은 틀렸다 하는 분별, 그것이 옳지 않은 것이야."

계속하여 고개를 끄덕이던 김상궁은 문득 이상한 생각이 들었다.

"그, 그러하오면 스님. 부엌에 가면 며느리 말이 옳고 안방에 가면 시어머니 말이 옳다는 말씀이시로군요?"

"허허허. 이제 김상궁도 불공 다닌 효험이 있으시구먼, 그래. 그

게 어찌 며느리와 시어머니 사이 뿐이겠는가. 머슴방에 가면 머슴 말이 옳고, 안방에 가면 주인영감 말이 옳고, 산은 산대로 물은 물대로 다 옳으니 무학대사가 이렇게 이르셨다네. 부처님 눈으로 보면 모두가 다 부처로 보이고, 개의 눈으로 보면 모두가 다 개로 보이니라."

14
콧구멍 속에 들어있는 목숨

한암스님이 오대산에 들어온 이후 오대산하면 한암스님이요, 덕숭산하면 만공스님이요, 통도사하면 경봉스님을 떠올릴 만큼 당시의 조선불교 선맥은 세 분의 선지식에 의해 이어지고 있었다고 해도 틀린 말이 아니었다.

이 무렵 한암스님은 만공스님 뿐만 아니라 통도사의 경봉스님과도 서찰을 통해서 선문답을 나누고 법문을 전하곤 했다. 한암스님이 경봉스님에게 보낸 서찰만 해도 무려 스물네 통이나 되었고 그 내용도 고스란히 보존되어 오늘날까지 전해 내려오고 있다.

통도사의 경봉스님은 깨달음을 얻고 나서 읊었던 오도송을 한암스님에게 보내면서 이렇게 물었다.

"대체 깨달음을 얻은 뒤에는 어떻게 해야 되는 것이온지 그 길을 자세히 일러주십시오."

이에 한암스님은 편지를 통해 오도 후 명심해야 할 점을 자상하게 알려주었다.

── 보내온 글과 게송, 네 글귀를 보니 모두 진지하고 활기가 넘치오. 우러러 찬탄하여 마지 않는 바이며 뛸 듯한 이 기쁨을 어찌 다 형언할 수 있으리오. 깨달은 뒤의 조심은 깨닫기 전보다 더 중요하니 깨달은 뒤에 만일 수행을 정밀히 하지 않고 게으름을 피우면 여전히 생사에 유랑하여 영영 헤어나올 기약이 없습니다. 옛 군사의 방편어구로써 스승과 벗을 삼아야 할 것이니 만일 활구를 들어 살피지 아니하고 문자만 볼 것 같으면 의리에 몰려서 도무지 힘을 얻지 못하며 말과 행동이 서로 어긋나서 제대로 깨닫지도 못한 채 깨달았다고 잘난 체하는 어리석음을 면치 못할 것이니 모름지기 조심하기 바라오!

이렇듯 한암스님은 만공스님, 경봉스님과 더불어 선문답과 법문을 통해 스스로 수행을 함께 다져 나가면서 후학들을 키워온 것이다.

그러던 어느 날이었다.

문밖에서 성관 수좌가 조심스럽게 기척을 했다.

"스님, 들어가 뵈어도 괜찮겠사옵니까요?"

"들어오너라."

방으로 들어온 성관 수좌의 손에는 책이 한 권 쥐어져 있었다.

"스님."

"무슨 일이던고?"

"예, 저."

성관 수좌는 들고 있던 책을 펼쳐 한 대목을 가리키며 말했다.

"법화경을 보고 있었사온데 이 대목에서 막혔사옵니다, 스님."

"어느 대목에서 막혔는고?"

"예, 저 대통지승여래가 십 겁을 도량에 앉아 있어도 불법이 현전하지 않아서 성불하지 못했느니라 하였사온데 이 말이 대체 무슨 뜻이옵니까, 스님?"

"그거야, 인석아! 수불세수요 지불자촉이지."

"수불세수요 지불자촉이시라면?"

"물로써 물을 씻을 수 있겠느냐?"

"물로써 물을 씻을 수 있느냐구요? 그야 씻을 수 없겠습니다, 스님."

"그러면 손가락이 저 스스로를 만질 수 있겠느냐?"

"손가락이 저 스스로를 만질 수 있겠느냐구요? 그야 만질 수 없겠습니다, 스님."

"물로써 물을 씻으려 하고 손가락으로 그 손가락을 만지려 하면 십년 백년을 고생한들 그 일이 되겠느냐?"

"하오나 스님, 꼭 그런 뜻으로만 새겨야 하옵니까?"

"무엇이라구? 꼭 그런 뜻으로만 새겨야 하느냐?"

"예, 스님."

한암스님은 정색을 하고 제자의 얼굴을 바라보았다. 성관 수좌의 눈빛으로 보아 스승의 대답만으로는 무언가 성에 차지 않음이 분명했다. 늘 어리게만 보아왔던 성관이 어느 틈에 이렇게 커버린 것이다.

"허허. 그러구 보니 관수좌 너에게도 달리 생각한 바가 있는 모양인데 그게 대체 무엇이던고?"

"아, 아니옵니다, 스님."

"어서 일러보아라. 달리 또 어떻게 새기겠는고?"

"예, 본무여사시이니 본래부터 이러한 일은 없었사옵니다."

"본무여사시?"

"예, 스님."

"네가 정녕 본무여사시, 본래부터 이런 일이 없었다고 했느냐?"

"예, 스님."

"딱!"

성관 수좌는 사정없이 어깨를 내려치는 스승의 주장자에 깜짝놀라 눈을 크게 떴다. 그러나 뜻밖에도 한암스님의 커다란 웃음소리가 방안에 울려퍼졌다.

"하하하하. 너도 이제 어지간히 눈이 트였구나, 으응? 하하하하."

"아니 스님? 그, 그럼 저, 정말이시옵니까요, 스님?"

성관 수좌는 참으로 오랜만에 한암스님으로부터 눈이 트였다는

칭찬을 듣고 보니 뛸 듯이 기뻤다.

헌데 한번 칭찬을 듣고 보니 성관 수좌는 그만 더더욱 욕심이 나는 것이었다. 칭찬이란 약이 될 때도 있지만 성관의 경우에는 한없는 욕심을 부채질하는 결과를 빚었던 것이다. 성관은 세상에 전하는 부처님 경전을 모조리 다 한꺼번에 배우고 싶어졌다.

며칠 후 성관 수좌는 한암스님을 찾아뵙고 말했다.

"저 스님."

"왜 그러느냐?"

"공부해야 할 부처님 경전은 대체 얼마나 되옵니까요, 스님?"

"팔만사천 법문이시니 지게로 지자면 서너 짐은 될 것이니라."

"아유! 그렇게도 많사옵니까요, 스님?"

"스물 아홉에 출가하셨고 6년 고행 끝에 도를 깨치셨고 그후로 45년 동안 설법을 하셨으며 그 말씀을 글로 기록해 놓은 것이 부처님 경전이니, 어찌 많지 아니하겠느냐?"

"하오면 스님! 그 경전을 다 배우자면 강원에 가야 되는 것 아니겠습니까요, 스님?"

"강원?"

"예, 스님. 소승을 강원에 보내주십시오. 부처님 경전을 다 배워서 이 세상 모든 중생들에게 널리 가르쳐 주고 싶사옵니다."

"딱!"

"흡!"

성관수좌가 채 말을 마치기도 전에 스승의 매서운 주장자가 사정없이 날아왔다. 곧이어 한암스님의 노기어린 목소리가 들려왔다.

"너 이녀석! 이 오대산에서 나가면 미치게 될 것이니 내보낼 수 없다!"

"예에? 미친다구요?"

부처님의 경전 공부를 더 하고 싶으니 경전공부를 전문적으로 가르치는 강원으로 보내달라는 성관 수좌를 한암스님은 엄히 꾸짖었다.

"너는 기가 너무 성해서 이 오대산을 나가면 안될 것이야."

"기가 너무 성하다니요, 스님? 그게 대체 무슨 말씀이시옵니까요?"

"허허, 이 녀석이! 안된다면 안되는 줄 알지 웬말이 이리 많은고?"

"하지만 스님! 스님께서 소승을 오대산에서 영영 못나가게 하시려면 그만한 까닭이 있어야 할 게 아니겠습니까요?"

"딱!"

"헙!"

두번째 주장자가 날아왔다.

"그래두 까닭을 모르겠느냐?"

"예, 스님. 모르겠사옵니다."

성관 수좌의 고집은 그 질기기가 쇠심줄 같아서 어지간한 호통

가지고는 어림도 없으리라는 것을 한암스님은 잘 알고 있었다. 한암스님은 돌연 눈을 지그시 감으며 말했다.

"그러면 당 성냥을 켜서 촛불을 밝혀보아라."

"촛불을 밝히라구요, 스님?"

"어서 밝히지 아니하고 무얼 꾸물대는고?"

"아 예, 스님. 분부대로 하겠사옵니다요."

성관 수좌는 허둥지둥 당 성냥을 꺼내어 촛불을 켰다.

"초에 불을 밝혔느냐?"

"예, 스님. 촛불을 밝혔습니다. 눈을 뜨시고 보시옵소서."

그러나 한암은 여전히 눈을 감은 채로 말했다.

"관수좌, 너에게 묻겠다."

"예, 스님."

"촛불이 지금 타고 있느냐?"

"예, 스님. 타고 있사옵니다."

"그러면 과연 지금 무엇이 타고 있는고?"

"무엇이 타고 있느냐구요? 그, 그야 초가 타고 그리고 심지가 타고 있사옵니다, 스님."

"딱!"

"흡!"

세번째의 주장자였다. 한암스님은 눈을 뜨지도 않은 상태에서 성관 수좌의 어깨죽지를 사정없이 후려쳤던 것이다. 스님의 말이 이어졌다.

"너는 아직 도를 모른다."

"예에? 하오면 스님."

"너는 아직도 눈에 보이고 손으로 만져지는 것만 보고 있음이니 헛것을 보고 있느니라."

"하오면 스님! 과연 지금 타고 있는 것이 초가 아니고 심지가 아니라면 무엇이란 말씀이옵니까?"

"지금 타고 있는 것은 인연이니라."

"인연이 타고 있다고 하시오면?"

"초와 심지와 불씨와 공기가 만나서 그 인연으로 타고 있음이니 사람이 살아 있음과 같은 것이니라."

"사람이 살아 있음과 같은 것이라구요?"

한암스님은 여전히 눈을 감은 채로 성관 수좌에게 다음과 같은 이야기를 전해주었다.

옛날에 한 청신녀가 조사님께 여쭈었다.

"쇤네의 남편은 어젯밤 초저녁까지도 멀쩡하게 살아 있었사옵니다. 하온데 나란히 누워서 자고 나니, 시체가 되어 있었사옵니다. 대체 사람의 목숨이 어디에 있는 것이기에 이리도 허망한 것이옵니까?"

"사람의 목숨이 대체 어디에 있기에 그리도 허망한 것이냐?"

"예, 스님."

“사람의 목숨은 호흡지간에 있으니 콧구멍 속에 들어 있다네.”

조사님의 대답에 기가 막힌 청신녀는 손가락으로 자기 콧구멍을 쥐어 흔들며 소리쳤다.

“콧구멍 속에요? 아니 이 콧구멍 속에 목숨이 들어 있단 말씀이시옵니까요, 스님?”

“너무 그렇게 콧구멍을 틀어막지 마시게. 들어간 바람이 나오지 아니해도 끝이요, 나간 바람이 다시 들어가지 아니해도 끝이라네. 아시겠는가? 하하하하.”

한암스님의 이야기가 끝났는데도 성관 수좌는 아직도 납득하지 못한 구석이 있는 것 같았다.

“하, 하오면 스님.”

한암스님은 한마디 더 부연하여 설명했다.

“사람이 살아 움직이자면 공기를 만나야 하고 물을 만나야 하고 불을 만나야 하는 것이니 촛불이 타는 것과 같은 이치이니라.”

“하오나 스님, 공기와 물은 알겠사옵니다만 불을 만나야 한다니 생식만 하고도 살 수 있는 것 아니옵니까요, 스님?”

“딱!”

“헙!”

네번째의 주장자와 동시에 한암스님의 카랑카랑한 목소리가 방안을 울렸다.

“사람 몸에서 불기가 떠나면 싸늘한 시체가 되는 것! 불의 인연이 떠나도 끝이요, 물의 인연이 떠나도 끝이요, 공기의 인연이 떠나도 끝인 줄을 어찌 모르는고?"

"하오면 스님! 한 가지만 더 여쭙도록 허락해 주시옵소서."

"말해 보아라."

"스님께서 소승더러 오대산을 나가면 미칠 것이라 말씀하셨사옵니다. 무슨 까닭이시온지요?"

한암스님은 잠시 망설였다. 그 까닭을 이야기해준다고 해도 성관이 쉽게 이해할 것 같지 않았기 때문이었다. 그것은 성관 스스로 자기 문제를 극복한 연후에야 비로소 완전히 깨달을 수 있을 것이었다.

"예? 무슨 까닭이시온지요?"

'어차피 이 아이에게는 좌절의 과정이 필요한 게야. 하잘것없는 분별심이 이 아이의 진정한 성장을 가로막고 있구나!'

한암스님은 가볍게 한숨을 내쉬며 말했다.

"너는 인석아, 기가 너무 성하느니라. 그 기는 자칫하면 광기가 되어 너 스스로를 미치게 만들고 말 것이야."

"아, 아니옵니다, 스님. 소승이 왜 미치겠사옵니까. 소승은 다만 부처님 경전을 하루 속히 다 배워서 그 가르침을 널리 전하고자 하는 마음에서 그런 것뿐이옵니다, 스님."

"……."

"왜 말씀이 없으시옵니까요, 스님?"

"인연이 모자란 중생은 손바닥에 금강구슬을 쥐어줘도 버리는

법. 내 어째 더 이상 너를 붙잡아 두겠느냐."

"아니 스님! 하오면 소승을 정말로 강원에 보내 주시겠습니까요, 스님?"

"네 소원대로 강원으로 가거라! 허지만 이것 한 가지는 명심해 두어야 할 것이야."

"예, 스님."

"네 스스로 그 기를 다스리지 못하고 기에 매달려 다니면 너는 머잖아 크게 후회하게 될 것이야."

"예, 스님. 명심하겠사옵니다."

그러나 성관 수좌는 스승의 허락을 받았다는 기쁨에 겨워 한암스님의 진정한 뜻을 헤아리는 데는 그 생각이 미치지 못했다. 한암스님은 안타까운 심정으로 아이처럼 잔뜩 들떠 있는 성관 수좌를 바라보았다.

스승으로서 제자를 떠나보내는 것은 기쁘고 즐거운 일이어야 마땅했지만 어쩐지 성관 수좌를 바라보는 한암스님의 마음은 불안스럽기 그지 없었다. 아무래도 성관의 저 번득이는 총기가 얼마 못가 좌절의 늪에 빠질 것만 같은 우려가 드는 것이었다.

그러나 이미 활을 떠난 살을 어찌 되돌이킬 수 있을 것인가. 한암스님은 무거운 마음으로 입을 열었다.

"내 통도사 강원으로 서찰을 써줄 것이니 내일 아침에라도 떠나도록 해라."

"예, 스님. 감사하옵니다."

이렇게 해서 한암스님은 몇년 동안 자신의 시봉을 들던 성관 수좌를 떠나보냈다. 한암스님 슬하를 떠난 성관 수좌는 경상도 통도사 강원으로 내려가 오혜련 강사 밑에서 3년간 사교와 대교과를 배워 마쳤다.

그러나 성관 수좌는 과연 한암스님이 걱정했던 대로 기가 너무 성했던 탓인지 이 절에서 저 절로 다시 이 절로 끊임없이 옮겨 다니며 한곳에 오래 머물지를 못하고 방황했다.

어느 날 다시 오대산을 찾은 김상궁이 한암스님께 여쭈었다.

"하온데 스님, 시봉드시던 수좌스님은 보이지 않으시네요?"

"그 녀석은 지금 오대산에 없다네."

"아니 오대산에 없다면 그럼 다른 절로 보내셨단 말씀이시옵니까요?"

"내가 보낸 게 아니라 제가 끌려갔지."

"끌려가다니! 누구한테 끌려갔단 말씀이시옵니까요?"

"그 녀석은 기가 너무 성해서 그 기를 꺾지 못하고 제 기에 제가 끌려 갔다네."

"아이구 이거 원! 도무지 무슨 말씀이시온지 소녀는 통 짐작조차 못하겠사옵니다, 스님."

"그렇게 궁금하시거든 거기 있는 그 서찰을 읽어 보시게. 그 녀석이 보내온 것이야. 으음."

김상궁은 방 한구석에 놓여 있는 편지를 들어 보이며 말했다.

"이 서찰 말씀이시옵니까요?"

한암스님은 김상궁의 질문에는 대답하지 않고 천장을 올려다보며 나직이 중얼거렸다.

"한 물건 되고도 남을 녀석이었는데."

김상궁은 심상치 않은 스님의 기색에 두말없이 편지를 펼쳐 읽어 내려갔다.

"조실스님께 소승 문안드리옵니다.

스님께서 마지막 당부하신 말씀의 깊은 뜻을 어리석은 중 이제야 짐작이나마 할 것 같사옵니다. 통도사 강원에서 3년 공부한 뒤 조실스님께 잠시 들러 인사를 올린 뒤 금강산 신계사로 보훈암으로, 표훈사로, 유점사로 거기서 다시 건봉사로, 낙산사로 거기서 다시 마음을 붙이지 못하여 남쪽으로 남쪽으로 발길을 재촉하여 지리산 하동의 쌍계사로 갔었습니다. 하오나 소승 쌍계사에서 다시 칠불선원으로 갔다가 화엄사, 천은사, 거기서 다시 해남 대흥사로, 거기서 또 다시 문경 대승사. 그후로는 함양 화과원으로 금정선원으로, 금정선원에 잠시 머물다 팔공산 동화사 금당선원, 파계사 성전선원을 거쳐 의성 포교당에서 포교를 해 보았사오나 별 소득이 없었사옵니다.

그래서 이 어리석은 중 지금은 통도사 포교당에 머물고 있사옵니다만 황천길을 눈앞에 두고 있는 노보살들에게 십년 백년 포교를 해본들 무슨 소용이 있겠사옵니까.

이제 이 어리석은 중, 통도사 경봉스님께 말씀드려서 통도사에 학교를 세우고 아이들을 가르쳐 훗날의 불교진흥을 도모코저 하옵니다.

하오나 이 어리석은 중 자꾸 마음 걸리는 것이 있사오니 바로 스님의 마지막 한 말씀, 기를 다스리지 못하고 기에 매달려가면 머지않아 크게 후회할 것이라 하셨으니 대체 이 어리석은 중 어찌 하오면 이 기를 스스로 다스릴 수 있을 것이온지 하교하여 주시옵소서."

편지를 읽고 난 김상궁은 미심쩍은 얼굴로 말했다.

"아니 스님. 하오면 그 수좌스님은 환속을 해버린 게 아니옵니까요?"

"환속을 하다니?"

"아 이 서찰을 보면 포교당에서 포교를 했네, 그리고 이번에는 또 학교를 세워 아이들을 가르치겠네 하는 건 환속해서 선생 노릇을 하겠다 그런 말씀 아닙니까요?"

"아직 환속이야 아니 했네만 기가 너무 성해서 그게 걱정이라네."

"기가 성하다 하옵시면."

한암스님은 문득 방을 밝히고 있는 촛불을 가리키며 말했다.

"김상궁!"

"예, 스님."

"여기 켜져 있는 이 촛불을 한번 꺼보시게."

"예에? 촛불을 끄라니요?"

한암스님은 김상궁에게 설명을 해주는 대신에 직접 입김을 훅 불어 촛불을 끄고 나서 말했다.

"아 이 사람아! 이렇게 훅 불면 꺼지는 촛불 말일세."

"아니 스님! 왜 이렇게 촛불을 끄시고 이러십니까요?"

"왜 캄캄하신가?"

"예, 스님. 캄캄하옵니다."

"캄캄해지니 답답도 하시겠지."

"예. 답답하옵니다, 스님."

"이럴 때 기만 무성한 사람은 캄캄하다, 어둡다, 답답하다, 몸부림을 치면서 마음이 조급해서는 어둠아 물러가라며 펄쩍펄쩍 뛰게 된다네."

"예, 스님."

"허나 기를 다스린 사람은 조용히 두 눈을 감고 앉아 마음의 눈으로 방 안을 보면 여기에는 경책이 있고, 저 구석에는 목침이 있고, 또 바로 이 자리에는 촛대가 있고 다 보이는 법!"

"아, 예. 스님."

"그래서 옛 조사님은 이렇게 이르셨다네."

"캄캄한 방안에 앉아서 어둡다 답답하다 몸부림치는 어리석은 중생아, 네가 제아무리 어둡다 답답하다 물러가라 소리를 친들 어둠이 물러가겠는가 하고 말일세."

"김상궁!"

"예, 스님."

"김상궁은 지금 이 어둠을 당해서 어찌 하시려는고?"

"그, 글쎄요. 소녀는 잘 모르겠사옵니다, 스님."

한암스님은 느닷없이 성냥불을 확 켜서는 촛불을 밝히며 말했다.

"하하하. 아 이렇게 성냥을 켜서 촛불을 밝히니 어둠은 저절로 사라지지 않았는가?"

"예, 스님."

"어둠이 싫거든 촛불을 밝히면 될 것이요, 가난이 지겹거든 일을 할 것이요, 공부가 모자라거든 공부를 해야 하는 법! 그렇지 아니하신가?"

"스님의 가르치심 감사하옵니다, 스님."

한암스님이 차라리 천고에 자취를 감추는 학이 될지언정 삼춘에 말 잘하는 앵무새의 재주는 배우지 않겠노라 선언하고 오대산에 들어온 지 어느덧 10년의 세월이 흘렀다.

한암스님은 당초에 오대산에 들어오면서 제자 성관을 앞에 두고 결코 생전에 오대산에서 나가지 않겠다고 다짐했었다. 그리고 결국

그 말씀 그대로 생전에 오대산 밖으로는 단 한걸음도 나가지 않으셨다.

심지어는 대비마마가 김상궁을 시켜 친견을 간청하는데도 한암스님의 대답은 한결같기만 했다.

"스님! 제발 이번만은 저희들의 소원을 풀어주시옵소서. 윤대비마마의 지극하신 간청이옵니다. 생전에 스님을 단 한 번만이라도 친견할 수 있도록, 저희가 스님을 한양으로 모시고 갈 수 있도록 허락하여 주시옵소서, 스님!"

"이것 보시게, 김상궁!"

"예, 스님."

"보잘것없는 늙은 중이 지엄하신 대비마마의 영을 거역하는 것은 백성의 도리에 어긋나는 일이나 대비마마가 부르신다 하여 늙은 중이 까닭없이 궁궐을 드나드는 것은 불도에 어긋나는 일. 차라리 사죄 말씀을 올릴지언정 한 발자국도 오대산을 나갈 수는 없네."

"하오나 스님! 오백년 사직을 하루아침에 빼앗기고 시름에 잠겨 있는 대비마마의 심중을 헤아리사 단 한 번만 한양에 납시어 자비로운 법문을 들려주시옵소서, 스님."

"이 늙은 중을 친히 부르시어 얼굴을 보신다 한들 그것은 아무 소용없는 빈 껍데기만 보시는 것. 차라리 관세음보살을 일념으로 염송하시는 것만 못할 것이니 그리 전해 올리시게."

한암스님의 냉담한 거절에 김상궁은 서운한 기색을 감출 수가 없었다.

"정말 너무하시옵니다, 스님. 대비마마께옵서는 이번에 스님을 꼭 모셔와야 한다고 가마까지 달려 보내셨사온데 어찌 저희들만 돌아가라 하시옵니까요, 스님!"

그때였다. 마치 한암스님의 대답을 대신해 주기라도 하듯 뎅그렁 뎅그렁 저녁 범종이 울리기 시작했다.

"그 가마 속에 저 상원사 범종소리를 가득 싣고 가시면 대비마마의 귀가 번쩍 뜨이실 것이네, 으응? 하하하하."

이렇듯 윤대비마마의 간절한 소원까지도 물리칠 만큼 오대산에서 단 한걸음도 나가지 않겠다는 한암스님의 결심은 실로 대단한 것이었다.

15
과연 어느 쪽이 이기겠습니까

바로 이 무렵인 1934년 9월 초닷새의 일이었다.

두루마기 차림에 갓까지 눌러쓴 세 명의 젊은이가 오대산 상원사 뜨락으로 들어섰다. 점잖은 옷차림과 침착한 태도가 사뭇 양반집 자제들처럼 보였다. 그들은 간혹 낮은 목소리로 무어라고 속삭이곤 하면서 상원사 초당쪽으로 걸어가고 있었다.

향기로운 솔바람이 불어올 때마다 풍경소리가 들려올 뿐 상원사는 적요하기만 했다. 세 젊은이는 무엇을 찾고 있는지 걸음을 옮기면서도 바쁘게 눈을 움직여 주위를 두리번거리는 것이었다.

때마침 맞은편에서 젊은 수좌 하나가 걸어나오는 게 보였다. 그는 바로 한암스님 문하에서 공부하고 있던 범룡스님이었다. 세 사람은 서로 의미있는 눈짓을 교환하더니 그 가운데 한 젊은이가 나서서 스님을 불렀다.

"저, 말씀 좀 여쭙겠습니다."

"예, 말씀하시지요."

"예, 소생은 전라도 김제에서 올라온 김금택이라 하옵니다."

"아, 예. 그러하옵시면 무슨 일로 누구를 찾으시는지요?"

"저희들은 이 상원사에 계시는 한암 노스님을 만나뵙고자 해서 이렇게 찾아왔습니다만."

"아, 예. 우리 조실스님을 찾아뵈오러 오셨다구요?"

"그렇소이다."

"그럼 여기서 잠깐만 지체하십시오. 초당에 계신 조실스님께 말씀 전해 올리겠습니다."

이날 상원사로 한암스님을 찾아온 이 세 명의 젊은이들은 당시 전라도에 본거지를 두고 있던 보천교 교인들이었다.

한암스님은 자신을 찾아왔다는 젊은이들을 방으로 맞았다.

"그래. 나를 만나고자 찾아오셨다구요?"

한암스님이 어느 누구에게라 할것없이 이렇게 묻자 조금 전에 범룡스님에게 말을 걸었던 김금택이라는 젊은이가 먼저 대답을 했다.

"예, 스님. 그동안 서너 차례 서신을 올린 바 있는 전라도 김제의 김금택이라 하옵니다."

"흐음. 서찰을 보내왔던 전라도 김제의 김금택 선비시라. 오! 생각이 납니다. 한학이 아주 깊으시더구먼요."

"아, 예. 감사하옵니다. 이 친구들도 저와 함께 온 사람들입니다."

"아, 예. 반갑소이다."

다른 두 사람의 젊은이는 고개를 끄덕이거나 미소를 지어 동의를 표할 뿐 좀체로 말이 없었다. 자연히 한암스님은 주로 김금택이라는 젊은이와 대화를 하게 되었다.

"헌데 이 멀고 먼 오대산까지 어인 일로 이렇게 어려운 걸음들을 하셨습니까?"

"예. 저희들은 그동안 토정선생 후예이신 국자 종자 선생 문하에서 유학과 도교학을 공부해 왔었습니다."

"으음. 그러셨구먼요. 그런데요?"

"저희들 노스님 문하에서 공부를 하고 싶어서 이렇게 찾아 뵙게 되었사오니 물리치지 마시고 허락하여 주시옵소서."

"내 밑에서 공부를 하고 싶으시다구요?"

"그렇사옵니다, 노스님."

"그것 참! 잘못 오셨소이다."

"예에? 아니 그러면."

한암스님은 낙심한 표정의 젊은이들에게 냉정한 어조로 말했다.

"보시다시피 이 상원사는 규모가 별로 크지도 않은데다가 사찰에서 보내겠다는 수좌들도 다 받아주지 못하는 형편, 선비들이 머무실 거처가 없으니 하룻밤 쉬었다가 돌아들 가시오!"

그런데 그날 해질녁이었다.

한암스님으로부터 일언지하에 퇴짜를 맞은 전라도 선비 김금택은 맥이 풀려서 상원사 뜰앞을 서성이고 있었다. 마침 그때 범룡스님이 감자와 강냉이를 씻어 들고 지나가고 있는 것이 아닌가.

범룡스님의 얼굴을 보는 순간 김금택은 더 생각할 것도 없이 잰걸음으로 스님에게 달려갔다.

"저, 스님!"

"저 말씀이십니까요?"

"예. 보아하니 절은 가난하고 식구는 많은 것 같은데 대체 무엇을 잡숫고 지내십니까요?"

"그야 감자며 강냉이며 좁쌀이며 콩이며 생기는 대로 나눠 먹고 지내지요."

"그럼 입는 것은요?"

"입는 것도 마찬가지로 생기는 대로 나눠 입고 지냅니다."

"생기는 대로 나눠 먹고 생기는 대로 나눠 입는다?"

"그것이 곧 불가의 가르침이니까요."

생기는 대로 나눠 먹고, 생기는 대로 나눠 입고 지낸다는 범룡스님의 대답 한마디에 이날 상원사를 찾아온 전라도 선비 김금택은 그만 정신이 번쩍 들었다.

"저, 스님. 함자가 어떻게 되시는지요?"

"절에서 얻은 법명이 범자 룡자 범룡이라 하옵니다."

"하오면 범룡스님."

"예. 말씀하시지요."

"소생도 저 노스님 밑에서 공부할 수 있도록 범룡스님께서 다시 한번 노스님께 부탁 좀 드려주십시오, 스님."

김금택의 부탁에 범룡스님는 난색을 표하며 말했다.

"글쎄요. 한번 안된다 하시면 더 이상 말씀조차 못 붙이게 하시는 스님이시라."

"그래도 범룡스님께서 다시 한번만 부탁을 드려봐 주십시오, 예? 부탁입니다요."

"알았습니다. 될지 아니 될지는 조실스님께 달려 있으니 좌우지간 다시 한번 말씀을 드려보지요, 뭐."

범룡스님은 어쩐 일인지 전라도 선비 김금택이 싫지가 않았다. 그의 허심탄회하고 예의바른 태도가 왠지 친밀감을 주었던 것이다. 범룡스님은 한암스님께 꾸중 들을 각오를 하고 말씀을 드리게 되었다.

범룡스님까지 세 젊은이들을 받아주자고 나서니 한암스님은 어이가 없다는 듯이 말했다.

"무엇이라구? 그 전라도 선비 셋을 다 받아주자는 말이냐?"

"예, 스님. 공부를 하겠다고 불원천리 찾아왔으니 기특한 일이 아니겠습니까요?"

"그렇지 아니해도 앉을 자리가 비좁다, 양식이 모자란다 그러면

서 대체 어떻게 감당하려고 그러는고?"

"자리는 좀더 비좁게 앉으면 될 것이요, 양식은 감자 한 알씩 덜 먹고 나누면 될 일이 아니겠습니까요, 스님?"

"범룡 수좌의 생각이 정녕 그러한가?"

"예, 스님. 그리고 그 세 젊은이 가운데서 김금택이라는 젊은이는 비범한 인물 같사옵니다, 스님."

"흐음. 범룡 수좌의 눈에도 그렇게 보이던가?"

"스님. 그 젊은이 눈에서는 광채가 돌고 있사옵니다."

"김금택이라. 김금택?"

한암스님은 선뜻 결정을 못하고 생각에 잠긴 얼굴로 김금택의 이름을 중얼거리는 것이었다.

"허락을 내리시는 거지요, 스님?"

"흠. 범룡 수좌 생각이 정 그렇다면 내가 허락을 아니할 방도가 없지 않은가?"

사실 한암스님은 김금택의 공부가 이미 높은 경지에 올라있고 그 인물됨이 출중해 보여서 출가득도를 권유하려고 하던 참이었다.

이러한 인연으로 한암스님의 제자가 된 전라도 선비 김금택은 바로 훗날의 거목 탄허스님이었으니 큰스승이 큰제자를 미리 알아 보았던 셈이다.

이때 김금택과 함께 입산했던 다른 두 젊은이는 몇달도 견디지 못하고 환속을 해버렸다. 그러나 한암스님으로부터 탄허(呑虛)라

는 법명을 받은 김금택은 끝까지 수행정진하여 이 나라 불교계의 기둥으로서 한암스님의 법맥을 이었으니 이 또한 잘된 일이었다.

다음해 2월, 탄허가 입산한 지 몇달이 지나지 않았을 때였다.

오대산에 쌓인 눈은 아직 그대로 온 천하를 뒤덮고 있는데 바랑 하나 걸머진 젊은 객승 하나가 상원사 뜰 위로 올라섰다. 그런데 이 객승은 이상하게도 살림을 맡고 있는 원주스님에게 문안도 드리지 아니한 채 다짜고짜 초당 앞으로 가서 조실스님부터 찾는 것이었다.

이 객승이 바로 한암스님 시봉을 들던 성관스님이었다.

성관스님은 조실스님이 쓰시는 방쪽으로 가서 큰소리로 외쳤다.

"조실스님, 계시옵니까! 소승 성관 문안드리옵니다."

그러나 조실스님 방에서는 아무 대답이 없고 청량선원 아래채 문이 열리며 수좌 하나가 나왔다.

"누구시온데 조실스님부터 찾으십니까요?"

"으음? 거 못 보던 스님 같은데?"

"예. 하온대 누구시온지, 스님은?"

"조실스님은 지금 어디 계신가?"

"조실스님은 지금 저 위 선방에 계십니다만 대체 누구시온지 요?"

수좌는 미심쩍은 눈초리로 성관스님을 훑어보며 말했다. 성관스님은 씨익 웃으며 자기소개를 했다.

"십년도 더 전부터 조실스님을 모시던 성관이라고 하네."

"아, 예. 그럼 곧 조실스님께 전해 올리겠습니다."

한암스님에게 기별하기 위해 선방 쪽으로 사라져가는 수좌의 뒷모습을 바라보던 성관스님은 감회어린 눈으로 초당 뜨락을 둘러보았다. 참으로 오랜만에 와보는 상원사였다. 그동안 몇번의 겨울이 오고 갔던가.

사나운 바람이 위잉 하고 전율하는 소리를 내며 지나갔다. 뜨락 한켠에 쌓여 있던 마른 이파리들이 바람결을 따라 우르르 몰려와 성관스님의 발치에 쌓였다.

잠시 후 스승과 제자는 참으로 오랜만에 마주 앉았다.

"그래 이번에는 또 무슨 바람이 불어서 이 오대산까지 올라왔는고?"

"예. 저 스님께 부탁드릴 일이 있어서 이렇게 찾아뵈었습니다."

"부탁이라니?"

"예. 저 스님, 그동안 통도사에 학교를 세워 아이들을 가르쳐도 봤습니다만, 이 나라 불교와 나라의 백년대계를 위해서는 좀더 신학문을 배워야 할 것 같사옵니다."

"허허. 이번에는 또 신학문이라?"

한암스님은 입으로만 껄껄 웃으며 눈으로는 날카롭게 제자의 얼굴을 응시했다. 세월이 흘렀건만 성관 수좌는 아직도 전혀 변한 게 없었다.

"그래서 소승 일본으로 건너가서 공부를 계속할까 하오니, 스님

께서 일본 임제대학에 유학 보내신 유종묵 스님께 서찰 한 통만 써 주셨으면 합니다."

"관수좌, 아니 그동안 법호도 얻었다고 했던가."

"예. 용명이라 하옵니다."

"그래 용명이라."

"예, 스님."

"자넨 역마살도 어지간히 들었네그려."

"죄송하옵니다, 스님. 하오나 스스로 잘 다스려지지가 않사옵니다, 스님."

한암스님은 무겁게 고개를 끄덕이며 가라앉은 목소리로 말했다.

"그래. 하고 싶은 것 다 해보고, 가고 싶은 데 다 가보고, 그렇게 해서 현해탄에라도 그 기를 다 날려버리고 오시게. 내 말 아시겠는가?"

"예, 스님. 명심하겠습니다."

한암스님은 상원사 청량선원에서 수많은 젊은 수좌들에게 참선을 지도하는 한편 금강산 유점사와 건봉사, 그리고 월정사로부터 매년 열 명씩의 수련생을 데려다가 공부를 지도했다.

이 무렵 금강산 유점사에서 한암스님 문하로 공부하러 온 수좌 가운데 한 분이 바로 범룡스님. 이 범룡스님은 수련기간이 끝난 뒤에도 계속 상원사에 머물러 있게 되었던 것이다.

몇년 후였다.

일본에 유학갔던 성관 용명스님이 불쑥 상원사 경내에 들어섰다.

용명스님과 독대한 한암스님은 의아한 표정으로 말했다.

"일본에 유학간 사람이 대체 어쩐 일인고?"

"버릇없는 왜놈들 혼을 내주고 돌아와 버렸습니다, 스님."

"그럼 이번에는 또 어디로 가려는고?"

"스님을 다시 모시고 싶사오니 허락해 주십시오."

"말도 안되는 소리! 냉큼 돌아가시게!"

일찍이 한암스님의 시봉을 들었던 성관 용명스님이 다시 한암스님 문하에 있겠다고 하자 한암스님은 단호하게 고개를 흔들었다.

"너는 이제 이 늙은 중에게서 배울 것이 아무것도 없느니라."

"아니옵니다, 스님. 소승 기어이 조실스님 밑에서 스님의 신통력을 배우고 싶사옵니다."

"무엇이! 신통력을 배우고 싶다구?"

"예, 스님. 소승 신통력을 얻기 위해 기도를 하고자 하오니 스님께서 자비로 거두어 주십시오."

한암스님은 눈에 노기를 띠며 소리쳤다.

"말도 안되는 소리!"

"제발 부탁이옵니다. 한 번만 더 거두어주십시오, 스님."

"너는 안된다! 너는 아직도 기가 너무 성해서 광기가 충천해 있어! 그러니 너는 그 광기가 다 사라질 때까지 뛰어 돌아다녀야 할

것이야!"

"스님, 그동안 정말 큰 잘못을 많이 저질렀습니다. 한 번만 용서해 주시고 거두어주십시오, 스님!"

"너는 안된다. 그만 나가 보아라!"

성관 용명스님은 하룻밤을 더 상원사에 머물면서 한암스님의 허락을 얻고자 했으나 스님은 안된다는 한마디뿐, 더 이상 아무 말도 하지 않았다. 성관 용명스님은 별수없이 상원사를 떠날 수밖에 없었다.

이런 일이 있은 뒤인 1941년의 일이었다.

어느 날 한 수좌가 숨이 턱에 닿도록 달려와 소리를 질렀다.

"조실스님! 조실스님!"

"왜 그러느냐?"

평소에 침착하기만 하던 수좌가 저렇듯 흥분하는 모습은 처음이기에 한암스님은 이상한 생각이 들었다.

"무슨 일인고?"

"예, 조실스님! 기쁜 소식이옵니다요!"

"기쁜 소식이라니! 네가 견성성불이라도 했단 말이더냐?"

"아, 아니옵니다, 조실스님. 조실스님께서 조선불교조계종 종정으로 추대되셨다 하옵니다."

"무엇이라구? 내가 조선불교조계종 종정으로 추대돼?"

"예, 조실스님. 31본산 주지회의에서 조실스님을 만장일치로 종정스님으로 추대했다 하옵니다."

수좌가 신이 나서 떠드는데 한암스님은 미간을 찌푸리며 내뱉듯이 말했다.

"별소릴 다 듣는구나."

"아니 스님! 왜 그러시옵니까요? 이렇게 기쁜 소식이 세상에 어디 있습니까요, 스님?"

"나는 그런 감투 필요없느니라!"

"아니 스님! 종정스님이 되셨단 말씀이옵니다요, 스님!"

"종정이고 무엇이고 간에 나에게는 그런 것 소용없느니라!"

한암스님은 무엇이 그리도 못마땅한지 도로 문을 탁 닫아버리는 것이었다.

혼자 남은 수좌는 고개를 갸우뚱하며 중얼거렸다.

"어어? 참 이상도 하시네. 종정이 되셨다는데 기뻐하시기는커녕 왜 화를 내시는 거지?"

31본산 주지회의에서 만장일치로 자신을 종정으로 추대를 했음에도 한암스님은 통 반가워하는 기색이 없었다. 아니 반가워하기는 커녕 축하인사를 드리러 부랴부랴 달려온 김상궁에게조차 냅다 야단을 치시는 것이었다.

"종정 큰스님께 김상궁 문안드리러 왔사옵니다."

"늙은 중은 여기 있으되 종정 큰스님은 여기 없으니 다른 데 가서 문안드리시게."

“아니 스님! 무슨 말씀이시옵니까? 스님께서 종정이 되신 것은 오대산의 광영이요, 상원사의 광영이요, 저희 문도들 모두의 광영이온데 어찌 그런 섭섭한 말씀을 하시옵니까요, 스님!”

“옛부터 큰사람들이 이르시기를 중벼슬은 닭벼슬만도 못하다 하셨거늘 나같이 늙은 중에게 무슨 벼슬감투가 소용이란 말인가!”

그 뿐만이 아니었다.

한암스님이 조선불교 조계종 초대 종정으로 추대되자 당시 미나미 총독은 스님을 한번 만나고자 경성으로 올라오라는 전갈을 보내왔다.

그러나 그 말을 들은 한암스님은 불쾌한 기색으로 말했다.

“무엇이라고? 이 늙은 중더러 한양으로 올라와 총독을 만나라?”

“그렇사옵니다, 종정스님.”

수좌가 멋모르고 대답을 해올리는데 사정없이 주장자가 날아왔다.

“딱!”

“엇!”

“내 앞에서 그런 소리 다시는 꺼내지도 마라! 조선총독 아니라 일본 천황이 나를 오라 해도 오대산에서 결코 나가지 않을 것이니라!”

한암스님이 미나미 총독의 부름을 일언지하에 거절해 버리자 조선총독부에서는 별수없이 부총독격인 정무총감 오오노라는 자를 오대산으로 보냈다. 한암스님을 찾아온 오오노는 여러 가지 달콤한 말로 스님의 환심을 사려고 했다.

그러나 한암스님은 상원사에까지 찾아온 오오노에게 심전개발즉, 마음을 잘 닦으라는 뜻의 네 글자를 써주었을 뿐 일체 다른 말이 없었다.

태평양 전쟁이 한창 벌어지고 있던 1942년.

일본 본국의 경무총감 이께다가 다시 오대산을 찾아왔다. 어떻든지 한암스님을 설득해서 조선불교의 적극적인 협조를 구하려는 것이 이들의 속셈이었다.

이께다 경무국장은 한암스님을 만나자마자 대뜸 이렇게 말했다.

"대사님께서는 신통력을 얻으셨다 하던데 이번 전쟁은 과연 어느 쪽이 이기겠습니까?"

교묘한 덫에 빠뜨리려는 수작이었다.

만약 한암스님이 일본이 이길 것이다 라고 대답하면 아첨하는 말이 될 것이요, 일본이 질 것이라고 대답하면 날벼락이 떨어질 일이니 난처한 일이 아닐 수 없었다.

그러나 한암스님은 태연한 표정으로 이께다에게 반문했다.

"이번 태평양 전쟁에서 어느 쪽이 이길 것인가 그걸 날더러 맞춰보라 이런 말이신가?"

이께다 경무국장은 교활하게 미소지으며 대답했다.

"그렇습니다, 대사님. 과연 어느 쪽이 이기겠습니까?"

"그거야 뻔한 일이지."

"뻔한 일이라면 대체 어느 쪽이 이긴단 말씀이십니까?"

너무도 덤덤한 말투에 기가 질린 이께다의 말소리가 점점 잦아지는데 이윽고 한암스님의 천연덕스러운 대답이 이어졌다.

"정의가 필승이니 덕이 있는 나라가 이길 것이야."

"예에? 정의가 필승이니 덕이 있는 나라가 이길 것이라구요?"

16
법력으로 지켜낸 상원사

한암스님 문하에서 공부하던 수좌들 가운데는 훗날 종정을 지낸 동산스님, 고암스님을 비롯해서 금오스님, 전강스님, 범룡스님 등 걸물들이 많이 배출되었다.

또한 스물두 살의 나이로 한암스님 문하에 들어온 탄허스님은 삼년 동안의 묵언과 참선수행을 거쳐 불교경전을 모조리 섭렵하고 유불선에 통달, 첫손에 꼽히는 선교 겸비의 거목이 되었다. 여기에는 한암스님의 영향이 지대했다. 평소 한암스님은 제자인 탄허스님의 능력을 누구보다 높이 평가하여 탄허만 애지중지 편애한다는 말이 나올 정도로 탄허에게 큰 기대를 걸고 있었다.

"여보게, 탄허!"

"예, 스님."

"그대는 경전공부를 더욱 열심히 해서 어려운 경전을 알기 쉽게 풀어 많은 중생들이 읽기 쉽게 해야 할 것이야."

"하오나 스님! 소승, 참선수행에 더욱 정진해서 견성성불하고 싶습니다만."

"참선수행은 앉아서만 할 수도 있는 것이지만 제대로 이력이 붙고 도리를 알게 되면 서서도 할 수 있는 게 바로 참선이요, 걸어다니면서도 할 수 있는 게 바로 참선이야."

"예, 스님."

"앉는 것도 참선이요, 서는 것도 참선이요, 걷는 것도 참선. 도리를 알면 참선수행 아닌 것이 없는 법! 그러니 그대는 경전공부를 더욱 열심히 해서 중생에게 이익을 나눠주도록 해야 할 것이야."

"하오면 한문으로 된 불교경전을 알기 쉽게 역경해서 중생들에게 전하라는 그런 말씀이시옵니까요?"

"그렇게 하는 것이 세상에 진 빚을 갚는 길이 아니겠는가?"

"예, 스님. 분부대로 그렇게 하겠사옵니다."

탄허스님이 참선수행에만 몰두하다가 육이오 전쟁 이후 그 밝은 선지를 부처님 경전 번역에 돌려 금자탑을 쌓게 된 데는 한암스님의 이런 분부가 있었기 때문이었다.

그런데 해방되기 바로 전의 일이었다.

당시 일본불교 조동종의 대표적인 승려이자 경성제국대학 교수로 와 있던 사또오가 조선의 한암스님이 덕이 높고 도가 깊다는 소리를 듣고 상원사를 찾아왔다.

"소승 대사님께 말씀 좀 여쭙고자 합니다."

"무슨 말씀이신지 어디 해보시게."

"과연 어떤 것이 불법의 큰 뜻이옵니까?"

사또오가 이렇게 물어오자 한암스님은 한동안 대답이 없으시더니 묵묵히 안경집을 들어 보였다.

"흐음. 그, 그러시다면 한말씀 더 여쭙겠습니다. 스님께서 모든 불교경전과 조사어록을 보아 오시는 동안 어느 경전과 어느 어록에서 가장 깊은 감명을 받으셨는지요?"

"음. 이 사람! 사또오라고 그러셨던가!"

"예, 대사님."

"적멸보궁에 참배나 갔다 오게나!"

"예, 예에! 하, 하오면 대사님! 대사님께서는 어려서부터 입산하여 지금까지 수도하셨으니 젊었을 때와 지금의 경계가 같습니까, 아니면 다릅니까?"

"그런 것은 나도 모르겠네."

"아! 사, 살아 있는 활구법문을 보여주셔서 가, 감사합니다, 대사님!"

"그대가 활구라고 말해 버렸으니 이미 사구가 되어버렸어!"

"예, 예에?"

그후 일본에 건너간 사또오 교수는 조선의 한암스님이야말로 일본 천지에서도 뵙기 어려운 도인스님이시라고 입에 침이 마르도록 자랑을 하고 다녔다고 한다. 어쨌든 이런 일이 있은 뒤부터는 조선총독부에서도 한암스님을 함부로 대하지 못하게 되었다.

그러나 한암스님의 마음 한구석에는 늘 한 가지 걱정이 가시처럼 아프게 자리잡고 있었다. 어느 날 스님은 자신을 찾아온 김상궁에게 편지 한 통을 건네며 넌지시 말했다.

"여보게, 김상궁."

"예, 스님."

"이 편질 한번 읽어보시게."

"아, 예. 스님."

"기억나시겠지? 옛날 성관 수좌 말일세."

"아유! 그러믄요, 스님! 미운정 고운정 다 들었던 스님인데요?"

김상궁의 말이 꼭 맞았다. 여러 제자가 있고 열손가락 찔러서 아프지 않은 손가락이 없다지만 성관은 특히나 미운정 고운정이 다들어버렸던 제자였다. 물고기처럼 펄떡이는 제 몸의 기 하나를 잡지 못하고 평생을 그 기에 끌려 다니며 사는 성관의 모습이 밉고 노엽기 그지없었지만 한암스님은 성관을 생각하면 늘 마음 한구석이 아려왔다.

── 소승, 스님께 사죄부터 드리옵니다.

소승, 조선독립운동을 했다는 죄목으로 징역 삼년을 언도받고 옥살이를 하고 있사옵니다. 이게 모두 다 스님께서 당부하신 대로 광기를 다스리지 못한 탓이라 여기옵고 참회드리옵니다.

"아, 아니 스님! 아니 그럼 그 성관 수좌가 이번에는 또 감옥에 들어가 있다는 말씀이시옵니까요?"

"편지에 적힌 그대로일세."

"아이고!"

"아직도 그 기를 꺾지 못해서 그래. 한 철만, 한 철만 내 밑에 더 붙잡아 두었더라면 큰 그릇이 되었을 인물이었는데. 그 녀석을 내려 보낸 내가 잘못이 컸네."

"아니 스, 스님."

한암스님이 오대산에 들어온 지도 어언 이십년이 되던 1945년.

해방의 감격은 오대산에도 여지없이 찾아왔다. 똑같은 산과 들이요, 똑같은 새소리건만 해방의 기쁨에 젖어 되돌아보는 산천은 너무나도 아름답고 신비로웠다.

조선의 독립을 맞은 감회가 채 가시기도 전에 가장 먼저 오대산을 찾아온 손님은 역시 김상궁이었다. 김상궁은 기쁨에 달뜬 얼굴로 한암스님을 찾아왔다.

"스님! 스님! 김상궁이 스님을 모시러 왔사옵니다, 스님!"

"아니! 김상궁 아닌가?"

"예, 스님. 김상궁이옵니다. 이제 조선이 해방되었으니 스님께서도 얼마나 기쁘시겠습니까?"

"산속에 있는 늙은 중, 기쁜 일 슬픈 일이 따로 있겠는가."

"그래도 그렇지요, 스님. 모두들 한암 조실스님이 예견하신 대로 일본이 전쟁에 망했으니 스님은 역시 도통하신 도인스님이시라구 말들이 자자하옵니다, 스님!"

"어허! 쓸데없는 말씀은 그만 하시고 적멸보궁에 참배나 하고 돌아가시게."

"아니옵니다, 스님. 그 동안에는 왜놈들 보기 싫어서 한양에 나가시지 않겠다 하셨습니다만 이제 한양으로 모시고 가야 합니다요, 스님!"

"허허허. 이 늙은중 한양에 데려다가 무엇에 쓸려구?"

"그래도 그렇지요, 스님. 이제 왜놈들은 망했고 대명천지 밝은 세상이 되었으니 한양에 나가셔서 법문도 하시구 불사도 하시고 그러셔야지요, 스님."

"흐음. 김상궁은 내 말을 벌써 잊었는가?"

"무, 무슨 말씀이시옵니까요, 스님?"

"이 늙은 중은 살아서 오대산을 나가는 일이 결코 없을 것이야."

"아니 그럼 스님! 이 첩첩산중에서 영원토록 나가시지 않으시겠단 말씀이시옵니까요, 예에?"

"아 몇번이나 말을 해야 알아 들으시겠는가? 이 늙은 중 생전에는 단 한 발짝도 오대산 밖으로 나가지 않을 것이야."

"하오나 스님."

그러나 한암스님은 김상궁의 말을 중간에 자르며 단호한 표정으로 말했다.

"해방이 됐다고 해서 너무 그렇게들 제정신을 잃고 기뻐만 헐 일이 아니니 사람들은 저마다 제가 서있는 위치를 다시 한번 제대로 살펴봐야 할 것이야. 그만 돌아가시게!"

그 말 한마디를 끝으로 한암스님은 문을 탁 닫아버리는 것이었다.

"스님!"

너무나도 냉담한 스님의 반응에 김상궁은 아연실색하여 어쩔 줄을 몰랐다.

한암스님은 해방된 뒤에도 결코 오대산 밖으로 나가신 일이 없으셨으니 찬탁이다 반탁이다 미국이다 소련이다 어지럽게 들려오는 이 풍진 세상의 소문을 들으며 앞날을 오히려 걱정하고 계셨다.

아니나 다를까. 해방된 나라에 삼팔선이 그어지고 나라가 남북으로 갈려 두 동강이가 나고 말았으니 한암스님의 마음인들 편할리가 없었다.

하루는 한암스님이 제자들을 모아놓고 이야기를 들려주었다.

"여러 대중들도 다들 알고 있겠지만 일찍이 부처님이 뱀의 이야기를 들려주신 일이 있었다. 옛날에 뱀 한마리가 살고 있었는데 꼬리가 가만히 생각을 해보니 뱀의 머리가 뭐든 저 하고 싶은 대로만 하는 것 같거든? 이리 가고 싶으면 이리 가고, 저리 가고 싶으면 저리 가고 무엇이든 머리 마음대로만 하는 게 괘씸한 생각이 들었어. 그래서 꼬리가 머리한테 말했지. 앞으로는 꼬리인 나도 몸을 좀 끌고 가겠다. 그러자 머리는 코방귀를 뀌었어. 니까짓 꼬리가 어떻게 몸을 끌고 가냐고. 그래서 결국 서로 잘났다고 뱀의 머리와 꼬리가 다투기 시작했는데 머리는 몸을 끌고 달리기 시작했어. 이때 꼬리가 아 그만 나무 줄기를 칭칭 감아 버리니 머리가 더 이상 끌고 갈 수 없게 되었구나. 그래서 결국 이번에는 꼬리가 몸을 이끌고 가기 시작했는데 꼬리는 눈이 없으니 그만 길을 잘못 들어 벼랑에서 굴러 떨어져 하필이면 이글이글 타고 있던 모닥불 속에 빠져 머리도 타고 꼬리도 타고 타죽어 버렸다는 게야. 부처님은 이 어리석은 뱀의 머리와 꼬리의 싸움을 비유로 들어 경계하셨으니 어찌 뱀의 머리와 꼬리만 어리석겠는가. 남이다 북이다 서로 저만 제일이다 우기면서 싸우며 다투다가 결국은 나라가 통째로 두 동강이가 나고 말았으니 이게 바로 저 어리석은 뱀의 꼬리가 아니고 무엇이겠는가."

세상이 한참 어지럽던 1947년의 봄이었다. 통도사가 세운 중학교에서 아이들을 가르치다가 독립운동을 했다는 죄목으로 감옥살이를 하고 나왔던 성관 용명스님이 상원사를 찾아왔다.

"해방된 덕택에 감옥에서 나왔겠구먼."

"예, 스님."

"그동안 고생이 많았을텐데 감옥살이 맛이 대체 어떻든고?"

"마음은 오히려 편했습니다, 스님."

"그래애? 그럼 그 광기는 이제 잠재웠는가?"

“잘 모르겠사옵니다, 스님.”

“음. 그럼 앞으로는 또 어디로 뛰어다니려는고?”

“학교를 맡아서 아이들을 키워내고자 하옵니다, 스님.”

한암스님은 빙긋이 웃으며 조용히 말했다.

“어쩌면 그대는 그 기를 그렇게라도 풀어야 견딜 수 있을 게야. 독립운동으로도 안되고 옥살이로도 안되고. 허허. 헐 수 없는 일이지.”

“죄송합니다, 스님. 정말 죄송하옵니다.”

스님은 성관에게 평소에 늘 애송하시던 한산시(寒山詩) 한 편을 읊어 주셨다.

남을 속이는 자 살펴보니
바구니에 물을 담고 달려가는 격,
단숨에 집으로 돌아온들
바구니 속에 무엇이 남을까?

남에게 속는 이 살펴보니
하나같이 채소밭 부추 같아서
날마다 사람들이 잘라내어도
돋아나는 새싹은 그칠 줄 모르네.

한암스님은 세속나이 칠십을 넘으시면서부터는 그전보다 훨씬 더 너그러워지셨다. 그전에는 천릿길을 달려온 상궁들도 반드시 아래 큰 절 월정사 객실로 보내서 잠을 자게 했고, 어떤 일이 있어도 상원사에 여자 신도를 머물게 한 적이 없었다.

그러던 한암스님이 보살 한 분을 상원사에 머물게 허락한 것은 엄청난 변화였다. 대구 팔공산 동화사 조실로 계시는 범룡스님의 회상에 의하면 해방된 지 이년쯤 지나서였다고 한다. 하루는 개성에서 왔다는 한 보살이 상원사를 찾아왔다.

"노스님, 노스님에게 소원 한 가지 빌려고 찾아왔습니다."

"소원을 빌려거든 적멸보궁에 가서 부처님께나 비실 것이지 이 늙은 중은 왜 찾으시는가?"

"바로 그렇사옵니다, 노스님. 이 죄많은 중생 적멸보궁에 백일기도를 드려야 업장을 소멸한다 하오니 이 절에 머물면서 매일 새벽 적멸보궁에 올라가 기도를 드리도록 허락하여 주시옵소서."

"업장 소멸을 위해 기도를 드리겠다구?"

"그러하옵니다, 노스님."

"으흠. 정성은 가상하네마는 보시다시피 이 절은 협소한데다가 비구들만 머물고 있어 보살이 머물 만한 거처가 마땅치를 않네."

"노스님께서 허락만 해주신다면 쇤네 절 아래 비탈 밑에 초막이라도 치고 지내겠습니다."

"절 밑에 초막이라도 치겠다?"

"예. 하오니 허락만 내려주시옵소서."

"허허. 거 정말 절 밑에다가 초막을 치고 혼자 지내시겠단 말이신가."

"그렇사옵니다, 노스님. 허락만 내리시옵소서."

"아 정 그렇다면 절 밖 빈터에다 초막이라도 친다는 거야 내가 어찌 말릴 수 있겠는가. 마음대로 하시게."

"감사하옵니다, 노스님. 감사하옵니다."

한암스님의 허락을 얻은 개성보살은 상원사 아래 부도탑 옆에 초막을 짓고 새벽이면 일찍 적멸보궁에 올라가 기도를 드리기 시작했다. 또 개성보살은 아침저녁으로는 공양간 일을 거들기도 하고 채소를 가꾸기도 하면서 지극정성으로 수행을 계속하는 것이었다.

이를 지켜본 한암스님은 그 정성에 감복하여 이 개성보살에게 평등성이라는 법명까지 지어주게 되었다. 그러다 보니 남의 말 하기 좋아하는 사람들이 가만히 있을 리가 없었다. 한 수좌가 그런 소리를 듣고 와서 말했다.

"저 조실스님."

"어. 왜 그러는고?"

"다른 여느 수좌들이 수군거리고 있사온대 대체 어찌하실 작정이오신지요?"

"어찌하다니 무엇을 말인고?"

"저 초막에 평등성 보살 말씀이옵니다요. 대체 언제까지 이 상원사에 머물도록 허락하실 것이온지."

"그래 그 평등성 보살이 어떻다는 말이든고? 새벽 예불에 참여하지 않기라도 허드냐?"

"아, 아니옵니다. 새벽예불은 단 한번도 빠진 일이 없사옵니다."

"그러면 새벽예불 끝난 후에는 잠이라도 자더냐?"

"아유 아니옵니다. 공양간 일을 거들어주고 있사온데."

"그럼 낮에는 낮잠을 자더냐?"

"아유, 아니옵니다. 낮에는 밭을 가꾸기도 하고 빨래도 해주고 참선을 하고 그렇습니다."

"그럼 저녁때는 어찌 지내든고?"

"예. 저녁때도 예불에 참예하고 공양간 일을 도와주고 초막에 들어가서는 혼자 관세음보살을 염하고 있사옵니다."

"그러면 평등성 보살의 일거수 일투족이 수행자의 법도에서 한치 한푼의 어긋남이 있더냐, 없더냐?"

"그야 어긋남은 없사옵니다요, 조실스님."

"딱!"

"아이구!"

스승의 사정없는 주장자에 수좌는 신음을 삼켰다.

"비록 나이들고 머리를 길어 평등성 보살이지 수행하는 자세는 그대 수좌들보다도 더 나으니라!"

"아, 예. 스님."

"비록 여자라고 하더라도 본받고 배울 점은 배워야 할 것이야."

"예, 스님. 명심하겠사옵니다."

그런데 개성에서 왔다는 이 평등성 보살은 그만 상원사 생활에 흠뻑 재미를 붙여 백일기도를 마친 뒤에도 떠나지 아니하고 초막에 눌러 살면서 승려 아닌 수행자 생활에 온 정성을 다 기울이는 것이었다.

그러던 1950년 6월이었다.

원주를 보던 손상좌 희찬이 한암스님이 계신 초당으로 구르듯 달려오며 큰소리로 외쳤다.

"스님! 스님! 조실스님! 큰일났사옵니다!"

"허허! 거 무슨 일로 이리 호들갑을 떠느냐?"

"큰일났습니다, 삼팔선이 터졌답니다요, 스님!"

"무엇이? 삼팔선이 터져?"

"예, 스님."

한암스님은 삼팔선이 터졌다는 말에 경악을 금치 못했다. 제자는 울먹이며 말을 이었다.

"지금 인민군들이 밀고 내려온다고 합니다요!"

"인민군들이 밀고 내려와?"

"저, 저 소리를 들어 보십시요! 대포소리 총소리가 요란합니다요, 스님!"

"어허! 이거 일이 이 지경이 되면 대체 이 일을 어쩐단 말인고?"

오대산 상원사에서 육이오를 맞은 한암스님은 답답한 마음을 가눌 길이 없었다. 평소에 우려하던 대로 뱀의 머리와 꼬리가 서로 싸우기 시작했으니 이 뱀의 장래는 어떻게 될 것인가. 한암스님은 근심스러운 얼굴로 점점 가까이 다가오는 포성을 듣고 있었다.

개성보살은 안타까운 얼굴로 소리쳤다.

"아유, 스님! 빨리 서두르셔야 하옵니다. 피난하지 않으면 큰일 난다고 하오니 어서 나오십시오, 스님!"

그러나 한암스님은 천천히 고개를 저을 뿐이었다.

"다 늙은 중, 피난을 가서 무슨 소용이겠는가."

"아니옵니다, 스님. 월정사에서 급히 기별하기를 상원사 대중들은 한 사람도 남김없이 속히 내려오라고 했사옵니다. 소승이 업어서 모시겠으니 어서 업히십시오, 스님."

손상좌 희찬이 업어서 모시겠다고까지 하는데도 한암스님은 고개를 흔들었다.

"일없대두 그러는구나. 난 여기 남아 있을 터이니 너희들이나 대중들을 데리고 속히 내려가도록 해라."

"아니되옵니다, 스님. 지금 곧 내려가셔야 하옵니다."

"내 말을 잘 들어야 할 것이야! 모든 대중들은 다 내려 보내도록 하고 너도 보살님 모시고 빨리 내려가야 할 것이니라."

그러나 한암스님은 곧 제자들의 완강한 반대에 부딪쳤다.

"안되옵니다, 스님! 스님께서 내려가시지 않겠다 하시면 저도

이 자리에 남겠사옵니다, 스님."

"저도 남겠습니다, 스님. 인민군이 쳐들어온들 설마 중을 잡아다 죽이기야 하겠습니까?"

"어허! 이 녀석들이! 어서어서 내려들 보내고 너희도 내려가야 한대두 그래!"

개성보살도 마찬가지였다.

"아니되옵니다, 스님! 노스님 한 분만 남겨두고 어찌 발길이 떨어지겠습니까요, 스님! 차라리 여기서 죽는 한이 있더라도 스님 모시고 여기 있겠사옵니다요, 스님!"

이 당시 탄허스님은 도원수좌 성도수좌와 함께 서울 근교 수락산 흥국사에 머물고 있었다. 그런데 육이오가 터진 지 한달쯤 지나서 도원수좌와 성도수좌가 산길을 더듬어 상원사에 당도했다. 그리고 다시 며칠 후에는 탄허스님 역시 상원사를 찾아왔다. 다들 죽기 전에 마지막으로 한암스님을 뵙자고 목숨을 걸고 찾아온 것이었다.

그해 십이월이 되자 전세는 완전히 뒤집혔다.

국군이 밀고 올라오면서 오대산에는 인민군 패잔병들이 줄을 이었고 상원사의 식량이었던 도토리, 감자, 옥수수마저도 빼앗아가는 그러한 판국이었다.

게다가 아사 직전의 인민군 패잔병 한 명이 적멸보궁에 숨어 있다가 국군에게 체포되는 사건이 일어났는데 자칫하면 탄허스님이 누명을 뒤집어 쓸 처지에 놓였다.

한암스님은 제자들을 불러 놓고 엄명을 내렸다.

"너희들은 여기 있어서는 온전하지 못할 것이야! 어서들 이 산을 빠져나가 후사를 도모해야 할 것이니 그리 알고 속히 떠나도록 해라!"

그토록 떠나지 않겠다고 고집을 피우던 탄허스님과 도원스님은 어쩔 수 없이 상원사를 떠나 피신을 했다.

그러나 전세는 중공군의 개입으로 다시 역전되었다. 이른바 일사후퇴였다.

바로 이 무렵이었다.

밤은 이미 깊었는데 느닷없이 국군병사들이 상원사 마당으로 뛰어 들어왔다.

"이 절에 있는 스님들은 한 사람도 빠짐없이 빨리 나오시오! 한 사람도 빠짐없이 빨리빨리 나오란 말입니다!"

상원사에 남아 있던 한암스님, 범룡스님, 희찬 수좌, 희섭 수좌 그리고 평등성 보살은 어리둥절해서 모두 절마당으로 나왔다. 그중 소대장인 듯한 사람이 평등성 보살에게 물었다.

"절 안에는 더 이상 아무도 없습니까?"

"예. 더 이상 아무도 없습니다요."

한암스님이 앞으로 나서며 소대장에게 물었다.

"그런데 대체 왜들 이러시는고?"

"스님들은 빨리 이 산을 내려가시기 바랍니다. 이 절을 불태우라

는 명령을 받았으니까요!"

소대장의 실로 엄청난 대답에 한암스님은 크게 진노하여 소리쳤다.

"뭣이라구! 이 절을 불태워!"

수좌 하나가 큰소리로 항의했다.

"저, 여보십쇼! 대체 무엇 때문에 절을 불태운단 말입니까, 예에?"

"조용히 하시오! 중공군이 개입해서 우리는 지금 후퇴하는 중이오. 이 절을 남겨두면 적들이 본거지로 삼아 아군을 괴롭힐 것이니 그래서 절을 불태우라는 명령을 받았습니다! 보십시오! 저 아래 월정사도 지금 불타고 있습니다."

"무어라구! 월정사가 불타!"

한암스님의 고함이 터져나왔다. 스님의 노여움은 극에 달해 이마에 울큰불큰 힘줄이 솟아오르고 있었다.

"아니! 저런!"

한 수좌가 비명에 가까운 소리를 내지르며 먼 하늘을 가리켰다. 월정사를 태우는 불길은 이미 하늘 높이 솟아오르고 있었던 것이다.

국군 소대장은 경악한 스님들을 다시 재촉하기 시작했다.

"자! 그러니 빨리 이 절을 떠나시오! 곧 불을 지르겠습니다!"

이때였다.

"잠깐만 젊은이!"

한암스님이 소대장을 불렀다.

"왜 그러십니까, 스님?"

"잠깐만 지체해 주시게. 내 잠시 방 안에 들어갔다 나오면 되네."

"좋습니다. 빨리 나오십시오."

소대장은 부산히 움직이는 군인들을 향해 소리쳤다.

"자자! 이제 불지를 준비 다 됐나?"

"예!"

상원사가 불타는 것은 이미 피할 수 없는 급박한 상황이었다. 그런데 잠시 후 방 안에 들어간 한암스님이 가사장삼을 정중히 갖추고 나오는 것이었다. 스님은 어리둥절한 표정으로 자신을 바라보는 군인들의 시선에도 아랑곳없이 청량선원 법당 안에 정좌하고 단정히 앉았다.

"여보게, 젊은이!"

"아, 왜 이러십니까, 스님?"

"그대는 군인이니 상관의 명령을 따르는 게 본분이요, 나는 중으로서 법당을 지키는 게 나의 본분! 자, 이제 준비가 됐으니 어서 불을 지르게."

평등성 보살이 울부짖으며 달려와 스님에게 매달렸다.

"아, 스님! 안되십니다! 스님!"

제자들도 깜짝 놀라 달려왔다.

"스님! 안되옵니다, 스님! 안되옵니다, 스님! 스님!"

그러나 한암스님은 아무 대답 없이 청량선원 문수보살과 문수동자를 모신 법당 안에 단정히 앉아서 어서 불을 지르라고 되뇌일 뿐이었다. 충격을 받은 것은 소대장이었다.

"아, 이거 보십시요, 스님! 스님께서 이러시면 안됩니다. 자, 스님!"

"여보게, 젊은이! 내 나이 벌써 일흔여섯. 이 늙은 몸을 이끌고 법당을 버린 채 피난을 간들 어디다 쓰겠는가. 자, 어서 이대로 불을 지르게."

"스님께선 우리 국군의 작전수행에 협조를 해주셔야 합니다. 어서 나오십시오!"

"군인은 상관의 명령을 지키는 게 그 사명을 다하는 것이요, 중은 법당을 지키는 게 사명이니 이대로 불을 지르면 그대도 사명을 다하는 것이요, 나 또한 사명을 다하는 것! 망설이지 말고 어서 불을 지르시게나."

소대장이 머뭇거리고 있는 사이에 군인 하나가 나서더니 소대장에게 말했다.

"소대장님! 저 늙은 중을 끌어낼까요?"

이 말을 들은 수좌들은 울부짖으며 소리쳤다.

"안돼! 안돼!"

숨막히는 한순간이 지나갔다.

말없이 법당 안에 앉아 있는 한암스님을 지켜보고만 있던 소대장의 입이 천천히 열리기 시작했다.

"소대원들은 모두 들어라!"

"옛!"

"너희들은 이 절간의 문짝을 모조리 뜯어다가 마당에 쌓는다. 알겠나?"

"옛!"

상원사 문짝들은 순식간에 뜯겨져서 마당에 쌓여졌다.

"문짝을 모조리 뜯어서 쌓아 놨습니다."

"좋다! 이 문짝 위에 휘발유를 붓고 불을 질러라!"

"……."

"뭘하고 있나? 빨리빨리 하란 말이다!"

"알겠습니다, 소대장님! 불을 지르겠습니다."

마당 위에 쌓인 문짝들은 삽시간에 불길에 휩싸였다.

타오르는 불길을 일별하던 소대장은 한암스님에게로 다가갔다.

"저희들은 이만 물러가겠습니다. 잘 계십시오, 노스님!"

대한민국 국군 소위인 소대장은 깎은 듯 앉아 있는 한암스님의 뒷모습을 향해 거수경례를 붙인 뒤 돌아섰다. 돌아서는 젊은 장교 소대장의 두 눈에는 눈물이 가득 고여 있었다.

이렇게 해서 산 아래 큰 절 월정사는 다 전소되어 버렸지만 한암

스님이 단정히 앉아 함께 타기로 각오했던 상원사는 옛모습 그대로 남아 있을 수 있게 되었다. 이는 오직 한암스님의 크나 큰 원력과 법력 덕분이라 하지 않을 수 없다.

이날밤 상원사를 불태우러 왔던 소대장은 상원사 문짝만을 뜯어다 불태우고 범룡스님으로부터 이십일 이내에 피난을 가겠다는 각서 한 장만을 받아든 채 상원사를 철수했다. 범룡스님은 그때 그 소대장의 이름이라도 확인해 두지 못한 게 못내 아쉬운 일이라고 회고하고 있다.

이 일이 있은 뒤 얼마 지나지 않아 한암스님은 시름시름 앓기 시작했다.

시봉하던 손상좌 희찬이 정성을 다해 한암스님의 병수발을 들었다.

"스님, 죽 끓여 왔사옵니다. 좀 드셔야지요."

"어, 그래. 좀 들어야지. 근데 희찬아!"

"예, 스님."

"오늘이 음력으로 이월 열나흗날인가 닷새날인가?"

"열나흗날입니다, 스님."

"이월 열나흗날이라."

"예, 스님. 왜 그러시옵니까요?"

"나, 나 그럼 가사장삼을 갖추어 입어야겠으니……."

"알겠습니다, 스님. 곧 갖다 올리겠습니다."

이날 희섭 수좌는 아무래도 한암스님의 병세가 이상하다 싶어 중대 사자암에 있는 범룡스님을 부르러 갔고 희찬 수좌는 약을 구하러 급히 산을 내려가 상원사에는 평등성 보살 혼자 남아 있었다.

그런데 마침 이날 전에 승려로 있던 김현기 육군소령이 상원사를 찾아왔다. 정훈장교로 부근에 주둔하는 길에 한암스님께 문안을 드리러 일부러 올라온 것이다.

평등성 보살은 한암스님께 알리기 위해 방 안으로 들어갔다. 한암스님은 가부좌를 틀고 단정히 앉으신 채 참선삼매에 드신 것 같았다.

"스님! 웬 국군장교가 스님께 문안을 드리겠다 하옵니다."

그러나 스님은 아무런 대답이 없으셨다.

"스님! 아이구머니나 스님! 스님! 스니임!"

법단 앞에 앉은 그대로 스님은 이미 열반에 드신 후였다.

이날이 1951년 음력 이월 열나흗날. 문안드리러 왔던 김현기 소령이 앉으신 채로 열반하신 그 모습을 그대로 사진을 찍었으니 그 사진이 오늘까지 전해오는 스님의 마지막 모습이다.

세속 나이 75세, 법랍 54세로 입적한 한암스님의 은상좌로는 난암, 보산, 보문, 환봉, 비룡, 묵암, 담허, 선월, 용명, 학산, 탄허, 인허 등이 있고, 손상좌로는 보경희태, 만화, 학산, 희중, 희관, 희섭, 희윤, 민기, 지도, 시은, 태정, 초연, 소요, 수중, 현수, 현각, 인보, 관회, 혜거, 각수, 유심, 대심, 경월, 동성, 삼지, 삼보, 삼덕,

난승, 부동, 지수, 현장, 환원, 정광, 삼락, 삼혜, 삼성, 삼통, 삼일, 등이 있고, 증손상좌로는 현곡, 현묵, 현종, 현덕, 현우, 현해, 현보, 일봉, 무착, 무여, 무관, 월면, 현각, 원행, 법경, 능혜, 명덕, 명해, 선혜, 종오, 현기, 청광, 화광, 대우, 창화, 현심, 현도, 현광, 무구, 현오, 현심, 현풍, 정견, 정수, 정념, 정진, 정심, 현경, 행담, 현법, 현운, 현승, 일관, 구함, 덕오, 덕함, 덕명, 무애, 원공, 원일, 청우, 무각, 천강, 보인, 보영, 인경, 선광, 천은, 천곡, 천광, 천호, 선재 등이 있고, 고손상좌로는 현응, 보응, 적조, 영공, 적현, 적운, 도륜, 무주, 철관, 홍인, 승원, 신행, 일행, 고견, 해심, 법안, 선우, 선용, 해경, 해만, 해산 등이 있다.

총 제자들의 숫자는 약 270여명이 되고 스님 문하에서 수학, 참선한 이들은 이루 헤아릴 수 없을 만큼 많다.